검은 숲의
사랑

LOESS MEDIA

검은 숲의 사랑

장수정 장편소설

LOESS MEDIA

1

여자는 검은 드레스를 입고 있었다. 드레스라고 하니 파티나 잔치를 떠올릴 수 있겠지만 그저 평범하고 수수하며 단지 색이 검을 뿐인 긴 치마였다. 여자가 사는 오두막은 천장이 높고, 흙바닥은 몇 세대에 걸쳐 다져진 덕에 반들반들했으며, 가구라곤 나무로 짠 일인용 침대와 3단짜리 낡은 서랍장이 전부였다. 천장을 가로지른 대들보에는 노란 갓을 얹은 알전구가 길게 매달려 있었다. 알전구 불빛이 여자에게 스며, 검은 드레스는 속을 알 길 없는 불길한 먹빛으로 보였다. 여자의 피부가 희고 얇아 더욱 그러했다.

무슨 일로인가 시마는 여자와 다투었다. 다툰 사연이 기억나지 않는 것을 보면 사소한 일 그러니까 김치를 담글 적에 까나리액젓이 좋은지 멸치액젓이 좋은지와 같은 것을 두고 다투었을 것이다. 언쟁 끝에 여자는 갑자기 시마가 답답해 죽겠다는 듯 있는 힘을 다해 목조 기둥에 제 머리를 박았다. 그리고 그 길로 바닥에 쓰러져 죽어버렸다.

시마는 놀라 그만 말을 잊었다. 여자가 죽었다는 사실에 놀랐다기보다 사람이 그깟 시시한 일로 분에 받쳐 죽음을 택할 수 있다는 사실에 놀라 말을 잊었다는 뜻이다. 어떻게 그렇게 어리석을 수 있는가. 그리고 그런 어리석은 여자와 알고 지낸 자신은 또 얼마나 한심한가. 그러다 문득, 알고 지냈다는 건 무슨 뜻인가 생각하게 되었다. 여자와는 오며가며 인사나 하는 사이였을까 혹은 깊은 관계를 맺은 사이였을까. 아니면 오며가며 인사를 했지만 실은 사랑했을까. 또는 깊은 관계를 맺었지만 그저 오며가며 인사나 하는 사이였을까. 판단이 서지 않자 시마는 경찰에 신고해야 할지 말아야 할지 고민이 되었다. 사람이 죽은 것을 목격하면 일단 경찰에 신고하는 것이 국민 된 자의 의무지만 시마는 여자를 죽이지 않았거니와, 또 여자와 어떤 관계인지도 모르는데 굳이 제 발로 경찰서에 걸어가 신고하면 경찰은 분명 시마를 의심하여 이것저것 물어볼 것이다. 여러 날 번거롭게 불려 다니며 자신은 여자를 죽이지 않았다고 항변해야 할 것을 생각하니, 두려웠다. 또 아내와 친구들, 회사가 알게 되면 그런 망신과 곤란도 없을 것이다. 그렇게 고민만 하다 한 달이 지났다. 가끔 단단히 다져진 오두막 흙바닥에 길게 누운 여자를 내려다보며 측은한 마음이 들기는 했다.

그러던 어느 날이었다. 여자의 복부가 둥그렇게 부풀어 있는 것을 보게 되었다. 이전부터 조금씩 부풀어 올랐는데 눈치를 못 챘던 것인지 아니면 지금 막 부풀어 올라 시마 눈에 띄게 된 것인지는 알 수 없었다. 시마는 엉거주춤 바닥에 쭈그리고 앉아 징그러운, 처음 보는 기묘한 생물체를 살피듯 찬찬히 여자의 배를 살폈다. 그리고 얼마 지나지 않아 본능적으로 그것이 아이임을 알게 되었다. 여자의 뱃속을 들여다본 것은 아니지만 그 정도 부피와 모양새면 의심의 여지는 없었다. 생전에 여자는 임신에 대해서는 한 마디도 꺼내지 않았다. 여자와 자신이 어느 정도 친밀한 관계였는지는 모르지만 적어도 임신과 같은 중요한 사실을 말하지 않을 사이는 아니었다.

여자의 배는 나날이 불러왔다. 시마의 아이일 리는 없었다.

시마로서는 일단 자신이 여자와 관계를 했는지도 기억에 없고 또 했다 하더라도 성격상 철저히 피임했을 것이기 때문이다. 혹시 여자가, 죽은 후에 누군가와 사랑을 하여 아이를 임신한 것은 아닐까 하는 생각도 해보았다. 살았을 적 여자의 성품을 생각하건대, 물론 여자와 자신이 어떤 관계인지 잘 기억이 나지 않는다는 것과는 별개로 여자의 성격에 대해서만큼은 시마는 누구보다 잘 알고 있다고 자부했는데, 여자는 능히 그러고도 남았다. 마음에 둔 자가 있으면 목숨 따위 풀잎처럼 버릴 여자였다. 아니, 풀잎처럼 단숨에 끊어져 정한 데 없이 길바닥에 나뒹굴 때 비로소 아름다워지는 여자였다.

그렇게 또 며칠이 지났다. 힘든 하루의 노동을 마치고 오두막으로 돌아와 보니 여자의 검은 드레스 자락 아래서 희끄무레한 것이 기어 나오고 있었다. 시마는 기겁하여 자빠지듯 뒤로 물러났다. 아기였다. 꼬물거리는 것으로 보아 죽은 어미의 몸에서 열 달을 있었는데도 용케 살아남은 모양이었다. 아기는 여자의 먹빛 드레스가 무슨 허물이나 되는 듯 힘겹게 또 야무지게 요리조리 벗어젖히며 조금씩 모습을 드러냈다. 머리와 가슴이 먼저 나오고 볼록한 배가 나오더니 이어 통통한 엉덩이가 빠져나왔다. 제 어미를 닮아 몸뚱이가 희었다. 마침내 두 발까지 완전히 빠져나오자 아기는 혼자 힘으로 우뚝 섰다. 그리고 뚜벅뚜벅 시마에게로 걸어와 어른처럼 물었다.
"어떻게 된 거예요?"
".........."
시마는 답을 하지 못했다.
아기가 묻고 있는 것이, 어쩌다 제 엄마가 저리되었는지에 대한 것인지 아니면 앞으로의 제 거취에 대한 것인지 이해할 수가 없었기 때문이다. 아기는 어느새 눈앞에 다가와 있었다. 시마는 아기를 유심히 살폈다. 멧돼지나 고라니 새끼처럼 아기는 세상으로 나오자마자 뚜벅뚜벅 걸었다. 하지만 갓 태어난 세상의 포유류가 대부분 그러하듯 온몸에 피를 뒤집어쓰고 있었다. 죽은 여자의 자궁을 찢고 나오느라 묻은 피일 것이다. 피를 보자 시마는 자신이 아이와 무슨 관계이건 여자와는 또 무슨 관계이건 어른 된 자로서 일단 어린 것의 피는 닦아주는 것이 먼저라는 생각을 하게 되었다.
시마는 오두막 한구석, 알전구 불빛이 제대로 미치지 않는 희미한 수돗가로 아기를 데리고 갔다. 청결한 세라믹 세면기와 매끈한 타일로 마감된 보통의 가정집 화장실과는 달리 오두막 수돗가는 바닥은 사방 1제곱미터쯤으로 네모나게 시멘트가 발라져 있고 그 위로 어른 팔 길이만한 철제 수도관 하나가 엉성하게 박힌 것이 전부였다. 낡은 곤봉 모양 수도꼭지를 틀자 차가운 물이 콸콸 쏟아졌다. 역한 염소 냄새가 코를 찔렀다. 시마는 아기의 두 발을 잡아 거꾸로 들고 차가운 수돗물에 그대로 아기를 처박았다. 갓 세상에 나온 아기를 정갈하지 못한 물에 씻기는 것이 미안하기는 했다. 물을 끓여 미지근하게 식혀 사용하는 것이 도덕적으로 옳을 것이다. 하지만 자신을 이토록 난처하게 만든 검은 드레스 여자에 대한 미움이 솟구치면서 이 정도 해주는 것만으로도 고마워해야 한다는 생각이 들었다. 물은 시마의 손이 다 시릴 만큼 찼다. 그러나 거꾸로 매달린 아기는 말똥말똥 눈을 뜬 채 일체 반응이 없었다. 그리고 보니 아기는 세상에 나올 때 누구나 지르는 울음 한 번 지르지 않았다.

제 어미를 닮아 독하구나.

시마는 속으로 넌더리를 쳤다.

머리칼에 엉긴 핏덩어리만 씻으면 될 무렵 문득 오두막 주변이 어수선하다는 생각이 들었다. 고개를 들어보니 어느새 오두막 창밖과 나무로 된 출입문 밖에 사람들이 모여 웅성거리고 있었다.

"저자가 사람을 죽인 자래."

"시체랑 몇 달을 있었대."

"왜 경찰에 신고하지 않은 거지?"

"저 애는 누구 얘야?"

"………"

시마 얘기를 하고 있었다.

시마는 애써 외면하며 열심히 아기를 씻기는 척했다. 여러 번 문질러 이미 깨끗해진 사타구니와 겨드랑이를 다시 박박 문질렀다. 그러면서도 '내가 죽인 게 아닌데 왜 저러지? 우습군.' 하는 분한 마음이 자꾸 들었다. 아기의 머리칼에서 씻겨 내려간 붉은 핏방울이 배수구 주변의 물을 따라 소용돌이를 그리며 사라졌다. 멍하니 배수구를 지켜보던 시마의 눈이 낡고 더러운 철제 거름망 사이에 고정됐다. 거름망 사이로 검은 구멍의 내부가 보였다. 어둡고 둥그런 배관 벽을 따라 끈적하고 희멀건 가래 덩어리, 뱀처럼 엉킨 머리카락, 썩은 밥알, 검은 곰팡이들이 덕지덕지 달라붙어 있었다. 구역질이 났다. 고개를 돌리려고 했지만 생각과 달리 얼굴은 자꾸 배수구에 가까워졌다. 보이지 않는 어떤 우람한 손이 뒤에서 시마의 목덜미를 잡고 배수구 쪽으로 내리누르는 것 같았다. 배수구에 닿지 않기 위해 시마는 두 발에 한껏 힘을 주었다. 그러나 얼굴은 점점 바닥을 향했고 잠시 후 배수구 구멍에서 시커먼 손이 불쑥 튀어나오더니 시마를 낚아챘다. 정체불명의 손아귀에 목덜미를 잡힌 채 시마는 검은 구멍 속으로 한없이 빨려 들어갔다. 그러다 아아아, 외치며 잠에서 깨어났다.

"⋯⋯⋯⋯!"

침대였다.

꿈이라는 것을 알면서도 시마의 심장은 가파르게 뛰었다. 쿵쾅 소리가 시마의 귀에까지 들렸다. 숨이 가쁘고 팔이 몹시 저렸다. 시마는 저린 팔 쪽으로 고개를 돌렸다. 마담이 시마의 팔에 얼굴 한쪽을 묻고 곤히 자고 있었다.

팔이 저려 그런 망측한 꿈을 꾸었을까.

마담은 깊이 잠이 들었는지 기척이 없었다. 시마는 마담이 깨지 않도록 조심스럽게 팔을 빼낸 다음 침대 가장자리에 팽개쳐진 베개를 끌어당겨 마담의 머리에 받쳐주었다. 손바닥에 와 닿을 적 마담의 머리는 돌처럼 무겁고 단단하여 이 육체가 정말 슬픔이나 기쁨을 아는가 의심이 들었다. 시마의 맨팔은 마담의 머리칼 자국이 그대로 남아 뱀 수십 마리가 똬리를 튼 것 같이 보였다. 조금 전 점심으로 먹은 뱀탕이 떠올랐다. 속이 울렁거렸다.

강을 향해 난 모텔 방 창에는 두텁고 붉은 공단 커튼이 드리워져 있었다. 한 뼘쯤 벌어진 커튼 틈으로 봄날의 햇살이 들어와 방은 더 어둡고, 그 빛은 또 더 날카롭게 느껴졌다. 벽지에는 거대한 양귀비 세 송이가 인쇄되어 있었는데 구불구불한 꽃자루들이 천정까지 이어져 꼭 벽을 타고 스멀스멀 기어오르는 듯이 보였다. 꽃자루 아래 작은 냉장고가 자리하고 있었다. 냉장고를 보자 그제야 갈증이 일었다. 물을 마시러 가야겠다고 생각을 하면서도 마취에서 막 깬 것처럼 손가락 하나 움직여지지 않았다. 다시 꿈이 생각났다.

차라리 여자가 원하는 대로 멸치액젓이 좋다고 하면 그렇다고 하고 까나리액젓이 좋다고 하면 그렇다고 할 것을 왜 우기고 다투어 여자가 죽게 만들었을까. 꿈인데도 시마는 그것이 후회되었다. 생각해보면 자신이 꼭 죄가 없다고만은 할 수 없었다. 죄를 지은 것도 같고 아닌 것도 같은 미묘한 죄책감이 실은 꿈인데도, 꿈에서 깨고 나서도 내내 시마를 불편하게 했다. 아무래도 백주대낮에 이런 유치하고 해괴한 꿈을 꾼 것은 전적으로 뱀탕 때문인 것 같았다.

"드라이브 가요, 전무님!"

봄볕 따사로운 주말, 느닷없이 마담에게서 문자가 왔을 때 시마는 십 년 넘게 같이 산 적갈색 닥스훈트를 데리고 집에서 가까운 하천 둑을 따라 한 시간째 걷던 중이었다. 입사 동기가 계열사 사장으로 승진했다는 소식이 조간 경제 신문에 실린 날이었다. 그 친구의 연배와 역량으로 보건대 사장 자리는 예측 가능하고 당연했다. 물론 시마가 사표를 내지 않았다면 시마에게도 예측 가능한 자리였겠지만 말이다. 그날 아내는 아침부터 주방에서 있는 살림 없는 살림 들었다 놨다 하며 짜증을 부렸다. 아직 잠자리에 있는 시마더러 들으라고 그러는 것인 줄은 짐작했다. 임원진 안사람들 모임에 안 나간지 꽤 되었는데도 사회관계망 서비스는 그대로 남아 그를 통해 친구의 승진 소식을 알게 된 모양이었다. 입사 동기의 승진 소식이 시마로서도 기분이 조금 이상하기는 했다. 하지만 부럽다거나 다시 예전으로 돌아가고 싶다거나 그래서 기필코 사장 자리에 오르겠다거나 하는 마음은 들지 않았다.

아내는 시마가 상의 한 마디 없이 불쑥 사표를 낸 것에 대해 두고두고 괘씸해 했다.

수술 후라고는 하지만 수술 결과가 좋고, 아직 한창 일할 나이에 조금만 고생하면 계열사 사장 자리도 바라볼 수 있는데 이게 뭐 하는 짓이냐, 당신이 생각이라는 게 있는 사람이냐고 아내는 다그쳤다. 틀린 말은 아니었다. 국내에서 첫째라는 대기업에 입사한 후 시마는 타고난 성실함과 원만한 대인관계, 처가의 인맥 덕분에 순조롭게 승진에 승진을 거듭했다. 사장 자리도 곧 손에 잡힐 것 같았다. 연말 건강검진에서 불쑥 위암 판정만 받지 않았다면 말이다.

의사는 시마에게 최소 6개월의 휴식을 권했다. 하지만 수술 후 한 달이 지나자 시마는 곧바로 회사로 돌아갔고, 다시 돌아간 회사는 수술하기 전과 크게 달라진 것은 없었다. 시마의 자리는 그대로였고, 시마가 병원에 있는 동안 다른 사람들이 분담해 처리하던 시마의 업무는 다시 시마에게 돌아왔다.

그럼에도 시마는 이상하게 특별히 자신이 할 일이 없는 것처럼 생각되었다. 수술하기 전 시마는, 자신이 회사에서 맡은 일은 굉장히 중요하며 자신만이 그 일을 그만큼이라도 해낼 수 있고 회사는 또 그런 이유로 시마를 신뢰해 시마에게 그런 자리를 맡긴 거라고 믿었다. 그런데, 물론 긴 시간은 아니지만 시마가 없는 동안 시마가 아닌 다른 사람들이 그 일을 맡아 시마만큼 충분히 잘 해내는 것을 보자 놀라운 마음이 들었다. 게다가 다시 보니 여태까지의 업무라는 게 보잘것없기까지 했다. 뭐 그런 시시한 일을 그렇게 열심히 했는지, 그리고 그런 시시한 일을 하면서 또 따박따박 월급은 받았는지 민망하기조차 했다. 임원이라는 게 고작 그런 일을 하는 사람이라는 것을 만천하에 들켜버린 것 같았다.

애써 지키려면 지킬 수도 있었다. 하지만 수술은 시마를 이전과 다른 인간으로 만들어버렸다. 의사들이 혹시 병든 위장의 일부를 도려낸 게 아니라 뇌의 특정 부분 그러니까 감정을 주관한다는 전두엽 같은 것의 일부를 도려낸 것은 아닐까 하는 생각이 들 만큼 시마는 그만 더 좇고 싶은 것, 더 가지고 싶은 것이 없어졌다. 거대한 시스템, 일사불란한 조직은 식은땀이 나도록 낯설었고 정신없이 일하는 사람들은 때로 우습게 생각되었다. 사무실은 소리 하나 없는 거대한 진공의 세계였으며 그 안을 오가는 사람들은 말 없는 유령처럼 느껴졌다. 그를 향한 부하들의 변함없는 존경과 예의는 실은 당신 같은 암 환자가 빨리 그만두지 않고 여기서 뭐 하느냐는 압박과 질책으로도 생각되었다.

 정점을 향해 오르고자 하는 열망은 더는 내부에서 일어나지 않았다. 그렇다고 또 지금까지와는 다른 방식으로 살아보고 싶다는 욕망이 생기는 것도 아니었다. 뚜렷한 대안이나 대책은 없이 그러나 미련 또한 없이 시마는 삼십 년간 일 해 온 회사에 사표를 던졌다. 회사는 몇 차례 형식적인 만류 끝에 사표를 수리하고 대신 그에게 고문 자리를 내주었다. 이름만 그럴듯할 뿐 실권은 없이 일주일에 두세 번 출근하는 시늉만 하면 되는 자리였다. 다만 그 기간 동안 각자 알아서 사업체라도 하나 만들거나 다른 회사 전무 자리라도 꿰어 차 각자 도생하라는, 한때 임원진이었던 자들에 대한 회사의 일종의 마지막 배려였다.

 중소기업 전무로 오라는 제안은 그 이후 끊이지 않았다. 하지만 그건 시마의 능력을 높이 사서가 아니라 시마가 현재 고문으로 있는 대기업에 줄을 댈 수 있도록 다리를 놓아달라는 일종의 술 상무 역할에 지나지 않았다. 결국 다시 매일처럼 사람을 만나고 끊임없이 부탁하고 일감을 따오고 새벽까지 술을 마시는 일이 반복될 것이다. 다시 그런 일을 하고 싶지는 않았다. 지긋지긋했고 무엇보다 재발이 두려웠다.

 너는 뭐냐.

 고문으로 나앉고부터 새벽 세 시면 시마는 어김없이 잠에서 깼다. 그리고 잠에서 깨자마자 묻고, 묻기 위해 또 잠에서 깼다.

시마가 삼십 년간 근무한 회사에서는 무언가를 결정할 때 언제나 매뉴얼을 기준으로 삼았다. 계약을 맺을 때, 각서를 받을 때, 리스크를 분석할 때, 접대할 때, 심지어 인간관계를 맺을 때조차도 매뉴얼을 따랐다. 시마도 마찬가지였다. 매뉴얼은 시마가 생각하기에 여태까지의 인간의 의지와 이성과 전통이 축적된 것이며 집대성이며 완전에 이르는 지름길이자 법도였다. 매뉴얼을 따르면 인간관계에 불필요한 잡음과 적을 만들지 않을 수 있었고 또 불필요한 사업 제안 따위로 시간을 낭비하지 않을 수 있었다. 굳이 시마 자신의 판단, 자신의 의지, 자신의 욕망을 가질 이유가 없었다. 물론 매뉴얼이 모든 상황, 모든 변화에 최선의 답을 제공하지는 못했다. 그러나 적어도 매뉴얼을 따르면 심각한 리스크만은 피할 수 있었다. 큰 이익은 나지 않아도 큰 손해 역시 나지 않았다. 그리고 큰 손해를 끼치지 않는 한 승진도 보장되었다. 적어도 시마의 삶에서는 그랬다. 스스로 생각하기에 다소 보수적이고 모범적인 성향의 시마는 그 누구보다 매뉴얼에 의지했다. 매뉴얼을 벗어나는 새로운 상황은 늘 존재했지만 그럴때면 곧바로 그 분야 전문가들이 투입되어 변화된 상황을 분석하고 그에 맞는 새로운 매뉴얼을 만들거나 새로운 지침을 추가했다. 가족 관계도 철저히 매뉴얼을 따랐다. 회사가 지정한 대행업체가 매년 시마를 대신해 결혼기념일이며 가족의 생일을 챙겨주었고 근사한 호텔을 예약해주었다. 매뉴얼대로 살지 않는, 또는 참조할 매뉴얼조차 없는 가난하고 어리석은 사람들을 시마는 속으로 동정했다. 그러던 어느 날 암이라는 돌발 상황이 발생했고 매뉴얼은 시마에게 수술과 휴식, 이른 은퇴 외에 어떤 것도 알려주지 못했다. 시스템을 벗어난 시마, 조직의 보호와 명령을 받지 못하는 시마는 무력했다. 매뉴얼이 사라지자 지금까지 시마가 자신의 정체성, 자신의 욕망, 자신의 판단, 자신의 의지라고 여겼던 것들도 함께 사라지게 되었다.

"개새끼."

깊은 새벽 시마는 자신을 향해 그렇게 중얼거려보았다.

"개새끼."

그렇게 중얼거리고 나면 속이 좀 후련했다. 자신의 주인에게 철저히 충성하고, 충성이 곧 그의 정체성이며, 충성할 대상이 없어지면 그의 정체성도 사라지는 것, 그것이 개새끼 아니던가. 그래서 개는 주인 없이 혼자 두면 안 된다고 하지 않던가. 시마는 지금의 자신이 집에서 키우는 개와 다를 것 없다고 생각했다. 그래서 어느 때는 자조적으로 혼자 컹컹, 짖어도 보는 것이었다. 물론 아내와 자식들이 새벽잠에서 깨지 않도록 낮고 조심스럽게.

가끔 아내가 새벽의 고요를 깨며, 아내와 각방을 쓴 지는 6년이 되었는데, 시마의 방으로 들어오기도 했다. 그럴 때 아내의 얼굴은 시신처럼 창백하고 차가우며 목소리는 막 쇳덩이를 갈아 삼킨 것처럼 낮고 칼칼했다. 아내는 시마의 침대 가장자리에 위태롭게 걸쳐 앉아 시댁 명단에 든 사람들을 차례차례 시마 앞으로 불러냈다. 그리고 그간 시댁 식구들이 자신에게 저질렀다는 죄와 파렴치들을 들춰냈다. 텔레비전 드라마라든가 주변 지인들에게서 얻어들은 고부 갈등과 별다를 것은 없었는데 다만 시댁과 아내가 그런대로 잘 지내왔다고 믿어온 시마로서는 기억에도 없는 일이 태반이었다. 어렴풋하게라도 기억이 떠오르면 수긍하는 척이라도 할 텐데 도무지 떠오르지 않는 기억에 대해서는 미안하다는 말조차 되어 나오지를 않았다. 빠르게 늘어나고 오므라들기를 반복하는 아내의 작은 입술을 신기하게 바라보는 것 말고 시마가 할 수 있는 일은 없었다. 시댁 식구들에 대한 성토가 끝나면 다음으로 시마의 그간의 죄와 파렴치가 죄목으로 끌려나왔다. 화장실 수건걸이에 제대로 수건을 걸어놓은 적이 없고, 세면대 사용 후 단 한 번도 표면에 달라붙은 때를 닦아낸 적이 없으며, 벗은 양말은 또 한 번도 원래대로 뒤집어 세탁기에 넣지 않았다고 했다. 부부동반 모임에서는 은근히 자신의 아내를 격하하는 발언을 일삼았으며 반면 남의 아내에 대해서는 지나치게 예를 갖추거나 다정했다. 또, 회사에서 시마가 그 정도 자리에 오른 것도 시마가 능력이 있어서가 아니라 어찌 어찌 운이 따라 그리된 것이며, 인정 많은 사람이라는 주변의 평가조차 실은 시마가 자기만족을 위해 꾸며낸 위선적인 외양에 사람들이 속아 내린 평가일 뿐이라고 했다. 답답해진 시마가 입을 다물면 아내는, 마누라를 개보다 못하게 여겨 대꾸를 안 하는 거라고 분개했고 대꾸하면 또 변명 그만하라고 소리를 질렀다. 말로는, 결혼 후 지금까지 도대체 아내와 상의라고는 없이 독단적으로 일을 처리하는 못된 습관에 진저리가 나는 거라고 했지만 시마가 보기에 아내는 시마가 더는 사장이 될 수 없다는 사실이 견딜 수가 없어진 것 같았다. 또는 자신이 속한 커뮤니티에서 자신을 제외한 다른 사람들 정확히는 다른 임원진의 안사람들은 변함없이 굳건한 지위와 명예를 지키고 있다는 사실이 견딜 수가 없는 모양이었다. 세상에는 지위와 명예가 없이 사는 사람이 더 많으며 그런 것들이 없이도 잘 살아가기도 한다는 것을 아내는 죽었다 깨도 이해하지 못할 것이었다. 두 주먹을 움켜쥐고 시마를 노려보며 파르르 눈 밑 지방 덩어리를 떨며 아내는,

"애들 앞날 생각해서라도 사업체 하나 만들어놔야 해요!"

고문 기간 동안 시마가 해야 할 일이라고 거듭 못 박고는 제풀에 지쳐 헐떡거리며 흐느적흐느적 시마의 방을 빠져나갔다. 그럴 때의 아내는 온기를 지닌 생명체라기보다 씹고 또 씹어도 그대로인 고무 덩어리처럼 이물스러웠다. 결혼하기 전까지 손에 물 한 방울 묻힌 적 없고 제 손으로 라면 한 번 끓인 적 없다는 아내이니 그 상실과 비통이 이해가 안 가는 것은 아니지만 반복되는 아내의 채근과 짜증에 시마는 지쳐갔다.

서운하기도 했다. 대부분의 가장이 그러하듯 시마도 청춘을 희생하여 가족을 부양하지 않았던가. 먹고살 것은 걱정하지 않아도 될 만큼 충분히 벌어주지 않았던가. 따지고 보면 위암도 가족에 대한 부양과 헌신의 증거 아니겠는가. 각방을 쓰면서부터 뜸하던 부부관계는 그즈음에는 마지막이 언제였는지 기억이 나지 않을 만큼 아득해 서로를 이어주는 마지막 보루도 이제 부부에게서 영원히 사라진 것 같았다. 자식이라고 크게 다르지 않았다. 지위와 명예가 없는 아버지, 더는 아침마다 운전기사가 모시러 오지 않는 아버지, 프리미엄급 호텔의 식사를 집밥처럼 이용하게 해줄 수 없는 아버지를 자식들은 낯설어했다. 낯설어하는 자식들이 시마는 시마대로 낯설고 서운했다. 요양이라는

핑계를 대고, 십 년 넘게 버려둔 제이령 별장과 집을 왔다 갔다 하기 시작한 것이 그즈음이었다.

시마는 머리맡으로 두 팔을 올려 깍지를 끼고 뒤통수에 받쳤다. 마담이 움찔 몸을 움직였다. 다시 뒤척이는가 싶더니 곧 깊이 숨을 몰아쉬고는 가볍게 코를 골았다. 뱉어낸 숨에서 뱀탕 냄새가 났다. 다시 구역질이 났다.

시마에게 마담은 여자라기보다 이십 년 넘게 동고동락한 직장 동료와 다름없었다. 시마가 평사원일 때부터 알고 지냈고 임원이 되어서도, 고문으로 나앉는 동안에도 마담은 변함없이 시마 곁을 지켜주었다. 공들여야 하는 접대는 대부분 마담이 맡았고 매번 실수 없이 잘 치렀다. 이 바닥에서 대기업들의 임원진 인사 명단을 회사와 언론 다음으로 빨리 꿰는 것이 술집 마담들이다. 매출과 직결되기 때문이었다.

그녀들은 한 해 두어 차례 깊은 산골 무허가 식당을 찾아 꼬박꼬박 독사를 고아 만든 뱀탕을 먹었다. 술독을 풀고 피부에 윤기를 돌게 하는 데는 독사만한 게 없다는 게 그녀들의 지론이었다. 마담은 시마가 뱀탕은 입에 대지도 않는다는 것을 잘 알았다. 그럼에도 새삼 드라이브를 가자고 문자를 날린 것은 입사 동기의 승진 소식을 듣고 울적해 할 시마의 심기를 헤아린 때문일 것이다. 그런 배려가 오히려 시마를 심란하게 했지만 찾아주는 이 뜸해진 그즈음 봄날의 드라이브 제안은 딱히 싫지는 않았던 것이다.

이십 년간 알아 오면서 마담하고 몸을 섞은 일은 없었다. 아내를 사랑해서는 아니었다. 그렇다고 시마가 믿는 신에 대한 경외 때문도 아니었다. 회사는 사생활에 유난히 엄격하고 냉혹했다. 소문이라도 나면 가차 없었다. 잘 나가던 동료나 상사가 사생활 문제로 승진에서 누락되거나 퇴사하는 경우를 시마는 수도 없이 보아왔다. 고문으로 나앉은 지금은 그런 걱정으로부터는 자유로웠지만 그래도 동료나 마찬가지인 마담과 모텔에 들 생각은, 모텔에 들어와서까지도 실은 전혀 없었다. 낮술은 먹지 않았다. 욕망도 없었다. 마담의 우려와는 달리 동료의 승진으로 특별히 울적하지도 않았다. 그런데도 어쩌다 마담과 강이 보이는 이곳에 들게 되었을까.

 시마가 들어온 모텔은 강가에 자리하고 있었다. 엷게 안개가 낀 초봄의 대기는 몽롱했고 강의 표면은 잔물결마다 햇살이 올라타, 마치 무수한 조각배들이 스스로 노를 저어가듯 눈이 부셨다. 물결을 바라보고 있자니 시마도 그 은빛 파도를 타고 흔들리며 하염없이 강을 따라 둥둥 흘러가는 것 같았다. 건너편 산기슭, 군락을 이룬 버드나무는 일제히 연둣빛 이삭이 패어 바라보면 게슴츠레 눈이 감겼다.

 산기슭 아래는 제방을 따라 개나리가 길게 심어져 있었다. 꽃이 피어, 삶아 체에 거른 달걀노른자를 흩뿌린 듯 샛노랬다. 개나리는 멀리 강이 휘돌아 사라지는 지점까지 길게 이어졌는데 개나리 아래로는 나란히 푸른 강이 흐르고 그 위로는 회색빛 대기가 포개져 건너편은 마치 거대한 색 테잎들을 길게 이어붙인 것 같았다. 곧 있을 도시의 축제라도 알리듯 화려한 색 테잎들은 그러나 날이 흐려, 끝을 알 수 없는 불길한 곳을 향해 내달리는 듯이 보였다.

　시마의 심장이 급하게 뛰기 시작했다. 갑자기 어떤 강렬한 욕망이 솟으면서 운전대를 잡은 시마의 손에 힘이 불끈 솟았다. 손바닥에는 식은땀이 돋았다. 옆에 마담만 없다면 건너편 저 색 테잎들과 함께 내달리고 싶었다. 달리다 그 끝과 마주해도 좋았다. 그 끝이 낭떠러지라든가 한없는 어둠이라든가 하는 것이어도 상관없었다. 그대로 강으로 돌진하고만 싶었다. 그러다 울컥, 울음을 터뜨리고 말았다. 서러움 같기도 하고 쓸쓸함 같기도, 또는 아름다움 같기도 했다.

　눈언저리에 뜨거운 것이 흘러내린다고 생각한 순간 시마는 저도 모르게 황급히 팔을 들어 올려 마침 눈에 들어온 강가의 모텔을 가리켰다. 조수석 등받이를 한껏 뒤로 눕히고 라디오에서 흘러나오는 최신 가요에 맞춰 발을 까딱거리던 마담은 놀라, 시마와 시마가 가리킨 모텔을 번갈아 바라보더니 곧 하하하, 호탕하게 소리 내어 웃었다. 그리고 운전석의 시마에게로 몸을 기울여 시마의 사타구니에 쑥 손을 집어넣었던 것이다.

　생각지도 않게 몸을 섞었지만 싱거웠다. 그리 좋지도 나쁘지도 않았다. 안 하는 게 좋았을 거라는 생각도 들었다. 대낮에, 그것도 민낯의 얼굴로 마주하는 마담은 낯설었다. 아내보다 나이가 아래일 텐데도 가까이서 보니 훨씬 늙어 보였다. 한쪽 뺨이 베개에 묻히며 얼굴이 보기 흉하게 일그러졌고, 눈꼬리와 눈밑, 입가는 온통 거미줄처럼 얇게 주름이 잡혀 있었다. 거의 매일 밤 술을 마시고 토하기를 반복하니 피부가 성할 리 없었다.

　마담과는 새끼 마담일 적부터 알아 왔다. 미인은 아니어도 천성이 순하고 사글사글하여 금세 단골이 붙었다. 남편과는 이 바닥에 들어서고 얼마 안 있어 갈라섰다고 했다. 슬하에 자식은 없었다. 깊은 잠에 든 마담이 시마는 새삼 측은했다. 물론 지금의 시마도 마담에게는 그럴 것이다.

다시 속이 울렁거리고 입이 바짝 말라왔다. 시마는 마담이 잠이 깨지 않도록 조심스럽게 침대를 빠져나와 냉장고에서 차가운 생수병을 꺼냈다. 단숨에 절반을 들이키자 머리가 얼어 버리는가 싶더니 조금씩 구역질이 가라앉기 시작했다. 생수병으로 관자놀이께를 문지르며 시마는 창가 2인용 원형 철제 테이블에 다가가 가장자리에 엉덩이를 걸치고 앉았다. 그리고 주먹을 쥐고 조용히 가슴을 쳤다. 수술하고부터는 물 한 모금도 자주 얹혔다.

시마가 든 방은 2층 복도 끝인데 오른편으로 나지막한 산이 면해있었다. 벌어진 커튼 틈새로 바깥이 보였다. 능선 주변은 온통 신갈나무 군락이었다. 산 사면은 산 그림자가 내려와 기슭까지 어둑한데, 신갈나무 우듬지에만 어슷하게 오후의 햇살이 비껴 그 일대가 온통 빛으로 빚은 그물을 씌운 듯 반짝였다. 햇가지 표면이 매끄럽고 탄탄해 더욱 그러했다.

북사면은 진달래가 붉었다. 막 능선을 넘어간 햇살이 얇은 꽃잎에 닿아 진달래는 잔물결을 품은 듯 투명하게 흔들렸다. 지는 저녁 햇살을 따라 함께 사라지기 전 시마에게 보내는 마지막 작별인사 같았다. 시마도 그 길로 방안의 유리창을 깨고 밖으로 나가 저벅저벅 얇은 진달래 꽃잎 속으로 걸어 들어가고 싶어졌다. 아프지 않은 세상, 외롭지 않은 세상이 거기 있을 것 같았다.

'드르륵 드르륵.'

침대 옆 다탁에 던져둔 시마의 휴대폰에서 진동음이 울렸다. 시마는 급히 다탁으로 걸어가 휴대폰을 집었다. 아내였다. 어디 간다는 말도 없이 집을 나서긴 했지만 설사 말을 하고 나섰어도 아내는 오후 다섯 시를 넘으면 늘 뻔질나게 시마에게 전화나 문자를 넣었다. 시마의 거취를 확인하는 것도 시마가 고문으로 나앉은 이래 아내의 일과 중 하나가 되었다. 시마의 나이가 딱 바람이 나기 좋은 나이, 그래서 젊은 계집한테 퇴직금도 날리고 집도 날리고 결국 본처에게 버림받고는 길거리로 나앉는 나이라는 게 아내의 지론이었다. 시마는 전원 버튼을 눌러 전화를 끊고 다시 철제 테이블로 향했다. 마담이 있는 데서 아내의 짜증 섞인 전화를 받고 싶지는 않았다. 게다가 아무리 연인 사이가 아니어도 대놓고 다른 여자 앞에서 아내의 전화를 받는 것은 예의가 아니라고 시마는 생각했다.

마담은 죽은 듯 기척이 없었다. 밤새 계속될 아내의 채근과 잔소리를 생각하면 어서 출발해야 했지만 이 바닥 마담들에게 이 시간대는 보통 사람들의 새벽과 마찬가지일 것이라고 생각하니 측은해지며, 마담이 스스로 깰 때까지 기다려주고 싶은 마음이 되었다. 팔짱을 낀 채 시마는 다시 테이블 가장자리에 엉덩이를 걸쳤다.

벌어진 커튼 사이로 들어온 한 줌의 햇살은 시마가 잠에서 깼을 때는 매트리스 한가운데서 어른거리더니 그새 자리를 옮겨 지금은 다탁 가까이에서 어른거렸다. 마담의 늘어진 가운 앞섶에도 햇살이 비쳐 아직은 탐스런 가슴골이 그대로 드러났다. 다시 휴대폰이 진동했다. 아내에게서 다섯 통의 문자가 연달아 왔다.

거기 어딘데.

사진 찍어 보내시지.

전화 왜 안 받아.

뭐 하느라 안 받아.

전화해.

시마는 문자를 모두 쓰레기통에 버렸다. 쓰레기통에 들어갈 적의 그 샥, 하는 소리가 그럴 수 없이 시원했다.

"………"

이제는 진짜 마담을 깨워야 했다. 시마는 한 줌의 햇살을 등지고 침대로 다가가 마담의 어깨에 가볍게 손을 얹었다. 그러다 곧 주춤하며 손을 거두었다. 매트리스와 다탁 사이, 햇살이 머문 지점에서 무언가 반짝 빛을 발했다. 단지 빛일까 아니면 빛에 반사된 무엇일까. 가까이 살피기 위해 허리를 숙이자 빛은 곧 시마에 가려 반짝임도 이내 사라졌다. 시마는 햇살이 들어서도록 한쪽으로 비켜섰다. 매트리스와 나무 프레임 사이에서 다시 무언가가 반짝였다. 시마는 바닥에 무릎을 꿇고 프레임과 매트리스 사이에 손가락을 넣었다. 그리고 조심스럽게 그 반짝이는 것을 집어 올렸다. 어린아이 새끼손톱만한 작은 귀고리 한 짝이 집혀 올라왔다. 동그랗고, 은빛에, 쌀알보다 작은 크리스털이 돌아가며 박혀있었.

시마와 마담처럼 한때 이 방에 든 불륜한 여자의 귀에 달려 있던 것일까. 여자는 열락에 겨워 몸부림을 쳤을까. 그러느라 귀에서 이것이 빠져나가는 줄도 몰랐을까.

매트리스와 프레임 사이에 끼어있어 청소부도 쉽게 발견하지 못한 모양이었다. 아니면 보이지 않게 깊이 박혀 있다가 음탕한 커플들이 하루에도 몇 번씩 매트리스 위에서 악악 소리 지르고 들썩이는 통에 조금씩 밀리다 하필 지금 위로 삐죽 올라왔던가 보았다. 그렇게 생각하자 새삼 아랫도리가 뻐근했다.

시마는 햇살에 귀고리를 비추어 보았다. 은빛 공에 박힌 수십 개의 크리스털이 눈물처럼 반짝였다. 무심히 그 명멸하는 빛을 지켜보다 시마는 고개를 갸웃했다. 어쩐지 낯이 익었다. 잦은 해외 출장을 떠올렸다. 장기 해외 출장을 갔다 올 때면 가끔 아내나 여직원들에게 선물할 요량으로 보석류를 고르기는 했다. 하지만 대부분 시마는 브랜드만 정하고 점원이 최종적으로 선택해 포장했기 때문에 구체적인 모양새들은 기억에 없었다. 그럼에도 시마가 방금 집어 든 귀고리는 볼수록 모양새가 익숙했다. 그리고 그 익숙함은 단지 모양새에서 오는 익숙함이라기보다 조금 전까지도 누군가의 귀에 걸려 있다 막 떨어져 나온, 그래서 귀고리 임자의 체온과 그 귓불의 부드럽고 말랑한 느낌이 그대로 손끝에 전해져오는 그런 종류의 아련하며 다정한 친숙함이었다. 시마는 손가락 끝으로 조심스럽게 크리스털의 표면을 어루만졌다. 아직 덜 자란 몹시 사랑스러운 소녀의 얇은 귓불을 만지작거리는 것 같아 시마는 문득 불경하고 부끄러운 마음이 되었다.

이리저리 살피던 중에 투명한 원 모양 마개에 영문이 새겨져 있는 것이 눈에 띄었다. 시마는 가늘게 눈을 뜨고 그 글자들을 살폈다.

스와로브스키……
아, 스와로브스키!
시마는 그제야 이해가 간다는 듯 고개를 끄덕였다. 동유럽 국가의 유명한 보석 브랜드였다. 웬만한 백화점이나 면세점에는 대부분 입점해있는, 오랜 전통과 장인정신을 내세운 브랜드인데 대중적 선호도가 높고 그러면서도 가격은 부담스럽지 않아 선물로 주고받기에 무난했다. 시마도 몇 번 그 브랜드 제품을 아내와 마담, 회사 여직원들에게 선물한 적이 있었다. 익숙한 브랜드의 보석이어서 친밀감이 들었던 거구나 생각하니 싱거웠다. 잠깐이지만 귀고리 한 짝에 이유 없이 마음이 설렌 것이 우스웠다. 시마는 던지듯 다탁 위에 귀고리를 내려놓았다.
그런데 어둠 속에 놓이자 귀고리는 시마의 따뜻한 손에서 놓여난 것이 마치 버림받은 것이나 되는 듯, 그래서 그만 죽어버리기로 작정한 어린 소녀의 단호한 눈초리인 듯 창백해졌다. 심장이 덜컥 내려앉으며 이어 조금 전 꿈이 떠올랐다. 노란 알전구 불빛 아래 검은 드레스 여자, 사소한 말다툼 끝에 죽어버리고 만 여자의 귀에 방금 전까지 달려있던 귀고리, 라는 생각이 들었다.
시마는 얼른 다탁에 손을 뻗어 귀고리를 집었다. 햇살에 둘러싸이자 다시 귀고리는 생기를 얻으며 어둠 속에서 하얗게 반짝였다.
멸치액젓이건 까나리액젓이건 뭐가 중요하단 말인가. 여자가 다시 살아날 수만 있다면, 손안의 귀고리처럼 이렇게 다시 생기를 얻을 수만 있다면 시마는 무슨 일이든 할 것이다. 살아난 여자의 맑은 귓불에 요 은빛 크리스털 귀고리를 달아주리. 다시는 여자와 다투지 않으리. 여자가 버무려 입에 넣어주는 것은 무조건 맛있다고 하고 넙죽 받아먹으리. 얇고 창백한 여자의 피부와 푸른빛 도는 먹빛 드레스에 이 스와로브스키 귀고리는 아주 잘 어울릴 것이다. 시마는 여자가 귀고리를 한 모습을 실제 눈앞에서 보는 것처럼 심장이 다 쿵쿵 뛰었다. 이어, 속삭임이 들려왔다.

산딸나무 열매를 닮았어요.

산딸나무 열매를 닮았어요.

귀고리 한 짝을 손에 든 채 시마는 미간을 찌푸렸다. 어두운 방 안 어디서 다시 그러한 속삭임이 들렸다. 목소리는 벽지를 타고 오르는 붉고 거대한 양귀비 꽃자루처럼 스멀스멀 시마의 귀를 타고 시마의 몸으로 기어들어 왔다.

봐요, 산딸나무 열매를 닮았잖아요.

".........."

"아아!"

시마는 마침내 자신이 어디서 그 귀고리를 보았는지를 기억해냈다.

너로구나, 소유!

소유였다.

그 피부처럼 한없이 얇고 여린 목소리를 가진 소유, 그리운 소유의 목소리였다. 소유가 그 말랑하고 얇은 귓불에 은빛 스와로브스키 귀고리를 하고서 부끄럽게 시마를 향해 귀를 들이대고 있었다. 그런 표현이 가능하다면, 적어도 소유는 그깟 귀고리

하나 때문에 진심으로 기쁨에 겨워 온 얼굴이 햇살처럼 빛나고 있었다.

"조개 목걸이 사다 주세요."

"조개 목걸이? 그런 거 좋아하나?"

"……….."

"목걸이를 좋아하는가?"

"……….."

"지금 사러 가지. 백화점에 가자."

"아뇨."

"……….."

그때껏 일부러 먼 곳을 보는 척하던 소유가 갑자기 정면으로 시마를 바라보았다. 해가 막 능선을 넘어가 주변이 어둑했다. 소유의 검은 눈동자는 제이령 너머 저가 사는 동네, 그 동네의 바다, 그 바다의 청회색 저녁이 그 안에 들어찬 듯 막막했다. 시마도 따라 막막해졌다.

"조개 목걸이요."

"……….."

"아주 싼 거. 우리나라 관광지에서처럼 아무 데서나 파는 싸고 흔한 거요. 그거를 갖고 싶어요."

"이유가 뭐지?"

"그냥."

"……….."

시마는 더는 묻지 않았다.

소유에게 그 얘기를 하지 않았어야 했다. 하지만 그 얘기를 하지 않고서야 다음 주 그리고 그다음 주에도 제이령에 올 수 없는 이유를 어떻게 설명한단 말인가.

　날이 어두워 나란히 휴양림 임도를 내려올 적에 소유는 가로막듯 멈추어 서서, 다음 주에는 언제 만날 수 있냐고 물었다. 시마는 무심코, 아내와 10박 11일 지중해 여행이 잡혀있어 그다음 다음 주에나 제이령에 올 수 있다고 대답했다. 삼십 년 지기 오랜 친구 모임에서 해마다 가는 부부동반 해외여행이었다. 소유는 굽이가 다섯 개나 여섯 개쯤 되는 길고 가파른 임도를 돌아 휴양림 입구에 도착할 때까지 아무 말도 하지 않았다. 휴양림 주차장 가로등 불빛 아래서 비로소 멈춰 부채꼴 모양의 희미한 불빛 안팎을 말없이 드나들더니 갑자기 그렇게 말했던 것이다.

　"거기 가시면, 조개 목걸이 하나 사다 주세요."
　"먼 이국땅이 궁금해요. 지중해는 가 본 적이 없거든요."
　"……….."
　가난한 소유는 지중해만 가본 적이 없을까. 에게해, 흑해, 카스피해도 가 본 적이 없을 것이다. 시마는 이미 가본 곳들이었다.
　"거기 조개 목걸이를 사다 주시면 지중해의 바람이나 사이프러스, 오렌지 향기가 묻어올 거잖아요. 그럼 저도 가본 거나 마찬가지잖아요."
　"……….."
　그러마 약속하고는 소유와 헤어져 집으로 돌아가는 길에 시마는 울적했다. 여행을 가게 되었다는 말을 하기 전에는 몰랐다.

말을 꺼내면서도 몰랐다. 말이 끝나자 문득 울적했고, 말 없는 소유를 보고 더욱 울적했다.

　소유를 알고 지낸 지 한 철이 되었을까. 지중해는 가본 적이 있는가 시마가 별 뜻 없이 묻자 소유는 입을 다물고 부끄럽게 웃었다. 그리고는 이어 말도 안 된다는 듯 굳게 입술을 다물며 단호하게 고개를 저었다. 제 형편에 가당치도 않은 일이라고 그 얼굴이 말하고 있었다. 소유의 사정을 헤아리지 못한 것이 미안해서 시마는,

　"언제 기회가 되면 같이 가지."

　말했던 것이다.

　"우선 보스포루스 해협을 가는 거야. 보스포루스 아는가."

　"……….."

　몽롱한 눈빛을 하고 소유가 고개를 저었다.

　"이스탄불을 가로질러 그 위 흑해와 지중해를 잇는 좁은 바다야. 아시아와 유럽을 경계 짓는 바다지. 폭이 좁은 곳은 600미터가 채 안 돼. 일몰 무렵 이스탄불에 서서 맞은편 유럽을 바라보며 마시는 술탄의 커피는 잊을 수가 없어."

　"근사하군요. 아시아에서 유럽을 바라보며 마시는 커피라니요."

　"……….."

　밤이 늦도록 그날 둘은 시마가 돌아다닌 이국의 바다들과 이국의 낯선 거리에 대해 얘기했다. 아니 둘이 얘기한 것이 아니라 주로 시마가 얘기했고 소유는 들었다.

　시마는 지금껏 그렇듯 눈을 빛내며 자신의 얘기를 들어주는

여자를 본 적이 없었고 소유는 또, 지도에서나 보았던 낯선 바다와 거리와 저녁들을 실제 알고 있는 사람은 처음이라는 듯 한없는 존경과 감탄을 담고 뚫어져라 시마의 입과 눈을 보았다. 그러면서 시마의 팔이며 무릎이며 허벅지며를 하염없이 쓰다듬었는데 마치 그렇게 하면 그 입과 눈, 그 팔에 묻은 낯선 거리와 이국의 저녁들을 자신도 고스란히 느낄 수 있다고 믿는 것 같았다.

며칠 후 다시 만났을 때 소유는 시마를 보자마자 덥석 시마의 팔을 잡고는 다급히 속삭였다.

"적금 들었어요! 보스포루스에 갈 거예요!"

".........."

소유의 앞니가 사금파리를 문 듯 눈부시게 반짝였다.

돈 걱정은 말라고, 꼭 데리고 가마고 약속했지만 소유는 제 경비는 제가 대겠다고 우겼다. 함께 가주는 것만으로도 고맙다고 했다. 신혼여행 때 말고 해외여행은 이번이 처음이라고 했다.

아내와 해외여행을 가게 되었다고 말한 것은 그러니까 소유에게 지중해에 데려가마고 약속하고서 한 달쯤인가 지났을 때였다. 소유에게 한 얘기를 잊은 것은 아니었다. 다만 아내와의 여행은 단지 아내와의 일일 뿐 소유와는 상관이 없어 염두에 두지 않았다. 하지만 이상하게도 시마 역시 말을 꺼내고 나니 비로소 소유 없이 지중해를 본다는 것, 소유 없이 보스포루스 해협에 선다는 것, 그 해협에 서서 머나먼 동쪽의 소유를 생각하는 일이 얼마나 쓸쓸한 것인가를 실감하게 되었다. 소유를 바로 옆에 두고 어깨를 나란히 하여 임도를 걸으면서도 머나먼 소유, 옆에 없을 소유를 생각하자 벌써부터 가슴이 답답했다.
 조개 목걸이를 사다 달라고 한 것은 그러니까 소유가, 정말 조개 목걸이가 좋다거나 조개 목걸이에 실려 올 지중해의 바람과 사이프러스 향기가 그리워서 그런 것이 아니었다. 언젠가 자신을 데려가 주겠다고 약속한 먼 곳, 시마와 함께 간다고 굳게 믿은 곳, 그러나 자신이 아닌 본래의 부인과 부부동반으로 가게 된 먼 곳에서 그래도 가끔은 소유 저를 떠올려달라는, 그러니까 싸구려 조개 목걸이 따위를 사는 순간만이라도 저를 생각해달라는 그런 뜻이었던 것이다.
 여행 내내 시마는 틈틈이 조개 목걸이를 사고자 기회를 엿보았다. 하지만 조개 목걸이 자체가 눈에 띄지 않았고 또 일행이 함께 움직이는 탓에 뜬금없이 시마 혼자 이상한 물건을 불쑥 집기가 쉽지 않았다. 어찌어찌 핑계를 대어 어느 날은 혼자 낯선 이국의 저녁거리를 헤매도 보았지만 조개껍질을 꿰어 만든 목걸이는 도무지 찾을 수가 없었다. 그러다 귀국할 적 면세점에서 스와로브스키가 눈에 띄었는데 마침 아내는 화장품 코너에 가 있어 급히 귀고리를 집게 된 것이다.
 점원이 선물 받을 사람의 나이를 물었고 시마가 30대 중반이라고 하자 점원은 손톱만한 진주에 굵은 크리스털이 대롱대롱 달린 것을 건네주었다. 아무래도 소유에겐 클 거 같았지만 일단 마음이 급해 건네받고, 국내의 어떤 스와로브스키 상점에서도 바꿀 수 있는 보증서를 같이 받았던 것이다.
 예상대로 소유의 귀에는 너무 컸다. 시마가 보기에도 어울리지 않았다. 얻어다 입힌 큼지막한 겨울 외투 같았다. 시마는 멋

쩍어 다른 것으로 바꾸라고 했고, 처음에는 시마가 준 것이면 무엇이든 좋다던 소유는 어느 날 쌀알보다 작은 크리스털이 빙 둘러가며 박힌 동그란 은빛 귀고리를 하고 와서 이것으로 바꿨어요, 하며 수줍게 웃었던 것이다.

"산딸나무 열매를 닮았어요."

시마를 향해 살짝 귀를 들이대는데 그 귓바퀴며 귓불이 청결하기 그지없어 시마는 그만 소유의 귀를 통째 입에 넣고 잘근잘근 씹고 싶은 마음이 되었다. 하지만 그깟 귀고리 하나 단박에 소유의 마음에 드는 것을 사지 못한 것이 또 자신의 무능으로 여겨져 시마는 조금은 냉담하게 고개만 끄덕였는데 소유는 그것이 무관심의 표현이라 여겼던가 보았다. 그 후로는 한 번도 그 귀고리를 하고 오지 않았다. 시마가 그 은빛 귀고리를 기억해내는데 시간이 오래 걸린 것은 그 때문인가 보았다.

그런데 지금 시마가 손에 든 것은 소유의 것일까. 소유의 귀고리일까. 소유의 것이 맞다면 소유가 이 모텔에 들었다는 것인데 들었다면 누구와 들었을까. 혼자 들었을까. 남편과 들었을까. 아니면 외간 남자일까.

그런 생각을 하자 슬며시 역정이 났다. 소유가 옆에 있다면 달려들어 그 말간 귓불에 매달린 귀고리를 움켜쥐고 와락 떼어내 바닥에 내던지고 싶었다. 그리움은 이내 불쾌감으로 변했다. 하지만 다시 생각해보면 시마가 든 모텔은 소유가 사는 곳으로부터 한참 떨어져 있고 무엇보다 스와로브스키 귀고리는 웬만한 규모의 백화점이라면 다 입점해있을 만큼 흔하다. 이것이 소유의 것이라고는 단정할 수가 없는 것이다. 다른 여자의 것일 가능성이 훨씬 컸다. 시마는 엄지와 검지로 오톨도톨한 귀고리 표면을 어루만졌다.

그래서 뭐?

뭐?

귀고리가 갑자기 한껏 눈을 치켜뜨고 시마를 노려보는 것 같이 생각되었다. 오래 잊었던 전율이 머리끝에서 발끝까지 시마의 몸을 훑고 지나갔다. 몸서리를 치며 시마는 속으로 중얼거렸다.

그러게 말이다.

그래서 뭐 어떻다는 건가. 마담과 모텔에 든 시마에게 무슨 권리가 있단 말인가. 소유가 여전히 자신의 여자는 아니지 않은가. 아니 둘이 좋았던 시절에도 소유가 자신의 여자였던 적은 없지 않은가. 무슨 뜻인가 하면, 소유는 오직 시마의 여자가 되고 싶어 늘 가련했고 시마는 아내와 소유 사이에서 어느 여자도 취할 수 없어 늘 갈팡질팡하지 않았던가. 소유는 그래서 결국 갈팡질팡하는 시마를 떠나지 않았던가.

벽시계가 다섯 시 삼십 분을 가리켰다. 시마는 손에 든 귀고리를 다탁 위에 올려놓았다. 잠시 후 청소하는 사람이 들어와 가지거나 버리거나 또는 다른 불륜한 여자의 손에 들어가게 될 것이다. 어찌 됐건 이제 시마가 상관할 바 아니다. 설사 소유의 귀고리라 한들 이제 시마가 그 귀고리에 대해 할 수 있는 일은 없는 것이다.

시마는 마담을 깨우기 위해 가볍게 마담의 어깨를 두드렸다. 그러면서 다시 다탁을 바라보았다. 벌어진 커튼 사이로 들어온 햇살은 그새 미약해져 어둠에 싸인 귀고리는 모습조차 희미했다.
"층층나무과 갈잎큰키나무예요. 가을이 되면 열매가 빨간 산딸기 모양으로 익어 산딸나무라고 해요. 6월에 하얀 꽃이 피는데요. 꼭 나무 한가득 순백의 나비가 떼를 지어 내려앉은 것 같아요."

소유가 아니라 귀고리가 그렇게 속삭이는 것 같았다.

마담이 아아, 기척을 했다.

시마는 마담과 귀고리를 번갈아 바라보다 급히 다탁 위로 손을 뻗었다. 그리고 냉큼 귀고리를 집어 바지 주머니에 넣었다. 마담의 벌어진 입에서 다시 뱀탕 냄새가 났다.

2
———

 사출물 폐공장 관련 서류는 깨끗했다. 채무 관계만 정리하면 상반기 재가동도 문제 없어 보였다. 설립 허가를 받자마자 무슨 이유인가로 파산한 것을 사출물과는 전혀 관계없는 엔터테인먼트 회사가 인수했고, 그 후 일 년간 가동되지 않고 방치되었다가 얼마 전 경매로 나온 물건이었다. 짐작컨대 신출내기 또는 악의적 인수 합병 전문가들이 저지른 무모한 인수합병의 희생물인 듯했다. 한 달 전 김과 함께 지방에 있는 그곳을 찾았을 때 사출물 절단용 레이저 조각기며 메인 이송 컨베이어, 물품 운반 크레인 등 대부분의 설비들은 새것이나 다름없이 반짝반짝 빛을 발하고 있었다. 마치 그때까지 스스로를 갈고 닦으며 시마가 오기를 기다린 것 같았다. 이 정도 조건으로 매입하는 것이면 헐값이나 다름없었다. 도심으로 연결되는 외곽도로가 곧 개통될 예정이어서 물류비용도 크게 줄어들 것이다.
 시마가 삼십 년간 몸담아온 회사는 국내에서 손꼽히는 대규모 가전 기업이다. 그 어느 업종보다 사출물이 중요했다. 회사와는 이미 지난 연말, 시마가 곧 차리게 될 공장으로부터 사출물 납품을 받기로 내부적으로 얘기가 되었다. 몇 년간 사출물 모델 몇 개만 안정적으로 공급해도 수년 내 상장도 그리 요원한 일이 아닐 것이다. 물론 성과물 하나 없는 신생 공장과 이런 파격적인 계약을 맺게 된 데는 전적으로 지난 5월 정계에 진출해 금융 분야에서 일하게 된 손위 처남 덕이 컸다. 시마가 선거 총괄 본부장으로 충실히 일해준 것에 대한 형님의 보답이었다.

이제 경매로 나온 사출물 폐공장의 채무 관계를 정리하고 해당 기관에 서류 접수만 끝내면 아내가 그리 원하는 시마의 사업체를 가지게 되는 것이다.

그런데 시마네가 회사와 새로 납품 계약을 맺게 되면 회사는 기존의 사출물 공급처 중 하나를 탈락시켜야 했다. 전우회와 해외파병 전우회 등 관변단체가 중심이 되어 운영하는 한 중소업체가 그 대상이었다. 세간의 이목을 끈 도심 노후시설 철거 관련 깡패 동원이나 폭력을 부른 관변 집회, 용역업체 선정 부당 개입 등에 자주 해당 업체의 이름이 오르내렸다. 그간 정권의 지지와 암묵 아래 내리 몇십 년 안정적으로 이권을 챙겨온 곳이므로 순순히 물러나지는 않을 것이다. 조심해야 했다. 또, 수의계약을 하기로 되어있어 특혜 시비도 신경 써야 했다. 시작부터 사장 자리를 맡으면 똥물을 뒤집어쓰기 좋았다. 오랜 친구 김이 그 역할을 대신하기로 했다.

서류의 마지막 장을 검토하고 나서 시마는 힐긋 유리창에 눈길을 주었다. 두껍고 푸른 통유리에 낯선 중늙은이 하나가 떠올라 홀로그램처럼 흐느적거리고 있었다. 등은 구부정하고 목은 거북이처럼 꺾였으며 두 눈과 양 볼은 움푹 꺼진 것이 깊은 바다를 떠도는 유령 같았다. 짙은 비둘기색 양복이 시마를 더 그렇게 보이게 했다. 민망해 시마는 고개를 돌렸다. 근래 들어 부쩍 마르고 늙는 것 같았다. 자주 신물이 올라와 얼마 전 병원을 찾았더니, 재발 징후는 없고 단순 역류성 위염이라고 했다. 하지만 그날 병원 복도에서 마주친 낯익은 암 환자는 한 달 전 검사에서는 아무런 이상이 없었는데 갑자기 재발 판정을 받았다며 시마가 병원을 나설 때까지 말없이 우두커니 벽에 기대서 있었다.

시마는 꼿꼿이 척추를 세웠다. 그리고 비둘기색 양복 상의 끝자락을 잡아당겨, 쳐진 옷매무새를 바로 하고 소매에 얼굴을 가져다 댔다. 깊이 숨을 들이마시자 누에고치를 쪄 그 실로 만든, 서늘하면서도 은밀한 숙고사 냄새가 폐 깊숙이 밀려 들어왔다. 뜨겁고 비밀스런 열락 후의 희미한 동물성 체취에, 새벽의 싱싱하고 차가운 자두꽃 향이 스며든 듯 신선했다. 해외에서 직수입한 실크 원단으로 만들었다는데 산 지 수년이 지나도록 막 짠 명주 두루마리 한 필을 펼칠 때처럼 변함없었다. 몸의 사소한 움직임도 그대로 드러날 만큼 옷감이 민감하고 부드러웠다.

움직일 적에는 시마만 알아듣는 사각사각, 하는 소리가 났다. 옷 속에 누에 한 마리가 들어 뽕잎을 갉아 먹으며 내는 소리 같았다. 소유와 헤어지고는 한동안 옷장에 처박아 두었는데 마담과 드라이브를 갔다 온 다음 날부터 꺼내 입기 시작했다. 처남과의 점심 약속을 위해 김과 함께 사무실을 나서면서도 시마는 김이 눈치채지 못하도록 은근하고 조심스럽게 손으로 양복 섶을 쓰다듬었다. 시마만 아는 비밀이 그 안에 오도카니 들어앉은 것 같아 기분이 좋았다.

점심 약속이 잡힌 단골 굴비집은 차로 20분을 가야 했다. 시마는 엘리베이터를 타고 김과 함께 건물 지하 2층으로 내려갔다. 지하주차장은 좁은 공간에 차들이 빼곡하게 들어차 퍼즐 게임판처럼 보였다. 주차된 차들 사이를 이리저리 빠져나가 구석에 주차된 자신의 은색 아우디를 향하던 시마는 청람색 푸조를 지나 5미터쯤 앞에 아우디를 마주하고 갑자기 걸음을 멈췄다. 보닛에 무언가가 올려져 있었다. 신문지로 여러 겹 싸였는데 길이는 40센티미터쯤에 모양은 물고기처럼 좁고 길쭉했다. 뒤따르던 김이 갑자기 시마의 팔을 잡았다. 천장의 감시카메라와 보닛, 주차장 입구를 번갈아 살핀 김은 천천히 시마의 차로 다가가 조심스럽게 신문지에 싸인 것을 집었다. 겹겹이 싸인 신문지를 풀자 안에서 날카로운 사시미칼이 모습을 드러냈다.

"………!"

김이 나무로 된 손잡이를 잡고 이리저리 둘러보았다.

"전우회 자식들이구만."

"이제 막 가겠다는 거군."

시마는 지난달 시마의 사무실을 찾아온 낯선 사내 둘을 떠올렸다. 사내 중 하나가 깊이 고개 숙여 인사를 하고는, 자신은 아파트 단지를 돌며 폐플라스틱을 수거해 사출물 업체에 가져다주는 일을 하고 있으며 지금도 막 한 차 내리고 오는 길이라고 정중히 말문을 열었다. 뒤이어 다짜고짜, 자신이 일하는 사출물 업체가 하반기에는 더 이상 기존 거래처에 납품할 수 없게 될 거라는 나쁜 소문이 퍼지고 있는데 혹 선생님들은 아시는지 물었다. 더할 수 없이 공손했다.

"………"

시마네가 사출물 공장을 준비하는 것을 어떻게 알고는 기존에 거래하던 업체에서 시마를 협박하기 위해 남자를 보낸 것이 분명했다. 시마가 말이 없자 사내는 왼손으로 오른손 소매를 걷어 올렸다. 남자의 것이라고는 믿어지지 않을 만큼 청결한 분홍빛 팔이 나타났다. 그 위에 붉디붉은 5월의 모란이 새겨져 있었다. 만개하여 꽃잎은 낱장 낱장이 이글거리고, 터질 듯 부풀어 오른 노란 꽃밥은 애벌레 수백 마리가 모여 우글거리는 듯이 생생했다. 사내가 팔꿈치 부분을 건드리자 딸깍 소리가 나며 모란이 그려진 아랫마디와 손이 사내의 팔꿈치에서 분리됐다. 모란 꽃잎이 다 흔들리는 줄로 알았다.

사내가, 분리된 자신의 팔을 조심스럽게 가슴에 안았다. 얇게 주름진 붉은 꽃잎의 뿌리 쪽은 음영이 짙어 사내가 안은 것은 팔이 아니라 여자의 성기인 것만 같았다. 팔을 안고 사내가 계속 말하기를, 만약 그러한 소문이 사실이라면 폐플라스틱을 수집해 생계를 연명하는 자신들로서는 먹고 살길이 막막하며, 그렇다면 몸이 이 지경인 자신들이 할 수 있는 일은 달리는 트럭에 뛰어드는 것뿐이라고 담담히 사연을 이어갔다.

팔꿈치에 다시 의수를 끼울 적에는 조심성이 없어, 저러다 만개한 붉은 꽃잎이 바닥에 떨어져 깨지기라도 하면 어쩌나 하는 걱정을 시마가 다 했다. 어디서 저런 것을 새겨 넣었을까 잠깐 궁금해졌다.

대낮인데도 사내의 입에서는 역겨운 술 냄새가 났고 초봄인데도 이마에서는 번질번질 땀이 흘러내렸다. 갑자기 사내가 자신의 의수로 시마의 손을 덥석 움켜잡았는데 모란의 아름다운 모양새와는 달리 의수의 촉감은 뭉툭하고 질겨 시마는 오랑우탄이나 침팬지의 손을 잡는 것 같았다.

"선생님들은 전쟁 같은 거 안 해보셨지요?"

"………"

살갑게 말을 붙이던 것과는 달리 사내의 핏줄 선 두 눈은 물을 한 바가지 쏟아부은 듯 번들거렸다. 그 눈에서 비린내가 난다고 시마는 생각했다.

"선생님들이 학교에서 공부하실 적에 저희는 낯선 나라에서 전쟁하고 있었지요. 눈앞에서 크레모아가 터지고 바로 옆에서 전우의 내장이 줄줄 흘러나올 적에도 저희는 내내 총을 갈겨야 했어요. 선생님들이 말쑥하게 교복을 차려입고 학교에서 시를 암송하고 계실 적에 말이에요. 모란이 피기까지는 나는 아직 기다리고 있을 테요, 하면서 말이에요."

"………"

사내는 몇 번 눈을 깜박이고 나서 곧바로 시를 암송하기 시작했다. 암송하는 동안은 눈 한 번 깜박하지 않았다. 암송이 끝나자 비로소 허공을 보며 눈을 껌벅였는데 그건 혹시 잘못 읊은 대목은 없는가 속으로 헤아리는 것 같았다. 사내가 의수에 모란을 새긴 뜻을 생각하자 시마는 몸에 가볍게 전율이 일었다.

"조국을 지키느라 이리되었지요. 덕분에 선생님들은 안전하고 평화롭게 학업을 마치고 이 자리에 있을 수 있게 된 거지요. 그렇다고 우리가 무슨 보상을 해달라는 건 아니에요. 그저 우리 국민들이 우리의 노고를 잊지 않고 언제나 감사하는 마음을 가져주는 것 그리고 팔도 없고 다리도 없는 우리한테서 먹을 것을 빼앗지 않는 것."

"………."

"그걸 바라는 거지요. 너무 과한 욕심일까요?"

둘은 그 후로도 몇 번, 지나는 길에 들렀다며 사무실을 찾아와 시마에게 검은 비닐봉지를 건네고 돌아갔다. 식어버린 떡볶이와 순대, 불어터진 어묵이 안에 있었다.

"선생님들은 이런 거 안 드실까요?"

공손히 말할 적에 그 눈에서 또 비린내가 풍겼다.

비린내 말고도 그들이 간 후에는 언제나 사무실에 알 수 없는 희미한 냄새가 오래도록 떠돌았다. 탈취제로도 쉽게 없어지지 않았다. 땀 냄새라든가 떡볶이 냄새 같은 명확하고 단순한 냄새가 아니라 강렬한 동물성 체취와 후텁지근한 체온 그리고 거기에 낙엽과 은단이 함께 버무려지며 나는 냄새 같았다. 이들의 협박에 질려 사업을 접은 곳이 시마가 알기로도 꽤 되었다.

시마는, 삼십 년간 근무한 회사의 매뉴얼을 떠올렸다. 매뉴얼에 따르면 그들은 앞으로도 몇 번 더 협박할 것이고 그러다 더 이상 먹혀들지 않는다고 판단하면 언제 그랬냐는 듯 고개 숙이고 들어와 자잘한 일감이나마 나누어 가지려 굽신거릴 것이다. 그자들이 아무리 용을 써도 거래처에서 거래 선을 바꾸겠다면 방법은 없다. 시마로서는 일단은 등록을 서두르는 것이 급선무였다.

시마는 사시미칼을 무심히 내려다보았다. 잘 벼려져 순결해 보이기까지 했다. 갓 바다에서 낚아 올린, 한참을 격렬히 퍼덕

거리다 이제 비로소 고요해진 한 마리 은빛 물고기 같았다.
 산딸나무 열매를 닮았어요.
 산딸나무 열매를 닮았어요.
 시마의 귀에 다시 속삭임이 들려왔다. 이어 사시미칼이, 시마를 비웃기나 하듯 주차장 형광등 불빛에 번쩍 빛을 발했다. 갑작스러워, 스스로 허공으로 솟구치며 몸을 뒤집는 것처럼 보였다. 시마는 바지 주머니에 손을 넣고서 은빛 스와로브스키 귀고리를 만지작거렸다. 모텔에서 가지고 나온 이후 한시도 시마의 몸에서 떨어진 적이 없었다. 그것이 꼭 그리운 소유의 귀에 걸려있던 것이라고 믿어서는 아니었다. 다만 오톨도톨한 그것의 표면을 어루만지고 있자면 갑충 그러니까 소유가 좋아하는 하늘소나 사슴벌레나 하는 것들의 딱지날개를 만질 때처럼 기분이 좋았다. 또 뺨에 대고 굴리면 은과 크리스털의 희미한 냉기가 핏줄을 타고 천천히 온몸으로 퍼져 나갔는데 그럴 때면 꼭 단단한 딱지날개 아래 포개진, 잠자리 날개처럼 곱고 얇은 속날개가 시마의 얼굴 바로 앞에서 샥, 하는 경쾌한 소리를 내며 펴지는 것 같았다. 그럴 때 얼굴에 이는 서늘한 바람이 시마는 좋았다.
 처남과는 서류 검토를 핑계로 급히 점심을 끝내고 시마 먼저 일어섰다.
 대형 에어컨 실외기가 전차부대처럼 포진한 식당 뒷골목 이면도로는 낯선 행성처럼 기이했다. 맞은편 고층빌딩의 거대한 그림자가 이면도로를 덮어 그 일대가 그늘에 잠기며, 그늘에 든 어두운 버드나무 한 그루는 또 미동도 없어, 골목은 더 삭막하게 보였다. 시마는 운전석에 앉아 거대한 빌딩 그림자와 에어컨 실외기가 만들어낸 황량한 골목 풍경을 멍하니 바라보았다. 그러다 조수석 쪽으로 몸을 기울여 팔을 뻗어 글러브박스를 눌렀다. 박스가 열리자 그 안으로 투명파일이 보였다. 운전석에서도 투명파일 안의 서류들의 제목 그러니까 명의 이전계약서니 주택매매계약서니 하는 글자들이 선명했다. 글러브 박스를 향해 조금 더 상체를 가져가자 이번에는 서류의 물건 란에 적힌 제이령 별장의 지번 그리고 매도자란과 매수자란에 적힌 시마와 소유의 이름이 차례로 눈에 들어왔다. 스와로브스키를 지니고 다닌 지 열흘째 되던 날 시마가 직접 부동산을 뛰어다니며 작성한 서류들이었다.

계약서들을 보자 이것을 마련하느라 동분서주하던 것, 알 수 없는 활기에 몸이 가볍던 며칠이 떠오르며 동시에 자신이 왜 이런 뜬구름 잡는 식의 일들을 한 건지, 그래서 어쩌자는 건지 새삼 스스로가 한심해졌다.

모텔에서 처음 스와로브스키를 발견했을 때 시마는 의식했건 아니건 제이령 별장의 주인은 시마가 아니라 소유여야 한다고 마음으로 정했다. 애초에 류하에게 넘길 생각이었다. 하지만 류하는 세상에 없고, 부동산에 내놓은 지는 십 년이 넘었으며, 그렇다고 십 년이 넘도록 집을 사겠다는 사람은커녕 보러 오는 사람도 없으니 아무래도 그 집은 시마와는 인연이 없는가 보았다.

그러고 보면 별장은 처음부터 시마의 마음에 들지 않았다. 조경업자에게서, 받아야 할 채무 대신으로 넘겨받아서만은 아니었다. 집이 낡았다든가 개발 가능성이 없는 지역이라든가 하는 것 때문도 아니었다. 처음 그 집을 보았을 때 그 집 뒤편으로는 막 해가 넘어가고 있었다. 곧 집은 통째 하나의 검은 실루엣이 되어버렸고 그러자 그것은 단순히 집이라기보다 어떤 생명체 그러니까 웅크리고 앉아 생각에 잠긴 검은 짐승처럼 생각되었다. 시마마저 두 발부터 차례로 어둠에 젖어 검은 실루엣으로 변해가는 것 같았다. 그 집의 박공지붕 위로는 둘레가 한 아름은 되고 높이는 그 집의 두 배가 넘는 커다란 갈참나무 한 그루가 솟아있었다. 뚝 꺾어 당장 땔감으로 써도 될 만큼 나무는 건조해 보였다. 잔가지라곤 없이 굵은 가지 네다섯 개가 각을 잡고 좌우로 뻗었는데 그 일대 허공은 오직 그것에 의해 동과 서 혹은 남과 북으로 구획되고 있었다. 먹으로 그린 획들처럼 명료했다. 막 임종의 순간을 지나는 것처럼 장엄과 쇠락의 기운이 함께 서린 나무는 서서히 굳어가며 시마에게 네가 이 육중함과 무거움을 아느냐, 비애를 아느냐 묻는 것 같았다.

　아름답구나.......

　생의 남루와 비루 저 너머로 가는 나무 한 그루를 앞에 두고 시마는 알 수 없는 두려움에 사로잡혀 속으로 그렇게 중얼거렸었다.

　마담과 들었던 강가의 모텔을 나오고부터 시마는 소유에게 별장을 넘겨줄 방법에 대해 부단히 고민했다. 소유의 입장을 생각하면 명의이전이 무난할 것이지만 아내가 그 사실을 알면 가만있지 않을 것이다. 그렇다면 매매 방식으로 넘겨주는 경우인데 서류상으로 시마가 소유에게 주택매매대금을 건네받은 거로 하면 아내는 일상적인 거래라고 믿을 것이다. 매매대금 정도는 시마의 비자금으로 감당할 수 있다. 그런데 어떤 경우건 소유의 동의가 필요했다.

소유의 동의라.......

시마는 입을 쩍 벌린 글러브 박스를 무심히 내려다보았다.

바보 같으니.

소유가 언제까지 숲에 있을 거라고 왜 믿어버렸을까.

소유의 동의는 고사하고 현재로서는 소유와 연락조차 되지 않는다. 전화번호는 지난해 초 바뀌었고, 바뀐 전화번호는 알지 못하며, 집 주소는 둘이 좋았던 시절에도 알지 못했다. 가기만 하면 언제든 먼발치에서나마 볼 수 있으리라 믿었던 휴양림 근무는 지난 연말 그만두었다. 그만둔 것을 올 2월에야 알았다. 동의를, 어디서 구할 것인가.

휴양림이 새로 업무를 시작하는 올 2월 첫날, 시마는 뜬눈으로 밤을 새웠다. 그리고 아침 아홉 시가 되자마자 제이령 휴양림에 전화를 걸었다. 내심 소유가 받을까 두렵기도 했고 또 소유가 받기를 간절히 원하기도 했다. 몇 번의 신호음이 가고 나서 딸깍 소리와 함께 휴양림 안내를 알리는 남자의 목소리가 들렸다. 잔뜩 긴장한 시마의 어깨가 그제야 힘없이 늘어졌다. 안도가 되기도 하고 안타깝기도 했다. 지난해 누구누구의 숲 해설이 좋았다, 올해도 단체로 그분의 숲 해설을 듣고자 하는데 아직 계시는가, 시마는 물었다.

".........."

전화기 너머 낯선 목소리가 잠시 침묵했다. 무거워, 그가 전화기를 타고 시마에게로 건너오느라 그러는 줄로 알았다.

"그만두셨습니다."

전화기 너머 남자가 말했다.
"지난해는 계셨는데요?"
시마가 더듬거렸다.
지난해 5월, 마지막으로 휴양림을 찾았을 때 소유는 분명 노란 조끼를 입고 있었다.
"그만두셨습니다."
뭘 물어도 전화기 너머 목소리는 그만두셨습니다, 하고 답할 태세였다. 억양도 감정도 없이 무심했다. 오히려 시마를 위해 일부러 아무 감정도 담지 않고자 애쓰는 마음인가도 생각되었다.

잘 아는 심부름센터가 하나 있긴 했다. 형사과에 근무하던 친구가 퇴직하며 차린 건데 사람 찾는 일은 일로 치지도 않을 만큼 실력이 좋았다. 완벽하고 깔끔했다. 하지만 그런 식으로까지 소유를 찾고 싶지는 않았다. 별장을 넘겨주는 일이 그 정도 거창한 일도 아니거니와 실은, 소유를 볼 엄두가 나지 않았다. 다시 소유를 보는 일은 세상에서 가장 두렵고 또, 가장 그리운 일이었다.

그새 그늘이 옮겨가 버드나무 몇 줄기가 햇빛에 드러났다. 바람이 불며 그 줄기가 느리게 흔들리자 잔가지가 아니라 빛이 순식간에 부풀어 오르는 듯했다. 곧이어 눈앞에서 다시 사시미칼이 번득였다. 격렬하여 순식간에 눈이 머는 것 같았다.

"………!"

시마는 시동을 걸었다. 그리고 내비게이션에 제이령을 찍었다. 먹빛 드레스 여자 꿈을 꾼 지 한 달 만이었다.

3

 소유를 보러 갈 적이면 늘 그랬던 것처럼 시마는 세 시간째 내리 시속 140킬로미터로 고속도로를 달렸다. 한 번도 쉬지 않았다. 내비게이션이 자주 과속을 경고했지만 개의치 않았다. 시마의 양옆으로 나무와 풍경이 찢어지듯 확확 물러나고 몸은 가끔 차와 함께 지면 위로 붕 떠오르는 것처럼 느껴졌다. 고속도로가 아니라 바람으로 지은 베 한 필의 한가운데를 죽죽 찢으며 달려가는 것 같았다. 위태로운 것이 오히려 시마를 감미롭게 했다. 소유가 없는 줄을 알면서도 소유에게 가는 길은 위태, 그것을 담보로 하고서야 시마에게 조금 위안이 되었다.
 소유가 숲을 떠나는 것은 마치 어느 날 지구가 말도 없이 자전과 공전을 멈추는 것과 같았다. 소유를 생각하면 당연히 그 배경으로 숲이 떠올랐고 숲을 떠올리면 또 언제나 그 속에 든 얇은 소유가 떠올랐다. 둘을 떼어놓고 생각하는 것은 불가능했다. 그러므로 올 2월, 전화기 너머 목소리가 소유는 더 이상 휴양림에 근무하지 않는다고 했을 때 시마는 혹시 다른 행성에서 온 외계인들이 휴양림 사람들을 모조리 쫓아내고 통째 제이령을 접수한 것이 아닐까 하는 어이없는 상상까지 해보았던 것이다.

 그래, 아이가 아직 어렸지. 가정에 좀 더 충실하기 위해 휴양림을 그만둔 건지도 모르잖아. 령 너머 다른 휴양림에 취직했을 수도 있고. 아니면 둘째를 가졌을까.

 둘째를 가졌을 거라는 데 생각이 미치자 조금 쓸쓸해졌다.

 이런저런 생각을 하는 사이 눈앞에 불쑥 높은 산이 나타났다. 나라의 동과 서를 가르는 높고 험한 그 산의 허공에 문패처럼 고동색 표지판이 걸려있었다. 휴양림을 알리는 표지판이었다. 시마는 급히 브레이크를 밟았다. 차가 휘청거리며 일순 가슴이 죄어왔다. 한의사는 허혈에 의한 울혈성 심부전이라고 했지만 지금의 갑작스런 답답함이 그 때문인지 휴양림이 가까워져 오는 때문인지는 알 수 없었다.

 분기점에서 오른쪽으로 빠져 피턴을 하자 다시 휴양림을 알리는 표지판이 나타났다. 이제부터 2차선 지방도로다. 시마가 사는 도시에서 한참 북으로 달린 후였다. 추운 지방답게 군데군데 황태 덕장들이 보였다. 아직 거두지 않은 빈 덕들 때문에 안 그래도 몇 안 되는 인가는 더 을씨년스러워 보였다. 도로 오른쪽은 가파른 사면이고 왼쪽은 낮은 계곡인데 계곡 쪽 절벽 아래 안으로 움푹 팬 응달은 얼음이 한 움큼이었다. 세 시간 전 시마가 떠나온, 거리에 벚꽃이 천지인 도시와 는 사뭇 달랐다. 위도가 높고 기온이 낮아 제이령은 봄이 거르고 지나갈 때가 많다고 소유는 말했다.

 오른편 산 사면의 꼭대기는 잔설을 인 듯 흰빛을 띠었다. 자작나무숲이었다. 희디흰 나무껍질에 싸늘한 초봄의 석양이 배어 멀리서 보면 붉고 투명한 얼음 기둥이 솟아있는 것처럼 보였다.

"바람이 불면 저 숲에서 쇠 냄새가 내려와요.

눈사태처럼요.

갓 벼린 신선한 쇠 냄새 말이에요."

추운 지방답게 도로 양쪽에도 자작나무가 흔했다.

소금기 섞인 바람을 자작나무는 싫어한다고 했던가. 기괴하게 비틀린 것들이 많은 것은 령 너머 동쪽 바다에서 불어오는 해풍 때문이라고 했다. 볼긋볼긋한 잔가지가 들어찬 차고 푸른 허공에서 자작나무 꽃이삭이 붉게 흔들렸다. 도도한 여자의 청결한 귓불에 매달려 흔들리는, 얇은 금속 귀고리 같았다. 꽃 이삭에서 찰랑찰랑, 귀고리 흔들리는 소리가 나는 것도 같았다. 생각해보면 시마에게 이곳은 실체를 가진 어떤 물리적 존재라기보다 소유의 말과 소유의 느낌과 소유의 생각을 통해 만들어지고 건설된 가상의 세계였다. 소유가 없으면 풍경도 없었다. 소유의 말과 소유의 느낌을 빌어 비로소 풍경은 시마에게로 왔다.

이대로 도로를 따라가면 나라의 동쪽과 서쪽을 경계 짓는 높고 긴 산맥에 난 세 개의 령들 중 하나인 제이령 정상이 이어진다. 소유는 령 너머 소도시에 살았고 일요일과 월요일을 빼고는 일 년 내내 령을 넘어 일터인 이곳 제이령 휴양림으로 출근했다. 지난해 연말까지는 말이다. 시마는 브레이크를 밟은 채 도로에 멈춰 제이령으로 이어지는 굽은 길을 바라보았다. 그리고 그 지점에서는 보일 리 없는, 제이령 정상이라고 짐작되는 곳에 오래 눈길을 주었다.

령 너머 소유는 잘 지낼까. 잘 지낼 것이다. 그러겠다고 하지 않았던가. 다시 일상으로 돌아가겠다고 하지 않았던가. 불같이 뜨겁지만 또 물같이 순한 것이 소유였다.
"잘 지내시는가."
시마는 덧없이 중얼거려보았다.
령을 넘어가는 차도, 넘어오는 차도 없이 길은 오래 한산했다. 세 개의 령들 중 두 개에 산 중턱을 관통하는 터널이 생기고부터 제이령은 평일은 물론이고 주말에도 차량의 왕래가 뜸했다. 령 너머 저쪽에서 차 한 대라도 넘어와 주면 좋겠구나, 적막하다고 생각하며 시마는 왼쪽으로 운전대를 꺾었다. 이 길을 따라 이십 여분을 가면 시마의 별장 그리고 휴양림이 이어졌다.
휴양림 가는 길은 도색을 한 지 얼마 안 되었던지 도로 가장자리 양쪽이 구절초처럼 희고 중앙선은 또 달처럼 샛노랬다. 정갈하여 기분이 좋았다. 신록이 제법 균일하게 덮인 도시 근교 산과는 달리 이곳은 대부분 무채색이었다. 잎 한 장 돋지 않은 회갈색 나무줄기 사이로 능선이 훤히 드러나 보였다.
능선 쪽을 바라보던 시마가 가볍게 미소를 지었다. 먼 데 골짜기에 한 움큼 연한 푸른빛이 번지고 있었다. 주변이 회갈색이라 푸른빛은 더욱 눈에 띄었다. 멀리서 보면 소복하게 퍼담은 푸른 밥공기 같았다. 시마는 가장자리로 차를 몰아 포장도로와 흙길에 각각 바퀴 하나씩을 걸치고 멈춰 섰다. 창을 열자 령의 차가운 바람이, 휙 토라져 돌아설 적 얼굴을 스치는 여자의 치맛자락처럼 서늘하고 도도하게 차 안으로 맴돌아 들어왔다. 시마는 차창에 팔꿈치를 괴고 먼 푸른빛을 찬찬히 살폈다. 교목 중 가장 먼저 잎을 틔우는 귀룽나무였다. 손톱만한 여린 잎들 사이로 햇살이 내려앉아 푸른 잎 전체가 사금파리를 흩뿌린 듯 반짝였다. 시마는 문득 저 푸른빛이 단지 나무 한 그루의 빛이 아니라 시마의 인생에도 한때 싱그럽게 들어와 푸르게 번졌다는 것 그리고 동시에, 다시는 그 빛이 자신의 인생에 찾아올 리 없다는 것에 생각이 미쳤다. 그러자 목이 메었다.

다시 차를 몰아 5분여를 달리자 나무들 사이로 옥색 기와지붕이 언뜻 나타났다 사라졌다. 시마의 별장이었다. 시마의 별장은 도로로부터 산 쪽으로 깊숙이 들어와 있어, 부러 골목길로 들지 않고는 쉽게 눈에 띄지 않았다. 잠시 후 다시 옥색 기와지붕이 나타났다. 시마가 이 집에 대해 유일하게 마음을 준 것이 이 옥색 기와지붕이었다. 처음 이 집을 지은 조경업자는 지붕에, 솔잎 간 것을 유약과 섞어 700도의 가마에서 구운 전통적인 녹유 기와를 얹고자 오래 수소문했다고 했다. 하지만 지금은 어디에도 그러한 방법으로 기와를 굽는 곳은 없어, 다만 어떻게든 녹유 기와와 가장 가까운 색을 지닌 것을 찾아 방방곡곡 누비며 그나마 저것을 구해 올렸다는데 시마의 눈에는 그 기와로도 충분히 좋았다. 초여름, 계곡 물속에 비친 복자기나무 잎의 푸른빛을 닮았다고 소유는 말했다.

시마는 별장 담벼락 옆에 차를 세우고 주머니에서 열쇠를 꺼냈다. 은빛 열쇠 끝에서 투명 아크릴 안에 든 얼레지 한 송이가 시계추처럼 흔들렸다. 소유가 준 것인데 이년이 지났어도 보랏빛 꽃잎은 그 모양이며 색깔이 갓 딴 듯 선명했다. 꽃잎 안쪽으로 지그재그 모양의 짙은 자주색 무늬가 울타리처럼 빙 둘러가며 나 있었다. 뜨겁게 타오르며 저 혼자 밤을 샌, 그러다 새벽이 오자 차갑게 식어버린 창백한 알전구 속 필라멘트 같았다.

시마는 다시 바지 주머니에 열쇠를 넣고 담벼락을 따라 걸었다. 아직 잎 돋지 않은 담쟁이덩굴이 그물코처럼 빼곡하게 담벼락을 덮고 있었다. 꽈배기 모양 철심이 성글게 박힌 철제 대문 앞에서 시마는 멈췄다. 철심 사이로 마당이며 집이 훤히 들여다보였다. 마당은 온통 개망초였다. 발 디딜 틈 없이 촘촘했다. 아직 초봄이라 발목만큼 하지만 여름이 되면 어른 허리만큼 자라 마당 한 가득 흰 꽃을 피울 것이다. 재작년 요양차 이 집에 왔을 때는 미리 현지 사람을 사 마당이며 집안이며 말끔히 정리해놓은 덕에 집이 폐허와 다름없다는 생각은 하지 못했다. 다만 현지사람 말이, 잡초가 어찌나 무성하던지 귀신이 나오는 줄 알았다고 했다. 나중에 소유에게 무심코 그 말을 해주자 소유는 분하다는 듯 그때껏 아껴 마시던 술탄의 커피를 소리를 내며 다탁에 내려놓고는,

"밤에 보면 얼마나 아름다운데요!"

아쉬워했다.

"........?"

"꼭 허공에 흰 꽃이 둥둥 떠다니는 것 같거든요. 고향이 필라델피아예요."

"누가?"

"개망초 말이에요. 필라델피아도 가봤어요?"

시마는 고개를 끄덕였다. 출장차 몇 번 갔었다. 소유는 부러운 표정을 했다.

"저는 못 가봤어요. 거기에 유명한 교향악단도 있잖아요. 필

라델피아 교향악단 말이에요."

"..........?"

교향악단 하나쯤 없는 도시가 어디 있던가.

시마가 아는 필라델피아는 교향악단과는 별개로, 델라웨어강을 중심으로 현대문명을 대표하는 잘 닦인 도로와 항만이 끝없이 펼쳐지고 거대한 공장이 컨테이너처럼 늘어선 전형적인 공업 도시일 뿐이었다. 적어도 시마에게는 그랬다.

지금 와 생각해보면 소유는 가보지 못한 곳이면 늘 그리워했다. 가보지 못한 곳, 낯선 곳, 낯선 존재에 대해 필요 이상의 열렬함을 보였다. 그리고 그러한 가 닿을 수 없는 것에 대한 열렬함으로 현실의 소유는 오히려 애절했다. 모두 시간이라는 배에 올라타고 말없이 강물을 따라 흘러가는데 소유 저 혼자 부질없이 거꾸로 노를 저어 강줄기를 거슬러 올라가려는 듯이 보였다. 내년에는 그대로 두마고, 둘이서 밤에 그 흰 꽃을 보자고 약속했지만 결국 시마는 약속을 지키지 못했다. 그해 겨울 시마는 도망치듯 그 집을 떠나 도시의 제 아파트로 돌아갔고 소유는 혼자 추운 제이령 별장에서 겨울 한 철을 보냈던 것이다.

박공지붕 아래 낮은 다락방이 들어앉은 단층집은 오랜 석탑처럼 고요했다. 풀이 무성하여 더욱 그런 느낌이 들었다. 마당 왼쪽으로는 정원수들이 울창했다. 당단풍 줄기는 지상에서부터 여러 줄기로 분기해, 열락에 겨운 여인처럼 통째 허리를 비틀며 올라갔고 오래 전지하지 않아 제멋대로 자란 향나무는 허공에서 횃불처럼 너울거렸다. 마당 깊은 안쪽, 높이 자란 삼나무는 잔가지들이 여기저기 분수처럼 솟으며 늘어져 멀리서 보면 작은 분수 여럿을 지닌 큰 분수같이 보였다. 마당 오른편은 주목 숲이었다. 산그늘이 내려와 주목 숲은 주변보다 어두웠다. 주목 그늘 안에서 산꿩이 울었다.

아내와 아이들은 이 집을 싫어했다. 날이 저물면 눈이 멀 듯 캄캄한 데다 가까운 데서 밤새가 울면 집 안에 있어도 무서웠다. 근교에 이렇다 할 놀이시설이나 편의시설도 없어 한 번 오고는 다시는 발을 들이지 않았다. 아내는, 여동생 일이 있고는 곧바로 부동산에 그 집을 내놓았다. 십 년째, 집을 보러오는 사람은 없었다.

술탄의 커피를 마시러 처음으로 시마의 별장에 들른 날 소유는 처마 밑 티 테이블에 가지런히 손을 모으고 앉아 어두워지는 마당과 주목 숲을 바라보았다. 모카포트가 바글바글 거품을 내며 끓어오르고, 시마가 장미색 찻잔 가득 커피를 따라 소유 바로 앞에 놓아줄 때까지도 소유는 말이 없었다. 아직은 시마가 낯설고 또 어쩌면 남자 혼자 있는 집이 신경 쓰여 그러는가보다, 괜히 술탄의 커피를 대접한답시고 집에 불러 불편하게 했나보다 후회할 즈음 어두운 주목 숲에서 다시 산꿩이 울자 그제야 소유는 그때까지 잔뜩 치켜세우고 있던 어깨를 힘없이 늘어뜨리며 낮게 속삭였다.

"이 집 말이에요."

"……"

"이상해요. 제가 오기를 기다린 것만 같아요."

"……"

처마 밑 낡은 외등 불빛이 소유의 동그스름한 턱선에 번져 소유는 원래보다 더 다정하고 부드러워 보였다. 시마는 손가락으로 밀가루 같은 그 턱을 가만 쓰다듬고 싶은 것을 간신히 참았다. 여동생 류하의 턱도 소유처럼 그렇게 동그스름하고 부드러웠다.

"내 동생을 참 많이 닮았소."

시마가 말했다. 소유가 입을 다물고 환하게 웃었다. 시마는 그러나 이 집에서 류하가 목숨을 끊었다는 얘기는 하지 않았다.

바지 주머니에 손을 넣어 얼레지 압화가 든 아크릴 조각을 만지작거리며 시마는 서쪽 하늘을 바라보았다. 먼 산이 싸늘해지고 있었다. 집은 산과 한참 떨어져 있어 그 어두운 청록색 덩어리가 시마에게까지 닿을 리는 없건만 시마는 자꾸 그것이 자신을 향해 걸어오는 듯이 생각되었다. 마당에 들어설 엄두는 나지 않았다. 현관문을 열면 집 안에는 아직 제이령의 겨울이 그대로 머물고 있어, 골짜기를 휘돌아온 바람은 유리창 흔들리는 소리를 내고 자작나무는 온통 눈물에 젖어 시마를 돌아볼 것 같았다. 그 추운 바람 너머로 소유의 흔적들 그러니까 말라붙은 치즈 조각이나 커다란 양모 슬리퍼, 파란 돌고래 스티커 같은 것들을 마주치게 될 것이 두려웠다. 시마는 급히 차에 올랐다.

십여 분을 달리자 휴양림 입구였다. 입구 오른편으로 오백 년 넘은 갈참나무가 보였다.

이곳 휴양림은 자작나무숲이 유명하다. 도시에서 멀리 떨어져 있고 교통이 불편하고 오지인데도 사계절 방문객이 끊이지 않는 것은 전적으로 자작나무숲 때문이었다. 특히 한겨울 흰 눈과 그 눈을 배경으로 곧게 뻗은 자작나무 흰 줄기의 자태는 말할 수 없이 고고하고 아름다워 겨울이면 빼놓지 않고 언론에 오르내렸다. 류하가 이 집을 좋아한 이유도 자작나무숲이 가까워서였다.

하지만, 소유와 함께 휴양림 구석구석을 다니고부터 시마는 갈참나무가 부쩍 좋아졌다. 특히 입구의 오백 년 된 갈참나무는 세상의 모든 세월이 그 수명을 다하고 마침내 나무에게로 걸어와 그 앞에 푹 쓰러져서는 첩첩이 그의 나무껍질이 된 듯 희뜩하고 아득했다. 회청색 지의류가 줄기 표면을 빼곡하게 덮어 멀리서 보면 얇게 박을 뜬 자개 조각을 일일이 갖다 붙인 것 같았다. 펼쳐진 가지의 이 끝에서 저 끝이 시마의 아파트 거실만 하였다.

휴양림에 들어서자 2층짜리 목조 건물이 눈에 들어왔다. 관리사무소였다. 그 앞을 지날 적에 시마의 심장은 격렬하게 고동쳤다. 좀 전 제이령을 향해 출발할 때는 일단 휴양림 사무실을 방문하여 소유의 전화번호를 알아보리라 했다. 오래 휴양림에 근무했으니 소유의 바뀐 전화번호를 아는 동료 숲해설가 몇은 있으리라 생각한 때문이었다. 하지만 안쪽에서부터 갑자기 사무실 문이 열리고 그 안에서 노란 숲해설가 조끼를 착용한 남자가 나타나자 시마는 놀라 반대편으로 고개를 돌리고 급히 임도를 향했다. 자신이, 휴양림에는 어울리지 않는 푸른 트렌치코트 차림이라는 것도 그제야 알았다.

관리사무소를 지나 수리바위 가는 임도로 접어들자 조금씩 긴장이 풀렸다. 심장의 고동도 규칙적이 되었다. 생각해보니 방금 사무실 문을 열고 나온 남자의 낯이 익었다. 남자는 시마를 모를 것이지만 시마는 그의 숲 해설을 두어 번 들은 적이 있다. 무엇보다 소유가 존경하여, 자주 입에 올리고 칭찬하던 사내였다. 그래서인지 시마도 어느결에 그에 대해 좋은 감정을 가지게 되었는데 막상 그를 보자 문득 매달려 하소연이라도 하고 싶은 마음이 되었다.

　임도 왼편은 넓은 개활지였다. 개활지 한가운데, 지난해에는 본 적 없는 어린 버드나무 한 그루가 자라고 있었다. 사소한 바람에도 춤추는 풍선 인형처럼 사방으로 흔들렸다. 개활지 가장자리는 핀 채 그대로 말라버린 지난가을 산국꽃들이 수북했는데 수용소 철조망에 달라붙은 포로들처럼 황량했다. 하지만 한여름이면 이곳 개활지는 고마리와 개여뀌, 물봉선으로 풍요로웠다. 소복소복 무리 지은 낮은 풀뿌리 사이로는 한 철 자박자박 물이 흐르고 물 아래 모래알은 또 한 알 한 알 셀 수 있을 만큼 맑았다.

　넓게 펼쳐진 물봉선 밭에 늦여름 저녁 햇살이 비껴들면 그 일대 대기는 보랏빛 안개가 들어찬 듯이 되었다. 인적도 새소리도 없이 고요한 물소리만 귓전에 남게 될 즈음 어디서 검은꼬리박각시가 나타나 물봉선꽃 주위를 붕붕거리고 그러다 어느 순간 꽃 대롱 깊숙이 수밀관을 밀어 넣으면 가늘고 긴 그것은 부드럽게 휘며, 틈이라곤 없이 대롱의 내부와 밀착되어 빨려 들어가듯 씨방을 향해 밀고 들어갔는데 그럴 적이면 시마는 그만 자신이 물봉선꽃에 온몸을 밀어 넣는 것 같이 생각되어 아랫도리가 한없이 그윽하고 묵직해졌던 것이다.

　몇 걸음 더 가자 계곡을 가로지르는 은행나무 다리가 나타났다. 쓰러진 은행나무 줄기를 잇대어 만든 상판 틈으로 망초와 질경이가 빼곡했다. 시마는 크게 심호흡을 하고 은행나무 다리를 건넜다. 지금까지와는 다른 풍경이 눈앞에 펼쳐졌다.

여기서부터가 시마는 참 좋았다.
 임도를 따라 오른편으로 흐르던 계곡은 은행나무 다리를 경계로 왼편으로 바뀌어 흘렀다. 험하지는 않아도 바위마다 푸른 이끼가 덮여 숲은 실제보다 더 어둡고 깊어 보였다. 계곡 너머 북사면은 오래된 나무들이 울창했다. 상수리와 은사시, 가죽나무와 물푸레나무들은 한 눈에도 한 아름이 거뜬히 넘고 키는 20미터를 훌쩍 넘어 보였다. 거대한 기념탑들이 숲 깊은 곳에 우뚝 서 있는 것처럼 보였다. 다래와 머루, 사위질빵 덩굴이 칭칭 그것들의 우듬지를 감고 올라 멀리서 보면 뱀 수십 마리가 꼭대기에 똬리를 튼 것 같았다. 시마는 고개를 치켜들고 맞은편 능선을 바라보았다. 잎 한 장 돋지 않은 회갈색 나무줄기들 때문에 능선은 마치 기다란 검은 철책을 두른 것 같이 보였다. 무심히 철책 아래를 훑던 시마가 혼자 탄성을 질렀다.
 "........!"
 능선과 이편 계곡 사이 중간쯤 되는 허공에 푸른 폭포가 넘실거렸다. 수천수만 장의 나뭇잎으로 이루어진 그것은 장대하여 하늘에서부터 쏟아져 내리는 것 같았으며 푸른 잎은 시마의 얼굴에 닿자 물방울로 변해 사방으로 푸른 즙을 흩뿌리며 사라지는 것 같았다. 허공에 드리운 푸른 공단 커튼인 듯 우아하면서도 육중했다. 시마는 뒷짐을 지고 턱을 치켜들고 허공에서 흘러내리는 푸른 폭포를 망연히 올려다보았다. 아직은 쌀쌀한 계절, 숲에서 가장 먼저 잎을 틔우는 귀룽나무였다. 주변의 무채색이 푸른 귀룽나무 폭포를 더 돋보이게 했다.
 초봄인데 벌써 초여름처럼 짙고 풍성했다. 바람이 없는데도 나무는 조용히 출렁이고 끊임없이 용틀임하는 것처럼 보였다. 아래로 쏟아져 내렸지만 그 끝이 지상에는 닿지 않아 나무가 아니라 거대한 선체가 홀로 허공을 부유하는 것 같았다. 시마는 두 손을 모아 입에 대고 아, 하고 소리를 지르고 싶은 것을 간신히 참았다. 시마의 소리가 나뭇잎에 닿으면 그 안에서 수천수만의 흰 나비 떼가 한꺼번에 날아오를 것만 같았다.

이곳 휴양림 계곡 너머는 귀룽나무가 유독 많았다. 밑동이 한 아름은 되는 것들이 수두룩했다. 오래되어 나무껍질은 검고 골이 깊었으며 가지는 늘어져 바닥에 닿고, 바닥에 닿은 가지에서는 또 뿌리가 나와 거기서 다시 온전히 나무 한 그루가 자라며 그 일대가 자연스럽게 귀룽나무 군락지가 되었다.

"이제부터 여기가 우리 보금자리예요!"

푸른 귀룽나무 안에서 소유는 헐떡거리며, 시마와 알몸으로 엉켜 미끈거리며, 눈은 번개를 품은 듯 번득거리고 땀에 젖은 머리칼은 차가운 생미역 다발처럼 격렬히 흔들리며, 두 번의 절정을 지나고도 여전히 잔물결처럼 경련을 일으키며, 시마에게 속삭였던 것이다. 그럴 적 소유는 빛나는 뜨거운 불과 같았으나 실은 처음 소유를 보았을 때 그 인상은 단아하다 못해 오히려 쌀쌀했다.

"모두 몇 분이신가요?"

관리사무소 문을 열고 나온 소유는 시마 일행을 보자 황급히 둥그런 챙이 달린 하늘색 모자를 눌러썼다. 모자를 쓰지 않고 탐방객을 맞이하는 것은 규정에 어긋나는 일인가 보았다. 급히 눌러쓴 모자가 콧잔등 절반을 덮어 시마 쪽에서는 소유의 얼굴의 아래쪽 절반만 보였다. 손에는 먹다 만 사과 반쪽이 들려있었다. 사과 속살에 어린 고라니 발자국 같은 자잘한 이빨 자국이 선명했다. 아직 탐방객이 오기에는 이른 철이라 방심하고 있던 모양이었다.

사과를 보자 시마는 저도 모르게 신물을 올렸다. 호기롭게 친구들을 몰고 아침부터 휴양림에 오긴 했지만 내내 속이 쓰렸다. 전날, 별장을 찾아온 친구들과 밤샘 포커를 친 후라 주차장에서 관리사무소까지의 백여 미터가 아득히 멀고 어지럽게만 느껴졌다.

밤샘 포커 따위는 수술 전의 시마에게는 아무것도 아니었다. 사우나와 피로회복제 한 병이면 다음 날이 거뜬했다. 수술하고는 그러나 꼼꼼히 씹은 고기 한 점, 소주 반 잔, 하룻밤의 불면으로도 몸이 무너졌다. 친구들이 사 온 인스턴트 찌개와 전날 먹다 남은 족발로 아침을 때우자 속은 불이 난 듯 아프고 답답했다. 이마에 식은땀이 흐르고 사지에 힘이 빠졌다. 눕고 싶은 마음이 간절했지만 친구들 앞에서 약한 모습은 또 보이고 싶지 않았다. 이러지도 저러지도 못하고 끙끙대던 차에 생각난 것이 근처에 있다는 휴양림이었다. 이곳에 휴양림이 생겼다는 말은 몇 년 전에 들었지만 오랫동안 별장을 오가지 않았고 또 시마 생각에 휴양림이라는 것은 멀쩡한 산 한 귀퉁이를 깎아 데크 만들고 통나무 집 세우고 조경석 몇 개 가져다 놓은 것과 다를 바 없었으므로 친구들이 찾아오기 전까지는 부러 시간을 내어 갈 생각은 하지 않았다.

"열둘입니다."

시마가 대답했다. 소유가 재빨리 붉은 혀를 내밀어 사과즙이 묻은 입술을 훔쳤다.
"지금 시내에는 개나리며 목련이며 활짝 피었습니다만 이곳은 깊은 산중이라 봄소식이 더딥니다."
목소리가, 막 터널을 지나온 듯 울리며 서늘했다.
그러면서, 꽃이 피지 않은 것이 제 탓인 것처럼 미안해하며 모자를 벗었는데 시마는 그만 심장이 멎는 줄로 알았다. 놀랍도록 류하를 닮아있었다. 다소 오만하다 싶은 눈길과 동그스름한 턱선이 특히 그러했다. 나이는 짐작할 수 없었다. 삼십대 중반 같기도 하고 결혼을 안 한 노처녀 같기도 했다. 낯빛은 희고 투명했으며 눈과 코, 입은 단정했다. 조금 차다 싶은 얼굴은, 부드럽고 동그스름한 턱선 덕분에 전체적으로 순한 인상을 주었다.
"천 년에 한 번씩 천상의 선녀가 내려와 바위 위를 걷다가 나풀거리는 옷자락이 바위를 스쳐 그 바위가 닳아 없어지는 기간을 겁이라 한다는군요. 옷깃을 스치면 한 겁의 인연이랍니다. 서로 아시는 분들이겠지만 그래도 간단하게 옆에 계신 분들과 악수하면서 겁의 인연을 쌓는 거로 오늘 숲 해설 시작하겠습니다."
그때까지 멀뚱히 서 있던 시마의 친구들은 소유의 말이 끝나자 비로소 호기롭게 웃으며 서로 어깨를 감싸고 악수를 나눴다. 시마 혼자 여전히 잦아들지 않는 신물을 참느라 얼굴이 어두웠다.
소유는 간단히 제이령 휴양림과 숲 해설 코스를 설명하고 곧바로 자작나무숲을 향했다. 꼭 맞는 스판덱스 블랙진에 가슴 윤곽이 드러나는 검은 터틀넥 골지 니트를 입었는데 시마 생각에는 가슴이 참 맞춤하다 싶었다. 검은 니트 위에 덧입은 노란 숲

해설가 조끼는 헐렁해 자주 한쪽 어깨가 비스듬히 한쪽으로 기울어졌다. 옅은 회색 가죽에 분홍색 줄무늬 세 줄이 사선으로 덧대어진 운동화가 다만 성급히 봄옷을 챙겨 입은 소녀처럼 소유를 추워 보이게 했다.

자작나무숲 가는 길 양쪽으로 어른 키를 조금 넘는 나지막한 사면이 이어졌다. 사면 꼭대기는 곧 만나게 될 숲을 예고라도 하듯 군데군데 자작나무들이 무리를 지어 파란 하늘에 새하얀 줄기를 뽑아 올리고 있었다.

소유가 앞장서고 시마가 그 뒤를 따랐다. 평범하고 다소 왜소한 체구의 소유는 무리 속에 있을 때는 있는지 없는지도 분간이 되지 않다가 걷기 시작하면 비로소 다른 사람들과 확연하게 구분되었다. 일단 발을 내딛기 전 소유는 엉덩이와 허벅지 근육을 한껏 긴장시켰다. 그리고 대퇴부와 장딴지, 발가락이 일자를 이루며 팽팽해졌다 싶을 때 날 선 다리로 튕기듯 가볍게 흙을 차고 올랐는데 그럴 때는 대지가 불쑥 손을 내밀어 소유의 엉덩이를 받치며 힘껏 위로 밀어 올려주는 것 같았다. 그러면 소유의 발은, 포물선 모양의 빗면을 빠른 속도로 굴러 내려가 힘차게 반대편 곡면으로 솟구치는 쇠 구슬처럼 재빨리 발바닥 전체로 대지를 감싸며 신속하고 부드럽게 허공으로 솟구쳐 올랐다. 어찌나 힘차고 순식간인지 덩달아 시마의 몸도 함께 솟구쳐 오르는 것 같았다.

솟구쳐 오른 소유의 발뒤꿈치 뒤로는 대지가 통째 매달려 올라왔다. 죽은 듯 누웠던 흙과 바위, 겨우내 잠들었던 풍뎅이와 하늘소 애벌레, 오랜 추위에 몽롱하던 나무는 소유의 발걸음에 비로소 깨어나 햇빛을 머금고 바람을 품으며 돛처럼 부풀고, 늘어지고 정체됐던 공기는 소유의 활갯짓에 또한 비로소 기지개를 켜며 소유의 어깨와 겨드랑이, 옆구리와 발목에 차례로 격렬한 바람의 여울을 만들었다. 소유가 디뎌 만든 발자국마다에서는 신선하고 그윽한 부엽토 냄새가 났다. 그 냄새는 시마에게는 언젠가 책에서 본, 천 년을 기다려야 온다는 전설의 침향인 것처럼 생각되어 자신이 아주 오래, 그러니까 머나먼 유년의 잠수함을 타고 어두운 해저를 항해하다 마침내 지금의 나이가 되어 이 숲에 도착한 거라고, 그래서 어쩌다 류하를 닮은 한 여자, 몸 깊숙이 침향을 묻은 여자를 만나게 되는 거라는 식으로 상상을 해보는 것이었다.

소유의 뒤를 따라가면서 시마의 눈길은 내내 소유의 발뒤꿈치의 장단을 따라 위아래로 올라갔다 내려가기를 반복했다. 그러느라 어느새 신물이 나던 것도 잊었다. 자신의 걸음에도 저런 활기가 있었던가 기억을 더듬어보자 이렇게 휴양림에 오기 전까지는 자신은 두 다리를 사용한 적조차 없다는 생각이 들었다.

소유는 또 임도를 걸을 때 슬쩍 소매를 걷어 팔 안쪽 맨살로 가장자리 나무들을 훑곤 했다. 팔목 안쪽에 무슨 특별한 섬모나 돌기라도 돋아 그것으로 나무들과 인사를 나누고 안부를 건네는가 하는 생각이 들 정도였다. 처음엔 숲에 대한 애정과 교감이 남다르구나 했는데 가만 보니 아무것에나 그러는 것은 아니고 공통적으로, 줄기가 단단하고 표면은 매끄러우며 더러 나선형으로 비틀린 것들에 그러는 것이 어떻게 보면 건장한 사내를 집적거리는 요부인 듯이도 보였다. 절도 있는 걸음걸이와 기묘하게 어우러져 그 손짓이 오히려 음탕한 맛을 풍겼다. 도도한 걸음과 관능적인 그 손짓은 숲의 주인이자 법도는 소유 자신이며 시마는 그저 잠깐 방문한 손님이므로 저의 허락 없이는 숲에 오래 머물러서도, 나무 한 그루 풀 한 포기 벌레 한 마리에 손을 대서도 안 된다고 말하는 것 같았다.

이 숲의 여왕이구나, 시마는 생각했다.

어느 순간 소유가 잠깐 멈춰 섰다. 그리고 오솔길 왼편, 붉은 순이 쌀알만큼 올라온 찔레 덩굴에 눈길을 주었다. 시마도 덩달아 덩굴에 시선을 주었다. 멈춰선 소유는 허리춤에 팔꿈치를 붙이더니 바로 뒤에 선 시마만이 알아챌 정도로 덩굴을 향해 보일락 말락 손을 흔들었다. 계속 소유를 지켜보지 않았다면 알아채기 힘든 그 소소한 손짓은 시마에게 커다란 감동을 주었는데 그건 그 손짓이 그럴 수 없이 다정했기 때문이다. 마치 오랫동안 보지 못한 친구가 거기 덩굴에 숨어 빼꼼히 얼굴만 내밀고 있어, 시마 일행 때문에 서로 부둥켜안고 반가워할 수는 없지만 대신 저희끼리만 아는 수신호로 은밀하고 다정하게 기쁨을 표현하고 있는 것 같았다. 혹시 주변에 동료 숲해설가라도 있는가 싶어 찔레 덩굴 근처를 살폈지만 눈길 닿는 범위에는 시마 일행 말고는 없었다.

그러다 덩굴 위, 반딧불이처럼 깜박이는 손톱만한 날벌레에 눈길이 가 닿았다. 아직 잎 돋지 않은 무채색의 숲에서 저 혼자 날개가 꽃처럼 붉었다. 바삐 날개를 저어 날아갈 적에는 그 자취가 열두 발 상모처럼 아름다웠다. 아무래도 소유는 그 사소한 붉은 등불 같은 것을 향해 손을 흔들었나 보았다. 시마는 그만 울컥 눈물을 올릴 뻔했다.

요양차 이곳에 왔을 때 시마는 혼자였다. 시마가 당분간 제이령에서 지내겠다고 하자 아내는 그곳에 가려는 저의가 뭐냐고 물었다. 여동생 일을 언급하는 것이리라. 저의 따위는 없었다. 그저 아내와 자식들이 있는 70평 아파트의 적적함보다는 이곳의 적적함이 더 견디기 수월할 것 같았다.

하지만 위안을 찾아 내려온 제이령은, 제이령대로 또 적막했다. 특히 이름 모를 밤새가 우는 날은 언젠가 아이들이 이곳에 왔다가 밤이 무서워 다시는 걸음을 하지 않은 것처럼 시마도 당장 도망치고 싶은 마음이 되었다.

재발하면 뛰어내리기로 마음에 둔 이국의 산은 떠올릴수록 두려웠다. 재발하면 정말 그곳에서 뛰어내릴 수 있을까. 뛰어내리기는커녕 중환자실에서 무슨 게릴라 전사처럼, 생명을 연장시켜준다는 온갖 기계장비들을 주렁주렁 몸에 달고 살려달라고 비굴하게 애원하지는 않을까. 번 돈의 대부분을 중환자실에 갖다 바치게 되지는 않을까. 평생 매뉴얼을 따라 살았는데 죽음마저 결국 매뉴얼을 따르게 되는 것은 아닐까. 그런 생각들을 하며 까무룩 잠이 들었다가 놀라 퍼뜩 깨어나면 베갯잇은 온통 눈물에 젖어 축축했다. 소유가 한낱 벌레 한 마리에게 보여준 다정함은 그래서 그즈음의 시마로 하여금 걷잡을 수 없이 서러운 기분이 되게 했던 것이다.

앞서 걷던 소유가 손을 들어 남사면 기슭을 가리켰다. 시마 눈에는 그저 낙엽이 두텁게 쌓인 회갈색 사면일 뿐이었다. 소유가 허리를 굽히며 다시 낙엽 사이를 가리켰다.

"노루귀입니다. 숲의 봄은 이렇게 낮은 곳에서부터 온답니다."

"……!"

소유의 말이 끝나자 비로소 바닥으로부터 한 뼘쯤 되는 곳에 순한 보랏빛 꽃송이들이 무리 지어 피어있는 것이 보였다. 꽃들은 아무래도 전부터 피었던 것이 아니라 소유의 말이 끝나자 일시에 피어난 것 같았다. 자잘한 사금파리가 박힌 듯 남사면 일대가 눈이 부셨다.

임도는 얼마 후 능선으로 이어졌다. 곧 가팔라지는가 싶더니 잠시 후 왼쪽으로 드넓은 비탈이 나타났다. 사방이 희디흰 자작나무였다.

시선 닿는 곳 어디나 순백의 줄기들이 창살처럼 꼿꼿하고 촘촘했다. 시마와 일행은 능선에 선 채 일제히 탄성을 질렀다. 그리고 이내 약속이나 한 듯 고요해지며 말없이 비탈을 내려갔다. 숲이 시작되는 입구에서 소유가 멈췄다.

"옛 북방민족은 사람이 죽으면 육신에서 영혼이 떨어져 나와 자작나무를 타고 하늘로 올라간다고 믿었다는군요. 이 나무가 하늘로 가는 사다리였던 거죠."

자작나무숲에 들리는 소유의 나직한 목소리는 희고 매끈한 자작 줄기를 닮아 흠 하나 없이 맑았다.

새 한 마리 날지 않는 숲은 적막했다. 소리도 바람도 없는 진공상태 같았다. 소유는 시마들에게 각자 나무 한 그루씩을 안고 소원을 빌어보라고 했다. 시마는 힐긋 주변을 돌아보았다. 밤새 포커를 칠 땐 왁자지껄하고 자신만만하던 친구들이 어느새 나무 하나씩을 끌어안고 무언가를 속삭이고 있었다. 믿어지지 않을 만큼 순했다. 시마도 곧 어색하게 나무 한 그루를 안았다.

자작의 껍질은 금방이라도 분이 묻어나올 만큼 희었다. 줄기는 처음엔 섬뜩하도록 차더니 시간이 지나자, 시마의 체온이 그리로 옮겨가 그랬던지 나무의 온기가 시마에게로 옮아와 그랬던지 조금씩 따듯해지기 시작했다. 나무줄기에 조심스럽게 뺨을 대자 나무의 내부로부터 나이테가 겹겹이 밀물을 이루며 시마에게로 밀려오는 것 같았다. 시마는 그 물결에 올라타듯 나무를 안은 팔에 힘을 주며 두 다리로 줄기를 휘감았다. 그러자 이번에는 거꾸로 시마가 나무의 내부로 겹겹이 빨려 들어가는 것 같았다.

곧게 뻗은 흰 나무들 사이로 소유가 보였다. 얼굴 윗부분은 챙에 가려 보이지 않고, 부드럽고 동그스름한 볼과 턱만이 복숭아 한 귀퉁이처럼 그 아래로 도드라져 보였다. 나무를 안고 한쪽 뺨은 가볍게 줄기에 대고 있었다. 꼭 애인을 안은 것 같았다. 한껏 두 팔을 벌려 머리 높이로 줄기를 감싸고 가슴과 배는 나무 껍질에 밀착시키고 게다가 조금 민망하게도 서로 엉킨 남녀처럼 슬쩍 한 다리로 자작의 기둥을 휘감고 섰는데 나무와 막 사랑을 하려거나 혹은 껴안은 나무속에 애인이 있어 그런 식으로 둘이 온기를 나누는 것 같이 생각되었다. 시마는 불쑥 자작나무 속으로 걸어 들어가 처음 본 저 여자의 애인이 되고만 싶었다.

눈에 익자 자작나무숲 전체가 강줄기가 되어 도도히 흘러가는 것처럼 보였다. 시마도 뗏목에 올라타 자작나무숲과 함께 어디로든 한없이 흘러가고 싶은 마음이 되었다.

4

 소유를 두 번째로 만난 것은 그로부터 열흘 후였다. 해외 출장을 다녀오던 길이었다. 긴 출장과 장거리 비행은 날이 갈수록 힘에 부쳤다. 수술 후 부쩍 그랬다. 비행기 창에 시마의 얼굴이 비쳤다. 형체가 있는 듯 없는 듯 희미했다. 12,000피트 혹한의 상공을 견디기 위한 강력한 아크릴 삼중창 사이에 갇혀 시마의 얼굴은, 비행기 밖으로도 비행기 안으로도 어느 쪽으로도 건너가지 못하고 서성이고 있었다. 문득 도끼로 저 강력한 삼중창을 마구 내리치고 싶은 충동이 일었다. 창이 깨지며 비행기 밖으로 빨려 나가 산산조각이 나도 좋았다. 영하 50도의 혹한이어도, 유황이 끓어오르는 지옥이어도 좋았다. 따뜻한 비행기 안으로 다시는 돌아오지 못해도 좋았다. 답답한 투명 창에 갇혀 영원히 떠도느니 한 번이라도 혹한의 상공으로 떠올라 마음껏 울부짖고만 싶었다. 그리고 그런 강렬한 욕망의 끝에 슬픔처럼, 소유가 떠올랐다. 한없이 가볍고 자유롭게 대지를 박차던 소유의 발뒤꿈치와, 그 발뒤꿈치에 그물처럼 딸려오던 신선한 대지가.
 이어진 일곱 시간의 비행 동안 내내 소유를 생각했다. 생각하

지 않으려고 애를 써도 정신 차려보면 소유는 어느새 시마의 머릿속에서, 시마의 머리가 무슨 대지나 되듯이 뒤꿈치로 가차 없이 후벼 파며 돌아다니고 있었다. 소유가 지나간 자리는 멧돼지가 파헤친 땅처럼 어수선했지만 시마의 의식은 그 어느 때보다 명료했다. 파헤쳐진 몸속으로 깨끗한 햇빛과 바람이 갓 세탁한 이불 홑청처럼 와락 밀려들었다. 눈을 감아도, 눈을 떠도, 몽롱한 잠 속에서도, 날 선 의식에서도 소유는 여름 저녁 하천가의 날벌레들처럼 끊임없이 시마 주변을 부유했다. 잠을 이룰 수가 없었다.

그립다거나 가슴 설레거나 하는 것과는 달랐다. 소유와의 사이에 그리움이 쌓일 만큼의 물리적 시간이 있었던 것도 아니고 또 첫눈에 반할 만큼 소유가 아름다웠던 것도 아니다. 소유는 시마가 사는 도시에서였다면 같은 아파트 엘리베이터에서 만나도 딱히 기억에 남지는 않을 평범한 외모였다. 첫인상이 서늘하여 욕망을 불러일으키는 육체는 더욱 아니었다.

공항에 내리자 시마는 집에 가려던 계획을 바꿔 무작정 휴양림으로 향했다. 시간 내에 닿을 수 있을지 없을지는 염두에 두지 않았다. 휴양림이 이미 문을 닫았어도 상관없었다. 소유가 없어도 괜찮았다. 다만 몇십 년 만에 처음으로 이렇게 무언가에 열렬히 이끌리는 자신이 좋았다. 자신 속의 활기, 무모, 가벼운 흥분, 치기가 좋았다. 자신이 더는 이제까지의 자신이 아닌 완전히 다른 존재인 것같이 생각되었다. 시속 150킬로로 밟아 휴양림에 도착했을 때 퇴근 시간은 간신히 10분을 남기고 있었다.

주차장에 주차하고 막 시동을 끄려는데 사무실 문이 열렸다.

소유였다.

"……….."

이번에는 모자도, 노란 숲해설가 조끼도 입고 있지 않았다. 혹 시마가 그랬던 것처럼 소유도 내도록 시마를 기다린 것일까. 말이 안 되는 상상인 줄 알면서도 시마의 심장은 쿵쿵 뛰었다.

"숲 해설 됩니까?"

시마 자신이 생각해도 시마의 말투는 긴장해서 어느 때보다 퉁명스럽고 딱딱했다. 퇴근 시간 10여 분을 남기고 이런 식의 부탁을 받는다면 누구나 어이가 없을 것이다.

"……….."

대답 대신 소유는 사무실 벽에 걸린 시계를 힐긋 바라보았다. 십 분짜리 숲 해설은 없으니 그렇게 일부러 시계를 보는 것으로 시마에게 거절을 대신하는 것이리라. 그리고 보면 조금 전 사무실 문을 열고 밖을 내다본 것도 시마를 기다려서가 아니라 퇴근 시간이 가까운데 새삼 주차장 바닥에 자갈 구르는 소리가 들리자 궁금하여 그리했을 것이다. 시마는 절박해졌다.

"공항에서 오는 길입니다!"

"………?"

비로소 소유가 정면으로 시마의 눈을 보았다.

"출장을 갔다 오는 중인데 시차 때문에 고생을 좀 했습니다. 공항에 내리는데 문득 이곳 맑은 공기 생각이 나서, 지난주에 친구들하고 여기 왔는데 기억이 나는지……..

여기 오면 피로가 좀 풀릴 것 같아서……."

시마는 자꾸 말을 더듬게 되었다.

말을 늘어놓거나 말꼬리를 흐리는 것은 시마의 성질에 맞지 않았다. 그럼에도 자꾸 당황하게 된 것은 짐작할 길 없는 소유의 시선 때문이었다. 처음엔 시마의 눈에 머물던 시선은 잠시 후 짙고 윤기 나는 눈썹에 머물더니 곧 시마의 두툼한 광대뼈와 투박한 콧방울을 훑으며 재빨리 아래로 내려갔다. 지난번의 차분하고 조용한 본새와는 비교가 되지 않도록 거침없었다. 시마가 속으로, 당돌하구나 여길 즈음 소유의 시선이 마침내 한 곳에 멈췄다. 반쯤 내리깐 소유의 속눈썹이 한여름 유지매미 날개의 시맥처럼 검고 촉촉했다. 홀린 듯 그 속눈썹을 바라보다가 소유의 시선이 붙박인 곳이 마침내 어디인가를 헤아리게 되자 시마는 민망해지며 전율까지 일게 되었다. 바로 시마의 입술이었다. 거대하고 부드러운 세차장 솔 기둥이 통째 시마의 알몸을 훑어 내리는 것 같았고 그러자 당황하여 그만 말을 더듬게 된 것이다. 시마의 입술에 머문 소유의 시선은 곧 무심해졌다. 속눈썹 아래 눈동자가 먹빛으로 깊어지며 오만해지기까지 했다. 그러자 민망하던 것도 잠시, 피로한 시마의 50대가 젊고 푸른 소유의 발아래 능멸당하는 것 같은 기분이 되었다. 퇴근 시간이 다 되어 찾아온 탐방객이 불쾌하기는 하고 그렇다고 단칼에 거절하자니 민원이 들어올 수도 있고 그래서 생각해낸 것이 이렇듯 말없이 사람을 살펴, 그것도 처음 보다시피 하는 사내의 얼굴을 낱낱이 살펴 무안을 주어 거절하는 것이구나 생각하자 소유가 몹시 괘씸해졌던 것이다.

"……….."

"지난번에 오셨던가요?"

잠시 후 소유의 시선이 다시 시마의 눈으로 옮겨왔다. 한결 부드러워져 있었다.

"일요일에 왔었잖소."

시마는 가볍게 책망하듯 말했다. 자신은 그날의 숲을 생생하게 기억하는데 소유는 자신을 염두에 두기는커녕 기억조차 하지 못한다는 것이 섭섭했다. 소유가 시계를 가리켰다.

"원래는 안 되는데요."

"……….."

시마는 순간 애원하고 싶은 마음이 들었다. 소유가 재빨리 말을 이었다.

"저도 요 위 좀 살펴볼 것이 있어서 막 나서려던 참이었어요."

"……….!"

"그런데 지난번 자작나무숲 길이 아니어도 괜찮으시겠어요?"

시마가 다급히 고개를 끄덕였다.

소유가 또다시 시마를 훑었다. 이번에는 산행에 적합한 옷차림인지를 살피는 것 같았다. 공항에서 오는 길이라 정장 차림이었다. 짙은 비둘기색 실크로 지은 상의는 시마가 살짝만 몸을 움직여도 물처럼 부드럽게 흔들렸고 검은 구두는 스스로 빛을 내는 듯 번쩍였다. 상의 자락 사이로 해외 유명브랜드의 아이코닉 버클이 비밀처럼 덮였다 드러나곤 했다. 소유가 책상 위 보온병을 집어 배낭에 넣었다. 그리고 부드럽게 시마를 바라보았다. 그윽한 눈길에 잠시 당황하던 시마는 자신이 그때까지 사무실 문손잡이를 잡고 입구를 막고 있었다는 것을 알고는 황급히 옆으로 비켜섰다.

소유와 새로 걷는 임도는 굽이굽이가 아름다웠다. 자작나무 숲 같은 웅장하고 비장하기까지 한 맛은 아니지만 소박하고 단정하며 특히 모퉁이를 돌아서는 맛이 좋았다. 길섶 시든 사초 사이로는 현호색 잎들이 푸르고 느릅나무 어린 가지에서는 막 새순이 터지고 있었다. 소유는 일일이 멈춰 손톱으로 연두색 새순을 헤집었다. 시마가 묻지도 않았는데, 열두 장이 들었네, 하고 혼잣말을 하고는 다시 앞서 걸었다.

세 개의 굽이를 돌도록 사방은 고요했다. 썩은 나뭇가지가 가끔 쩡, 하고 부러지며 숲에 날카롭고 큰 울림을 만들었다. 소유도 시마도 그때까지 굳이 말을 섞지는 않았다.

히요 히요 다르르르르……

임도 왼쪽 계곡 너머 숲에서 새가 울었다. 시마가 소리가 나는 쪽을 두리번거렸다. 소유가 말했다.

"청딱따구리예요."

"………."

청딱따구리 푸른 등을 찾지 못할 것을 알면서도 시마는 방금 소리가 들려온 숲을 부질없이 두리번거렸다.

어깨를 나란히 하고 걸어도, 오래 말이 없어도 시마는 소유가 불편하지 않았다. 오래 알아 온 사이처럼 생각되었다. 시선은 둘 다 앞을 향했지만 힐긋 눈가로 들어오는 서로의 어깨 장단이 좋았다. 굳이 의식하지 않았는데 호흡이며 발걸음이 비슷했다. 소유가 말했다.

"불편하지 않으세요?"

시마의 정장 차림을 두고 하는 말일 것이다.

"괜찮소. 피로가 다 풀렸소."

시마가 소유를 돌아보며, 마치 확인해보라는 듯이 소유 쪽으로 상체를 조금 들이밀었다. 시마 눈의 흰자위는 정말 핏줄 하나 없이 깨끗했다.

"고맙소."

"……….."

소유가 가볍게 고개를 끄덕였다. 그리고 두어 걸음 앞장서는가 싶더니 갑자기 시마를 향해 휙 돌아섰다. 연인이라면 곧 헤어지자는 말이라도 할 태세였다. 소유가 손가락으로 조심스럽게 시마의 옷을 가리켰다.

"저희 아버지도 그 색깔 양복을 즐겨 입으셨어요."

말끝에 소유가 수줍게 웃었다. 시마는 고개를 숙여 새삼 자신의 양복을 살폈다.

"남자들이라면 한두 개쯤은 갖고 있는 색일 거요."

"아까 사무실 앞에서 뵀을 때 실은 선생님 보고는 갑자기 아버지 생각이 났어요."

시마의 눈이 짧게 반짝였다.

"좋아하는 아버지 사진이 있어요. 사진 속의 아버지는 아마 지금의 제 나이쯤 됐을 거예요. 서른넷이나 다섯? 주름 하나 없는 옅은 비둘기색 양복을 입고 푸른 풀밭에 앉아 환하게 웃고 있어요. 반듯한 이마 위로는 봄볕이 눈부시고. 아버지 옆으로는 네다섯 명의 여자들이 가지런히 앉아있는데 머리칼은 파도처럼 곱실곱실 웨이브가 지고, 갈매기 날개 무늬가 들어간 알록달록한 반소매 니트를 입고 있어요. 아마 그래서일 거예요. 아버지 뒤로 언제나 바다가 새파랗게 출렁이고 있다고 믿게 된 건 요. 나중에 물어보니 뭍이었지만 아직까지도 그 사진을 떠올리면 바다가 먼저 떠올라요."

"………"

소유가 무심코 시마를 향해 고개를 돌렸다. 그러다 물끄러미 자신을 바라보고 있는 시마의 시선과 부딪혔다. 곧 얼굴이 확 붉어져서는 힘주어 입술을 다물고 재빨리 반대편으로 고개를 돌렸다. 낯선 사람한테 얼떨결에 제 마음 한 귀퉁이를 열어 보인 것이 부끄러운 모양이었다. 다문 입술이 윤기 나게, 조금은 신경질적으로 오므라들며 꿈틀거렸다. 시마는 혼자 희미하게 웃었다. 시마를 따라나설 적 어린 류하의 입술도 꼭 그랬다.

어렸을 때 소아마비를 앓아 다리 한쪽이 심하게 짧은 류하는 사춘기를 지날 때까지도 혼자서는 절대 동네 구멍가게도 가지 않았다. 큰오빠인 시마가 학교에서 돌아올 때까지 긴 긴 시간 혼자 책을 읽거나 마당을 서성거렸다. 시마는 그래서 가까운 곳에 볼일을 보러 갈 때면 꼭 류하를 챙겼다. 시마에게는 별 볼 일 없는 동네 구경이지만 류하에게는 든든한 큰오빠에 의지해 유일하게 주변을 의식하지 않고 동네를 둘러볼 수 있는 귀한 시간이었다.

류하와 걸을 때면 시마는 보조를 맞추기 위해 일부러 천천히 걸었다. 그러나 류하는 그조차 힘들어해 뒤돌아보면 어느새 이마와 콧잔등에 송골송골 땀을 흘렸다. 부지런히 시마를 따라 걸으면서도 류하는 끊임없이 주변을 살폈다. 지금이 마치 처음이자 마지막 나들이인 것처럼 늘 열렬하고 세심했다. 굳이 일러주지 않으면 시마로서는 알아볼 길 없는 사소한 것들 그러니까 수녀원 담벼락 모퉁이에 핀 푸른 달개비꽃, 그 달개비 뿌리를 적시며 흐르는 깨끗한 도랑, 도랑의 물이 서너 뼘쯤 낙차를 두고 낮은 곳으로 떨어져 내리느라 나는 텅 빈 소리 같은 것들에 대해 류하는 비밀이라도 털어놓듯 시마에게 속삭였다. 류하의 입을 통하면 청결한 달개비 꽃잎은 어느새 여왕의 푸른 망토가 되고, 서너 뼘쯤의 낙차를 두고 흐르는 폭포 뒤는 소리를 지르면 아홉 번 메아리가 치는 거대한 동굴이 되었다.

남자인 시마로서는 사실 그러한 이야기들이 특별히 재미있지는 않았지만 다만 조잘거릴 적 류하의 입술은 지금의 소유처럼, 촉촉한 거머리 한 마리를 입에 문 듯 신축성 있게 늘어났다 줄어들곤 하여 그를 지켜보는 것만으로도 한없이 사랑스러웠던 것이다.

걷다 보면 어느새 시마와 류하는 슬그머니 서로의 손을 잡게 되었다. 시간이 지날수록 둘의 마주 잡은 손바닥에는 끈적하게 땀이 배고 그러면 류하는 또 그 끈적한 것이 재미가 있어, 한 움큼 공기를 품은 제 손바닥을 시마의 손바닥에 맞붙였다가 떼어 내 뿍, 하는 소리를 만들며 킬킬 웃곤 했다. 길가에 앉아 다리쉼을 하던 중이었던가. 류하가 가만히 제 뺨에 시마의 손을 가져다 댔다. 시마의 손이 류하의 뺨에 가 닿았다기보다는 말랑한 류하의 뺨이 시마의 두툼하고 거친 시마의 손바닥에 살포시 안겨 오는 것 같았다. 애정과 존경, 신뢰가 가득 담겨 경건하기까지 했다. 애틋해져 시마는, 평생 이 아이의 다리 한쪽이 되어 주리라 결심을 했던 것인데 시마가 결혼을 하고 일주일도 채 지나지 않은 어느 밤, 류하가 갑자기 바로 옆에나 있는 듯이 생생하던 때가 있었다. 아내를 안고서였다. 갑자기 시마의 두툼한 손바닥에 류하의 어린 뺨이 살포시 와 닿았다. 그리고 부러인 듯 아닌 듯 그 아이의 입술이 손등을 스치더니 그 입술에서 막 갯버들 사이를 지나온 바람 같은 서늘하고 축축한 침이 흘러나왔다. 그 침의 생생함과 신선함에 놀라 그날 시마는 결국 아내를 등지고 말았다.

시마가 나지막하게 노래를 흥얼거렸다.

".........."

소유가 힐긋 시마를 바라보았다.

".........."

잠시 후 시마의 노래에 소유의 콧노래가 입혀졌다. 시마가 놀라 소유를 돌아보았다.

"어떻게 알았소?"

"........?"

"내 누이가 자주 부르던 노랜데!"

소유가 피식 웃었다.

"선생님이 지금 부르고 계시잖아요."

"아, 그런가."

"아버지도 자주 콧노래를 흥얼거렸어요."

".........."

"새벽에 기분이 좋을 정도로 취해 집에 오시면 곤히 잠든 저를 깨워 품에 안고는 제 뺨에 아버지 뺨을 비볐죠. 밖은 무서운 바람 소리가 나고 방바닥은 자글자글 끓는데 아버지 품에 안기면 달아오른 뺨이 단박에 시원해져서 좋았어요. 저를 안고는 턴테이블에 노랑, 빨강, 주홍 그런 알록달록한 색깔의 레코드판을 차례로 얹고 노래를 따라 불렀어요. 그럴 때 아버지 양복에서는 진한 숙고사 냄새가 났는데"

앞서 걷던 소유가 시마를 향해 고개를 돌리고,

"숙고사가 뭔지 아세요?"

물었다.

"처음 들어보는 말이요."

"누에고치를 쪄서 그 실로 짠 명주를 숙고사라고 해요."

시마가 고개를 끄덕였다.

"처음엔 차고 시원해요. 그러다 조금 지나면 뭐랄까 미지근하면서도 짐승한테서 나는 것 같은 묘한 노린내가 나는데 그 냄새를 맡으면 이상하게도 한 번도 가본 적 없는 낯선 나라, 그 나라의 저녁, 알 수 없는 어른들의 세계, 어른들만의 즐거움, 그런 것들이 떠오르곤 했어요."

"……"

"어머니는 좋겠다, 나는 아버지한테 이만큼 밖에는 안길 수가 없는데 어머니는 언제 어느 때나 아버지에게 안길 수 있구나, 혼자 아버지의 사랑을 독차지하는구나, 나중에 애인을 두면 꼭 아버지를 닮은 사람을 두리라, 그래서 알록달록한 레코드판을 함께 듣고 노래도 함께 부르리라 맹세했었죠."

말끝에 소유가 혼자 소리 내어 웃었다.

"우습죠?"

"……"

시마는 몇 년 전 들었던, 최고경영자를 위한 심리학 특강을 떠올렸다. 자신의 아버지에 대한 좋은 기억을 가진 소녀들은 커서도 무의식적으로 자신의 아버지를 닮은 남자를 연인으로 삼는다는 내용이었다. 그때는 흘려들었는데 지금 소유의 얘기를 들으며 시마는 문득 머지않아 자신이 소유를 혹은 소유가 자신을 사랑하게 될 것 같은 예감이 들었다.

"아버지는 그럼 지금……?"

시마가 물었다.

"혼자 농사짓고 사세요. 먼 남쪽에서요."

"………"

시마는 고개를 들어 서쪽 하늘을 바라보았다. 높이 솟은 신갈나무 사이로 저녁 비행기가 날았다.

"삶을 통틀어 아버지는 아마 그 순간에, 그러니까 그 푸른 비둘기색 양복을 입고 있던 시절에 가장 빛나고 아름다웠을 거예요."

시마가 웃었다.

"앞으로 여기 올 때는 이 양복을 입어야겠소. 덕분에 이렇게 멋진 저녁 숲을 걷게 됐으니 말이오."

소유가 따라 웃었다.

"선생님 옷에서도,

그 냄새가 나요.

숙고사 냄새."

"………"

여유롭게 늘어진 시마의 팔에 무언가가 부드럽게 감겨왔다. 소유였다. 소유의 낯선 팔이 사심 없이 그러나 조심스럽게 시마에게로 휘감겨 들어오고 있었다. 시마는 굳이 돌아보지는 않았다.

시마의 팔을 휘감은 그 낯선 팔은 맨살에 와 닿는 버드나무 햇가지처럼 서늘하면서도 촉촉했다. 걸음을 옮기느라 잠깐 시마의 팔로부터 떨어졌다가 다시 가만히 얹힐 적에, 푸른 대나무 껍질을 엮어 만든 고리가 마룻바닥에 떨어졌다가 다시 통 튕겨 오르듯이 가볍고 경쾌했다.

팔짱을 끼자 둘의 걸음은 좀 전보다 더 호흡이 맞으며 편안해졌다. 물결처럼, 함께 솟구치고 함께 가라앉게 되었다. 소유의 발뒤꿈치를 따라 펄썩이던 대지는 이제 시마의 발뒤꿈치에서도 똑같이 펄썩였다. 소유의 속에서 꿈틀대던 활기가 서로의 감긴 팔을 통해 시마에게로 건너오고 있었다. 일곱 시간의 비행과 네 시간여의 무리한 운전이 준 피로가 말끔히 가시고 얼음처럼 찬물에 세수를 한 듯 몸과 마음이 명료했다. 소유는, 아버지가 좋아하는 노래라며 시마도 기억하는 아주 옛날 노래들을 들려주기도 했다.

낯선 여자와 팔짱을 하게 된 지금의 상황이 시마는 조금도 이상하지가 않았다. 죄책감 같은 것은 물론 전혀 들지 않았다. 그저 오래전부터 알아 온 사이인 한 존재가 친숙하게 팔을 휘감으며 시마의 삶으로 걸어 들어오고 있는 중이라고 생각했다. 기꺼이 팔을 내어주는 것으로 시마는 그 존재에게 다정하게 인사를 건네며, 가던 길을 계속 가고 있을 뿐이었다. 타인의 체온에 이렇게 편안한 적이 인생에 몇 번이나 있었던가. 어릴 적 어머니의 치마폭, 갓 낳아 품에 안은 딸아이, 신혼 시절의 아내 말고는 없는 것 같았다.

  노래를 부르는 것에 정신이 팔려 소유의 팔은 조금 부주의해졌다. 긴장이 풀어지는가 싶더니 다소 방심하여 시마의 팔을 파고들었다. 그 바람에 걸음을 옮길 때마다 소유의 젖가슴이 시마의 옆구리에 살짝 닿았다 떨어졌다. 옆구리에 와 닿는 젖가슴은 아직 덜 성숙한 소녀의 그것처럼 작고 말랑말랑했다. 시마는 처음으로 여자를 안아보는 것처럼 당황했다. 이어 아랫도리가 불끈 섰다.

  난처했다. 달리 난처한 것이 아니라 자신에게도 아직 욕망이 남아있다는 것이 난처했다. 우습기도 했다. 시마는 아주 오래 여자들과 잠자리를 갖지 않았다. 아내가 일찍 폐경기를 겪으면서 오래전부터 각방을 썼고 또 굳이 아내의 폐경이 아니어도 시마는 시마대로 회사 일로 바빴다. 새벽 네 시에 일어나 다음날 새벽에 집에 오는 날도 수두룩했다.

  가끔 바깥에서 여자를 샀다. 하지만 몇 년 전부터는 그도 귀찮아 그만두었다. 그러다 보니 자신에게는 이미 욕정 따위는 사라졌다고 생각한 것이다. 그러다 소유의 작고 따듯한 젖가슴이 옆구리에 와 닿자 그만 당장 걸음을 옮기는 것이 불편할 정도로 사타구니가 뻐근해져 버렸던 것이다. 소유도 그제야 긴장한 시마를 느꼈던지 급히 시마에게서 팔을 풀었다. 소유의 온기가 시마의 옆구리에서 떠나갈 적에는 몹시 서운하여 다시 손을 뻗어 소유의 팔을 잡고만 싶어졌다. 이번이 고작 두 번째 만남이라는 것도 잊은 채.

  마지막 굽이를 돌자 바위가 보였다. 모습이 수리를 닮아 수리바위라고 했다. 바위 끝은 낭떠러지였다. 소유는, 며칠 전 학술조사팀이 다녀갔는데 이곳에 각시괴불나무가 있다고 했다며, 잠시 다녀오겠다며 시마를 두고 혼자 재빠르게 인근 나지막한 풀숲으로 사라졌다. 시마 혼자 남아 낭떠러지 끝에 서서, 막 몸을 날리려는 사람처럼 위태롭게 발아래를 내려다보았다.

낭떠러지와 맞은편 산 사이로 강이 흘렀다. 쌀쌀한 초봄 저녁의 산 그림자를 품은 강은 검은 비닐을 문 듯 차게 번득였다. 강줄기를 따라 폭이 좁은 평원 같은 것이 시마 쪽으로 길게 펼쳐졌다. 참나무와 버드나무, 갈대가 군락을 이루고 있었다. 버드나무는 일제히 이삭이 패여 시마가 있는 곳에서 내려다보면 연두색 또는 연갈색 무지개 수천 개가 우산처럼 둥글고 부드럽게 펼쳐져 있는 것 같았다. 금방이라도 뛰어내려 성큼 우듬지를 건너 맞은편 산에 가닿고 싶은 마음이 되었다.

"저기 중턱이 갈참나무 군락지예요."

".........."

십 분도 채 지나지 않았을 것인데 어느새 소유가 돌아와 시마 옆에 나란히 서서 시마가 내려다보는 낭떠러지를 저도 가만히 내려다보고 있었다. 방금 전 뛰어내리고 싶던 마음을 소유는 알아챈 걸까. 그래서 일찍 돌아왔을까.

"사람들은 주로 자작나무숲을 보러 여기 휴양림에 와요. 물론 자작나무숲도 아름답지만 저기 맞은편 산 중턱 갈참나무숲도 그 못지않게 아름답거든요. 지금은 잎이 돋지 않아 갈참나무인지 신갈나무인지 구분이 되지 않지만 여름에 잎이 무성해지고 바람이 불면 산 중턱을 따라 길게 흰 띠가 생겨나요. 갈참나무

잎은 뒷면에 흰 털이 돋아, 바람이 불어 이리저리 뒤집히면 멀리서도 아 저기가 갈참나무숲이구나, 알아볼 수 있거든요.

 태풍이 올 때 여기 서서 바라보는 갈참나무숲은 특히 아름다워요. 어서 건너오라고 손짓하는 것 같아요. 그러면 좀 무서워져요. 나도 모르게 발을 내디딜까 봐."

 시마가 웃었다.

 "나도 막 건너편 산이 좋아 하마터면 낭떠러지 아래로 발을 디디려던 참이었소."

 소유가 소리 없이 따라 웃고는, 돌아서 수리바위 옆 나지막한 너럭바위로 걸어갔다. 그리고 그 위에 손수건을 펴고 배낭에서 따끈한 커피와 쿠키 두 개, 초콜릿을 꺼내 늘어놓았다. 소꿉이라도 노는 것 같았다. 시마가 묻지도 않았는데 절레절레 고개를 흔들며 부러 소리를 높여 중얼거렸다.

 "각시괴불나무는 못 찾겠어요. 다음에 다시 와야겠어요."

 ".........."

 무언가를 열심히 찾기에는 턱없이 부족한 그 십 여분이 시마는 어쩐지 저에 대한 소유의 호감으로 느껴져 기분이 좋았다.

 소유가 타 준 커피와 쿠키는 달았다. 남은 피로마저 단박에 가시는 것 같았다.

 "휴양림 아래가 내 별장이요."

 ".........?"

 소유가 놀라는 시늉을 하며 시마를 바라보았다. 시마는 컵 바닥에 깔린 두어 방울의 커피를 마저 입안에 털어 넣었다.

 "오래 비워두었던 건데 당분간 집하고 여기, 왔다 갔다 할 겁니다."

".........."

"술탄의 커피 한잔하러 오시오."

"술탄의 커피요?

"터키에 갔을 때 사 온거요. 술탄이 대대로 마시던 거라더군요. 보스포루스 해협을 사이에 두고 이스탄불에 서서 건너편을 바라보며 마셨던 거요. 초대하리다. 이렇게 후한 대접을 받았으니 나도 뭔가 대접해야 하지 않겠소."

소유가 심각한 표정을 하고 고개를 끄덕였다.

"언제가 될지는 몰라도 나도 숲해설가 해볼 생각이오."

"경쟁자 생겼네요?"

"여기는 지원 안 할테니 걱정 마시오. 대신 부탁이 하나 있소."

"........?"

"사교육 좀 받읍시다. 식물이며 동물이며 미리 좀 배워둬야 합격하기 쉽지 않겠소. 내 나이가 되면 방금 배운 것도 돌아서면 잊어버리니 말이오. 앞으로 자주 찾아올 테니 방해가 되지 않는 선에서 잘 좀 가르쳐주시오."

".........."

청회색 구름 사이로 막 해가 넘어가고 있었다. 능선에 맞붙은 붉은 해는 무명천에 물든 자두즙 빛깔 부챗살을 사방에 펼쳐 놓더니 곧 쇳물을 부어 만든 불타는 눈썹 모양을 하고 산을 넘어갔다. 맞은편 산 한가운데 불쑥 솟은 거대한 암벽은 차돌처럼 희고 맑았다. 암벽에 어슷하게 석양이 비끼며 배어들자, 주변

대기는 온통 은빛 섞인 투명한 붉은빛으로 가득 차, 신이 막 망토를 휘날려 그 빛들을 뿌리며 그의 기거하는 집으로 돌아오고 있는 것처럼 보였다.
 소유의 검은 동공 가장자리에 훌라후프 같은 빛의 원이 생겨나 빙빙 돌며 사라지는 동안 해는 완전히 산을 넘어갔다. 맞은편 산은 금세 짙어져 강을 건너 이쪽으로 성큼 다가오려는 듯이 생각되었다.

5

 숲의 한기에 시마는 저도 모르게 우쭐 어깨를 치켜 올렸다. 그리고 코트 자락을 잡아당겨 몸을 감싸며 계곡 너머 귀룽나무를 바라보았다. 엄지손톱 두 개를 이어붙인 만큼 한 푸른 나비 한 마리가 시마 바로 옆에서 날아오르더니 계곡 가운데 바위 주변을 팔랑거리다 곧 귀룽나무 뒤편으로 사라졌다. 푸른부전나비였다. 시마는 홀린 듯 사라진 나비의 자취를 좇아 계곡을 건넜다.
 계곡 가장자리 웅덩이에 순대 모양을 한 투명한 덩어리들이 둥둥 떠 있는 것이 보였다. 바위에 쭈그리고 앉아 그 중 한 덩어리를 집어 손바닥에 올리자 둥글게 말린 투명한 우무질 안에서 검은 쌀알만한 점 몇 개가 움찔 흔들렸다. 도롱뇽 새끼들이 깨어나고 있었다.
 "그만 깜짝 놀랐지 뭐예요."
 "........?"
 "그날 공항에서 오는 길이라고 하신 날 말이에요. 선생님이 무어라 무어라 말을 하는데 입술이 꼭 도롱뇽알을 문 것처럼 보이잖아요."

"........?"

"말을 할 때마다 입술이 우무질처럼 출렁거리는데 마치 롤러코스터 타고 내려갈 때처럼 제 아랫배가 다 짜릿하지 뭐예요."

"........!"

서로의 몸에 익숙해져 가던 어느 날, 소유는 생각났다는 듯 그렇게 말했다.

시마가 공항에서 휴양림으로 달려오던 날 시마의 입술 위에 당돌하게 얹히던, 그래서 자꾸 말을 더듬게 했던 그 시선은 그러니까 오만하거나 무례해서가 아니었던 것이다.

시마는 도롱뇽알을 다시 물속에 넣고 자리에서 일어나 희미하게 웃으며 마저 계곡을 건넜다. 건너편 숲 바닥은 낙엽이 깊었다. 걸음을 옮길 때마다 발바닥에 질 좋은 부엽토가 느껴졌다. 부드럽고 탄성이 좋아 한 걸음 디딜 때마다 몸이 해먹에 누운 것처럼 기분 좋게 흔들렸다. 시마는 입을 다물고 깊이 숨을 들이마셨다. 폐 깊숙이, 오래된 더덕 향 같기도 하고 축축한 솔향 같기도 한 것이 스며들었다. 부엽토가 끝나자 귀룽나무 앞이었다.

시마는 뒤로 한껏 고개를 젖히고 우듬지를 올려다보았다. 땅에 닿을 듯 늘어진 잔가지들은 막 바닥에 내리꽂히는 빽빽하고 푸른 장대비같았다. 손으로 늘어진 잔가지들을 헤치자,

챠르르르르.....

상아를 얇게 저며 만든 주렴이 바람에 흔들리는 소리가 났다. 시마의 솜털이 다 곤두섰다. 마른 침을 삼키며 시마는 나무의 내부로 들어섰다.

"이제부터 여기가 우리 보금자리예요!"

소유는 이 앞에 서면 언제나 그렇게 말했다.

내부는 온통 푸르렀다. 한 아름은 넘는 단단한 줄기로부터 방사형으로 뻗어 나간 가지들은 우듬지까지 복잡하고 조밀하게 이어졌다. 잘 자란 도심 메타세콰이어 내부의 가지가, 규칙적이고 직선적이며 강건하여 중세 고딕 양식을 연상시킨다면 늙은 귀룽의 가지들은 크기도 기울기도 제각각인 다양한 포물선들이 수백 개 얽히고설킨 거대한 고치를 떠올리게 했다. 잔가지 사이로 들어온 빛이 나무의 내부를 좀 더 둥글고 부드러워 보이게 했다. 포물선의 내부는 어디서 바라보든 부드러운 곡면이었다. 먼 이국의 푸른 사원 같았다.

고치 안에서는 하늘도 바깥도 보이지 않았다. 간간이 새소리, 계곡물 소리만 들렸다. 햇살은 지나다 잠깐 들른 것인 듯 나뭇잎 사이로 짧게 반짝였다. 우듬지 쪽에서 푸른 동고비 한 마리가 줄기를 타고 내려오다 시마를 보더니 휙 방향을 바꿔 재빨리 위로 올라가서는 푸른 고치 밖으로 사라졌다.

시마는 두 팔을 벌려 귀룽나무 줄기를 안았다. 뺨에 와 닿는 나무 표면은 거칠고 건조하며 미지근했다. 잠시 후 시마는 트렌치코트와 양복 상의를 벗어 숲 바닥에 내던지고 와이셔츠 소매를 걷었다. 그리고 맨 팔로 애무하듯 천천히 나무의 표면을 어루만졌다.

소유를 떠올리면 이상하게도 입술이나 뺨이나 그 맞춤한 젖가슴보다 시마의 목에 머리칼처럼 휘감겨오던 두 팔이 먼저 떠올랐다. 휴양림 일이 끝나고 귀룽나무 아래로 달려온 소유는 무너지듯 시마의 품으로 안겨들었다. 그리고는 맨 팔로, 마치 그것이 더듬이라도 되는 듯 격렬히 시마의 구석구석을 더듬었다. 낯선 여인의 휙 돌아본 검고 싸늘한 속눈썹이 통째 알몸을 훑어 내리는 것처럼 소름이 돋기도 했지만 거듭될수록 감미로움은 이루 말할 수 없어 그 속눈썹에 점점 시마의 몸이 쓸리고 닳고 녹아 사라지는 것 같았다. 팔은 곧 시마의 옷깃을 파고들며 부드럽게 목을 어루만지고, 이어 파도처럼 격렬히 쇄골을 타고 넘어, 그러다 어느 틈에 불쑥 허리춤을 파고들어서는 물뱀처럼 힘차게 시마의 가슴팍 위를 돌아다니던 것이다. 아직은 군살 하나 없는 탄탄한 복부에 이르러 비로소 팔은 절도 있게 멈추었는데 그러면 갓 지은 서늘한 숙고사 한 필이 몸에 펼쳐지는 것 같았다. 시마는 그만 아랫도리가 불쑥 서버렸다. 아마 찔끔 사정도 했을 것이다.

열렬하고 긴 탐색이 끝나면 소유는 그제야 시마의 입술에 제 입술을 부딪쳐왔다. 치대고 치대 보드라울 대로 보드라워진 밀떡 하나가 시마의 입술 위에 따뜻하게 얹히는 것 같았다. 그 촉감이 생생하게 떠올라 귀룽나무 아래서 시마는 홀로 몸을 떨었다.

"후박나무 이파리 같아요!

어쩌면 이렇게 탱탱할까요!"

남들보다 크고 두툼하며 전체적으로 초콜릿 빛이 도는 억센 입술을 가진 시마는 실은 제 입술을 좀 부끄러이 여겼다. 사춘기 때는 친구들한테 아프리카 원주민 같다는 놀림도 받았다. 그러던 것이 시마가 아는 사람 중 유일하게, 그리고 유별나게 소유만이 시마의 입술을 아끼고 사랑했다. 홀린 듯 시마의 입술을 바라보거나 또는 나란히 임도를 걷다 덤벼들 듯 시마에게 다가

와서는 힘주어 시마의 뺨을 움켜잡고 열렬히 입을 맞추었다. 그것이 가능하다면, 시마 저도 저의 얼굴에서 입술만 따로 떼내어 소유에게 넘겨주고 싶었다.

소리 내어 쪽쪽 시마의 입술을 빨거나 또는, 사과를 베어 먹던 그 가지런한 이빨로 잘근잘근 시마의 두툼한 입술을 깨물 적에는 꼭 바다 깊은 곳에서 싱싱한 열대어 한 마리가 후드득, 시마의 낚싯대를 향하여 끊임없이 입질해오는 것 같았다. 입질을 타고 푸른 바다가 통째 시마에게로 달려오는 것 같았다. 소유를 매단 낚싯줄은 곧 사정없이 팽팽하게 시마의 생살을 파고들고 그러면 시마는 고통과 쾌감에 못 이겨 거칠게 소유의 머리칼과 턱을 움켜잡고 제 혀로, 뽑아 물듯 소유의 혀를 낚아챘던 것이다.

소유의 혀뿌리에서는, 오랜 세월 쌓이고 쌓인 낙엽이 썩어 거기서 발원한 검은 연못에서 나는 것과 같은 깊고 신선한 향과 액체가 솟아났다. 시마는 그 향과 액체를 마법의 샘물이라도 되는 양 게걸스럽게 빨아 삼켰다. 신선한 부엽토, 얽히고설킨 창백한 균사, 푸른 잎을 통째 삼킨 빛나는 계곡의 수면, 골짝 골짝의 소식을 훑어온 바람 그리고 싸늘한 송진향이 차례로 시마의 몸으로 휘몰아쳐 들어왔다. 생기가 시마의 온 핏줄을 타고 흘렀다.

둘의 혀는 곧 엉켜 겹겹의 맨드라미 꽃잎을 이루었다. 꽃잎으로 된 붉은 미로는 벽은 높아 하늘이 보이지 않고 머리 위에서는 근원을 알 수 없는 흐린 빛이 쏟아져 내렸다. 시마는 소유의 뜨겁고 매끄러운 혀를 물고 함께 미로의 벽을 타고 맹렬히 내달리다 다시 무너지고 튕겨 나가기를 반복했다.

다른 여자들과의 입맞춤도 이러했던가.

시마는 떠올렸으나 다른 여자들과의 입맞춤에 대해서는 도무지 기억도 느낌도 떠오르지 않았다. 심지어 그 여자들과 입맞춤을 했던가 하는 생각마저 들었다.

50대 들어서 시마에게 섹스는 일종의 스포츠였다. 널리고 널린 건강증진제, 자양강장제, 보양식 그 이상도 이하도 아니었다. 섹스를 하면 좋은 점 열 가지 혹은 열두 가지, 섹스와 심혈관 질환의 상관관계, 사정하지 않고 즐기는 법 등의 의학정보는 물론이고 유부녀와 시끄러운 일에 휘말리지 않기 위해 주의해야 할 점 등도 충분히 숙지했다. 땀 흘리고 사정하고 개운해져 모텔을 나오면 방금 전 모텔에서의 일이나 여자에 대해서는 아무런 감정도 기억도 남지 않았다. 그저 방금 섹스로 소모한 400칼로리 외 이따 밤에 헬스장에서 소모해야 할 나머지 칼로리에 대해서만 생각했다. 여자는, 시마가 건강을 유지하는 데 필요한 보조 도구 중 하나일 뿐이었다. 소유를 만나기 전까지는, 아내조차도 시마에게는 그랬다.

이 뜨겁고 부드럽고 작은 것을 언제까지고 입안에 지닐 수 있다면!

그렇게 생각하면 문득 경건해지면서 시마는, 뜨겁던 몸도 식고 가쁘던 숨도 잦아 들었다. 그러다 저녁이 깊어 산꿩 소리에 쩡쩡 산이 울리면 잠시 평화롭던 소유의 팔은 다시 우렁찬 꿩소리처럼 불쑥 시마의 사타구니를 헤집고 들어오던 것이다. 더는 견딜 수 없어진 시마가 가엾은 모양을 하고 허겁지겁 소유의 아랫도리를 더듬으면 소유는,

"아녜요! 아직 아녜요,"

도리질했던 것이다.

다급해진 시마와는 달리 소유는 충성을 맹세하듯 절도 있게, 예의 바르게 숲 바닥에 무릎을 꿇었다. 그리고 시마의 아랫도리에 천천히 자신의 얼굴을 묻었다.

얇은 바지 한 장을 사이에 두고 사타구니에 와 닿는 소유의 얼굴은 불처럼 뜨거웠다. 나무에 등을 기대고 선 시마는 자꾸 숨이 막혔다. 한껏 부풀어 오른 그것 때문에 시마의 등산복 바지 지퍼 부분은 바람을 안은 돛처럼 팽팽해졌다. 소유의 입술이 마침내 따뜻한 숨과 촉촉한 습기를 뿜으며 바지의 표면을 핥기 시작하면 시마의 그것은 더욱 부풀어 탄성의 최대치를 향해 가는 고무풍선의 기세가 되었다.

차라리 이빨로 콱 물어주었으면, 물어 끊어내 숲 바닥에 퉤 뱉어주었으면!

소유는 그러나 무심히 시마를 올려다보고는 몹시 사무적인 방식으로 천천히 시마의 등산복 바지 지퍼를 내렸다.

열린 지퍼 안에서, 무쇠 칼로 막 베어낸 듯 붉고 싱싱한 것이 우뚝 모습을 드러냈다. 붉은 살점 위로 핏줄이 그물처럼 엉키고, 핏줄과 핏줄 사이 마름모꼴 표피는 옅은 회색을 띠어 안개가 내려앉은 듯 아련했다. 그 위로 나무의 푸른빛이 스며, 시마의 사타구니에는 저물녘 청사초롱이 내어 걸린 듯이 보였다.

"저도 이런 것을 가질 수 있다면 얼마나 좋을까요!"

"··········"

소유가 속삭였다.

소유는 곧 시마의 엉덩이 뒤로 두 팔을 뻗어 힘껏 시마를 안고 입 안 가득 그것을 물었다. 소유의 정결하고 깨끗한 앞니가 그것의 패인 홈을 가볍게 긁을 때마다 더는 부풀어 오를 리 없을 것 같던 그것은 다시 마법처럼 쑥쑥 부풀어 올랐다. 부풀어 오른 그것을 소유는 또 놀라워하며 잘근잘근 갉아댔는데 그러면 시마의 사타구니에서는 공기부양선 한 대가 굉음을 내며 떠올라 바다를 질주하는 것 같았다. 소유의 바다 위로 떠가는 시마의 공기부양선은 에어 커튼 아래로 한껏 공기를 내뿜어 터질 듯 팽팽해져 마침내 푸른 수면 위로 떠 오르고, 그러면 또 소유의 바다는 무수한 포말을 만들어 시마가 뿜어내는 맹렬한 공기를 향해 도약하고 뒤엉키며 힘차게 대양을 저어가던 것이다. 잘 무두질 된 북과 북채가 부딪혀 내는 깊은 울림처럼 그 호흡이 그윽하고 서로 잘 맞았다.

시마의 다리 아래서, 얼굴은 새빨개져서, 소유가 중얼거렸다.
"들어가고 싶어요, 선생님 허벅지 안으로.
선생님 안에서만 세상을 보고,
선생님이 달리면 함께 달리고,
저는 아무것도 아닌 것이 되고 싶어요!"
".........."
소유는 말끝에, 삼켜버리고야 말겠다는 듯 자신의 목구멍 깊숙이 시마의 그것을 빨아들였다. 그예 소유의 내부로 통째 빨려 들어갈 것만 같아 시마는 두 발에 잔뜩 힘을 주었지만 뒤꿈치가 자꾸 들썩이며 소유 쪽으로 몸이 기울게 되었다. 견딜 수 없어지자 시마는 거칠게 소유의 머리칼을 움켜쥐고 강제로 사타구니에서 소유를 떼어내 숲 바닥에 뉘었다. 그리고 조심스럽게 소유의 위로 몸을 포갰다. 후끈한 열기와 함께 짙은 부엽토 향이 폭발하듯 강렬하게 시마의 콧속으로 밀려들었다.

 소유에게 들어가기 전 시마는 어쩌면 비장하게 소유의 눈을 보았다. 가쁘게 숨을 몰아쉬며 간절하게 시마를 올려다보는 먹빛 눈 안에서 푸른 저녁의 귀룽나무 한 그루가 거꾸로 매달려 흔들리고 있었다. 적막했다. 시마는 알 수 없는 감동으로 목이 멨다.

 젖을 대로 젖은 소유에게 마침내 시마가 들어가기 시작했다. 소유의 좁고 은밀한 터널 내벽에는 거머리의 그것과도 같은 무수하고 강렬한 흡반이 촘촘히 나 있는 것 같았다. 시마가 밀고 들어갈 적마다 흡반들은 시마의 그것과 한 치의 틈도 없이 밀착돼 어느결에 시마는 얇디얇게 저며지며 소유의 내벽이 되어버리는 것 같았다. 소유와 한 덩어리로 녹아버리는 것 같았다.

 터널 안은 완벽한 진공상태였다. 소유에게 들어가면 갈수록 시마는 자신이 소유에게 들어가는 것이 아니라 소유가 자신에게로 밀려온다는 생각이 들었다. 그러니까 어떤 좁은 통로를 통과하다 그 통로 끝에 이르자 마침내 소유라는 이름의 망망한 바다가 거대한 수압과 함께 자신을 향해 밀려오는 식이었다.

 시마가 서서히 엉덩이를 움직이기 시작했다. 소유의 동공이 단박에 부풀어 올랐다. 벌어진 입에서 풀잎 스치는 소리가 났다.

 시마는 이제 거대한 나무가 되어, 뿌리째 뽑히며 천천히 소유의 안으로 들어가고 있었다. 향긋한 부엽토와 신선한 균사 덩어리를 몰고, 잔가지 사이 깃들인 새와 그 새의 노래, 푸른 나방을 선물로 품고 소유에게로 들어가고 있었다.

잠시 후, 아득하여 닿을 수 없고 그 끝에는 구름이나 걸리며 바람과 햇살이나 다녀가는 시마의 우듬지가 마침내 소유의 동굴의 막다른 벽에 닿았다. 말할 수 없이 따뜻하고 다정하며 부드러운 기운이 시마의 우듬지에 번져왔다. 시마는 자신이 지구의 중심에 닿았다고 생각했다.

우듬지에 깃들인 것들이 차례로 소유의 동굴 벽으로 옮아갔다. 실베짱이의 가볍디가벼운 더듬이가 옮아가고 메뚜기의 튼튼한 뒷다리가 옮아가고 순박한 고라니의 속눈썹이 옮아갔다. 물고기의 입질이 옮아갔다. 소유가 격렬히 몸을 비틀었다. 시마는 버둥거리는 소유의 두 팔을 결박하듯 누르고 다시 힘차게 엉덩이를 움직였다. 새들이나 지저귀던 시마의 우듬지는 곧, 푸른 물결을 엮어 만든 부드러우면서도 육중한 방직기가 되어 소유의 막다른 벽을 긁었다. 정연하게 위아래로 움직이고 이어 좌우로 움직이기를 반복했다. 소유는 고문이라도 당하듯 공중으로 솟구쳐 올랐다. 연거푸 허공으로 튀어 오르던 소유가 마침내 어느 순간 짐승 같은 비명을 지르며 숲 바닥에 널브러졌다.

쟁쟁쟁……

시마의 귀에, 얇게 저민 금속 링들이 무수히 부딪히는 소리가 들렸다. 후련했다.

온몸이 땀에 젖어, 숲 바닥에 누워, 두 팔과 두 다리는 내 던지듯 큰대자로 뻗고 시마는 귀룽나무를 올려다보았다. 귀룽나무 둥근 천정에, 창백한 저녁 빛과 검은 나뭇잎이 함께 섞여 된 흑백의 샹들리에가 걸려 있었다. 다른 세상으로 가는 문인 듯 근엄하게 번득였다.

나뭇가지 사이로 저녁 햇살이 부드럽게 쏟아져 내렸다. 어디서 들어온 바람은 시마의 더운 몸을 시원하게 식히고는 이내 사각사각 치맛자락 스치는 소리를 내며 귀룽나무를 빠져나갔다. 산꿩 두 마리는 그때도록 열락에 겨워 쩡쩡 소리를 지르고, 찔레 덩굴 위 무당벌레 두 마리는 시마와 소유는 염두에 없이 저희들만의 길고 긴 사랑에 빠져 있었다.

　숲의 모두가 사랑했다. 그러면서도 모두는 아무도 염두에 두지 않았고 아무는 또 다른 모두를 염두에 두지 않았다. 모두는 다른 모두에게 열려있었다. 열린다든가 닫힌다든가 하는 것이 무언지도 모른 채. 소유를 만나기 전까지는 상상도 할 수 없는 일이었다.

　시마는 그간 여자들과 든 무수한 모텔을 떠올렸다.

　단단한 콘크리트 벽으로 된 모텔 방안에는 사랑하기도 전부터 역한 소독약 냄새와 함께 희미한 공허가 떠돌았다. 문득 식은땀이 나며, 여자에게 양해를 구하고 이대로 나갈까 생각한 적도 있었다. 잊고자 열심히 섹스에 몰두하지만 절정의 순간 공허는 검은 원숭이처럼 찰싹 시마의 어깨에 달라붙어 시마 아래 깔린 낯선 여자의 육체를, 그리고 사정하겠다는 열망 하나로 열렬히 그 육체를 내리누르는 어리석은 시마를 무심히 내려다보는 것이었다.

　좋으냐.

　물고 빨고 핥으니 좋으냐.

　시마를 향해 그것은 매번 그렇게 물었다.

　같이 잔 여자들과 그래서 시마는 함께 밥을 먹지 않았다. 서로 얼굴을 마주 보고 같이 밥을 먹는 것은 방금 전 콘크리트 벽 안에 두고 온 공허와 믿을 수 없이 낯선 한 여자와 또 그 낯선 여자와 몸을 섞은 시마 자신을 다시 밖으로 꺼내 굳이 확인하는 것과 다르지 않았다.

어쩔 수 없이 같이 밥을 먹게 되는 경우가 있긴 했다. 상대 여자가 시마에게 미련이 있어 끈질기게 한 끼 식사를 권유하는 경우였다. 여자에게는 시마는 모질지 못했다. 주문한 음식이 나오기를 기다리는 동안 마주 앉은 여자와는 눈길은 되도록 주고받지 않았다. 휴대폰에 쌓인 무수한 메일과 메시지를 확인하고 그 전에도 확인한 이번 주 날씨를 다시 검색했다. 어쩌다 여자가 식탁 아래서 시마의 발끝을 건드리며 농을 건네거나 시마 앞에 숟가락과 젓가락을 가지런히 놓아주거나 또는 고깃점을 뜯어 시마의 밥에 올려주는 식으로 은근히 다정함을 표현해오면 욕지기가 나도록 불쾌했다. 아내라고 다르지 않았다. 만족스런 밤을 보낸 아내가 다음날 시마에게 넥타이까지 매어주며 다정하게 굴면 시마는 또 그것이 불쾌해 견딜 수가 없었다. 사춘기 시절 첫 경험에 대한 안 좋은 기억이 있는 것도, 성병에 걸린 것도 아닌데 왜 대부분의 섹스가 종내에는 불쾌감으로 연결되는지 시마 자신도 이해할 수가 없었다. 신에 대한 죄책감인가 생각해봤으나 그도 석연치는 않았다. 아무튼 소유를 만나 숲에서 사랑하기 전까지 시마에게 섹스는 매 순간 의식하고 의식되는, 때가 되면 어쩔 수 없이 위장에 쏟아부어야 하는 귀찮은 끼니와도 같았다. 먹고 나서는 불편했고, 끊임없이 신트림이 올라왔다.

소유는 시마 쪽으로 등을 향한 채 두 팔과 두 다리를 새우처럼 구부리고 여전히 가쁘게 숨을 몰아쉬고 있었다. 땀에 흠뻑 젖은 머리칼이 흰 이마를 어지럽게 덮여, 폭풍이 이는 먼바다로부터 밀려온 검은 미역 줄기가 온통 소유라는 해변을 뒤덮은 것 같았다. 시마는 몸을 돌려 늘어진 소유를 안았다. 다시 어두운 저녁 숲에서 산꿩이 울었다. 인생에서 처음으로 여자를 안은 것 같았다.

아직도 몸속에 자잘한 열락의 물결이 이는지 소유는 시마의 품에 들어서도 간간이 허리를 비틀며 몸을 떨었다. 가끔 집요히 허공을 응시했는데 시마에게는 텅 빈 공간이지만 소유의 눈에는 어떤 형체가 선명히 잡히는 것만 같았다. 호흡이 평온해지고 검은 동공이 다시 명료해질 때까지 시마는 소유에게서 눈을 떼지 않았다. 소유의 숨이 부드러워지자 어린 것을 재우듯 토닥토닥 등을 두드리며, 신의 말을 들려주었다.

"네가 어둠의 골짜기를 헤매일 적에,
 나는 너와 함께 있으리.
 푸른 풀밭에 너를 누이고 고요히 흐르는 물가로 너를 인도하리.
 네 영혼은 부활하리니……"

"……….."

조용히 듣고만 있던 소유가 잠시 후 손으로 시마의 입술을 더듬었다. 손가락에 시마의 말을 새기려는 것 같았다.

"이상하죠. 어렸을 때부터 저는 제가 몹시 수치스러운 존재라고 생각했어요."

왜냐고 시마가 묻자 그냥요, 하고는 배시시 웃었다.

"그냥 저는 사랑받을 자격이 없는 것 같았어요. 제가 알지 못

하는 어떤 무서운 죄를 지었거나 아니면 다른 사람의 죄를 대신해야 할 운명 같은 거 말이에요. 평생 무가치하고 가난해야 하고 남의 눈에 띄지 않아야 하고. 예를 들면 복잡한 신작로 한구석에 비닐 움막을 짓고 그 안에 살며, 오직 그 비닐 문과 비닐 창을 통해서만 거리의 사람들을 보는 거 말이에요."

소설을 너무 많이 읽은 거라고 시마는 가볍게 웃어넘겼지만 그날 밤 별장으로 돌아가서는 이상하게, 처음 휴양림에서 소유를 보았을 때 소유가 신고 있던 때 이른 얇은 캔버스화가 떠오르며 그 밑창에서부터 어떤 어두운 것, 축축한 것이 조금씩 밀고 올라와 차츰 소유의 발목으로 번지는 상상을 하게 되었다.

"제가 인생의 어느 한때 어둠의 골짜기를 헤매면 선생님은 분명 같이 있어 주실 거죠?"

소유가 쾌활하게 물었다.

"저를 혼자 내버려 두지는 않으실 거죠?

약속하죠?"

"약속하지."

소유가 다시, 더는 파고들 곳 없는 시마의 품을 기어이 뚫고라도 들어가겠다는 듯 격렬히 자신의 머리칼을 비볐다. 물가 버드나무 한 그루가 통째 시마의 가슴으로 파고들어 오는 듯 가슴 전체가 서늘했다. 시마의 그것이 또 빳빳하게 곤두섰다. 시마는 부풀어 오른 그것을 다시 소유의 안으로 밀어 넣었다. 소유의 그곳은 언제까지라도 시마를 받아줄 듯 따뜻하고 촉촉했다.

6
———

여름이 되면서는 소유와 밤늦게까지 숲에 머무는 날이 많아졌다. 한여름 밤, 어두운 숲에 등불을 켜고 그 아래 흰 장막을 쳐 그 위로 밤 곤충들이 날아드는 것을 지켜보는 일을 소유는 특히 좋아했다. 늦은 귀가를 시마가 걱정하면 소유는 오히려, 여름 한 철 야간 등화 곤충채집은 가족이 이미 오래전부터 알고 있는 일이므로 신경 쓰지 않아도 된다고 시마를 안심시켰다.

작은 연못을 품고 있는 상수리나무숲 한구석이 소유가 주로 밤 곤충들을 맞이하는 장소였다. 잘 자란 상수리나무 두 그루에 줄을 연결해 거기에 흰 광목을 늘어뜨리고 줄 위로 캠핑용 랜턴 몇 개를 걸면 얼마 후부터 불빛을 향해 숲의 밤손님들이 날아들었다.

낮과는 다른 세상이 흰 광목 위에 펼쳐졌다. 낮에는 보이지 않던 손님들은 밤이 되자, 숲을 거꾸로 들어 흰 장막에 탁탁 털어 놓은 듯 점점이 불빛을 향해 날아들었다. 마치 어떤 소문이 숲에 퍼지고 있는 듯했다. 소문은 동심원처럼 퍼져나가며, 장막 가까운 데 사는 밤손님들은 조금 이른 저녁에, 먼데 사는 손님들은 조금 늦은 시각에 불빛을 방문했다. 그 소문이 무언지는 몰라도 밤손님들은 장막을 찾는 일이 마치 먹을 것과 희망과 사랑을 찾는 일이나 되는 듯 바삐 날개를 저어 와서는 여섯 개의 다리로 힘주어 장막을 움켜잡았다.

먼저 푸른곱추재주나방이 놀러 왔다. 온몸이 우윳빛 비늘과 털로 덮여있었다. 소유가 장막에서 떼어낸 채집통에 담자 나방은 잔뜩 겁을 먹고 투명 아크릴 벽에 온 날개를 부딪치며 파닥거렸다. 손전등 불빛 아래 그것의 비늘이 눈처럼 휘날렸다. 나방의 날개는 전체적으로 노르스름하고 날개 윗면에는 붉은 줄이 두 줄 났는데 날개 바깥 가장자리에서는 멀찍이 떨어졌다가 안쪽으로 가며 서로 가까워지더니 몸통 부근에서 마침내 만나 붉은 교차로 모양을 이루었다. 시마는 눈으로 그 붉은 길을 좇았다. 서서히 감동이 차오르며 자신이 문득 오래전 페르시아의 어느 왕조, 그 왕조의 황금빛 문턱에 닿은 듯이 생각되었다. 어린 류하의 손을 잡고 함께.

학창 시절 시마는 유럽과 서아시아 대륙의 역사에 특히 심취했다. 류하는 류하대로 시마가 들려주는 낯선 대륙과 머나먼 시간의 이야기들을 좋아해서 새벽이 되도록 시마를 졸라, 눈은 나방이의 검은 눈처럼 몽롱해져, 사라센제국과 반월도와 아름다운 궁전과 비극적인 왕비의 최후에 총명하게 귀를 기울이곤 하던 것이다. 그대로 시마의 방에서 잠이 드는 날도 많았다.

푸른곱추재주나방의 뒤를 이어서는 별박이자나방이 찾아왔는데 시마는 이것을 특히 좋아했다. 희디흰 순백의 날개는 진달래 꽃잎처럼 얇고, 가장자리의 부드러운 곡선을 따라서는 검은

점이 목걸이처럼 알알이 박혀있었다. 어느 산골 대장장이가 밤새 별을 따 그의 고운 날개에 점점이 박아 넣은 거라고 시마 혼자 상상했다.

홍줄불나방은 어둠 속에 붉은 날개를 횃불처럼 일렁이며 찾아왔는데 장막에 머무르는 대신 종이비행기처럼 쌩, 허공을 가로지르며 어둠 속으로 사라졌다. 어떤 은밀한 밤의 축제의 전언을 들려주러 온 것 같았다. 시마는 들떠, 그를 따라 숲 깊숙한 곳으로 가보고 싶은 마음이 되었다. 숲 깊은 곳에서 아무도 본 적 없는 격렬한 밤의 축제가 벌어질 것만 같았다.

하늘소가 찾아왔을 때 시마는 저도 모르게 탄성을 질렀다. 제 몸보다 긴 더듬이와 청록빛 도는 누르스름한 갑옷, 매끄러운 유선형 몸을 한 그것은 더듬이를 잡자 삐그덕삐그덕, 하며 낡은 경첩에서 나는 소리를 냈다. 그가 우는 줄로 알았다. 대나무 마디를 엮어 만든 듯 멋진 더듬이 한 쌍이 불빛에 검고 큰 포물선 그림자를 그렸다. 밤바다에 드리워진 고요한 낚싯대 같았다.

옥색긴꼬리산누에나방은 밤이 몹시 깊어서야 새처럼 긴 그림자를 끌며 장막을 찾아왔다. 그것을 잡아 코에 가까이 대자 맑고 달큰한 단풍나무 수액 냄새가 풍겼다. 날개는 깊은 계곡 깨끗한 암반 위를 흐르는 투명한 옥색 물빛, 또는 신록의 즙을 내어 물에 풀고 그 위에 다시 구름 한 점 없는 푸른 하늘을 얹은 색깔을 했다. 긴꼬리돌기는 전체적으로 살짝 비틀린 리본 모양을 했는데 그 끝이 비단으로 지은 저고리 섶처럼 아름다웠다. 앞날개 위쪽 가장자리는 활시위 모양으로 길고 붉은 줄이 이어져 한여름 뜨거운 맨드라미가 거기 줄지어 돋아난 것 같았다. 몸통과, 몸통에 붙은 날개 주변은 온통 눈처럼 희고 매끄러운 털로 덮여 그것이 그의 고귀함을 한층 높여주고 있었다. 나뭇잎 모양을 한 더듬이는 가운데 주맥을 따라 양쪽으로 검고 가느다란 빗살 모양의 실맥이 촘촘하게 돋았는데 보고 있으면 마치 소유의 속눈썹이 시마의 사타구니에 촉촉이 와 닿는 것 같아 아찔했다.

연못 가장자리를 따라 무성하게 돋아난 수크령 사이에서는 여치가 차르르르, 주름 흔들리는 소리를 내며 울고 환삼덩굴에서는 실베짱이가 낮게 지익지익 베 짜는 소리를 냈다. 시마에게는 그러한 소리들이 단지 밤벌레 소리라기보다 밤하늘의 별들이 숲으로 내려와 풀숲에 숨어 내는 합창인 것으로만 생각되었다.

숲에서 지내는 시간이 많아질수록 시마는 자신이 단지 숲이라는 물리적 공간에 있는 것이 아니라 지금껏 본 적 없고 경험한 적 없는 새로운 시공간의 갈피에 들어있는 것 같이 생각되었다. 그리고 그 새로운 갈피는 지금껏 시마가 생활해온 익숙한 갈피와 완전히 분리된 것이 아니라 오히려 하나의 겨울눈에 빼곡하게 들어찬 느릅나무 어린 순처럼, 동일한 물리적 현실에 서로 고스란히 겹쳐지며 들어있는 것 같았다.

능선 너머 또 능선이 이어지고 꽃잎 너머 또 꽃잎이 겹쳐지듯 각자의 이치에 따라 굴러가는 다채로운 여럿의 시공간들이 동시에 한 장소에 존재한다는 생각은 신의 존재를 믿는 시마에게는 실은 처음에는 한없이 불경스러웠다. 소유를 만나기 전까지 시마에게 유일한 시간이자 공간은 신의 나라, 신의 세계뿐이었기 때문이다.

삶의 궁극적 행로와 지향은 오직 신의 나라로 귀착된다는 시마의 오랜 믿음은 소유와 함께하는 숲에서부터 조금씩 흔들리기 시작했다. 사람의 생과 사람 아닌 것의 생의 분간이 조금씩 희미해지더니 이어서는 생명 있는 것과 생명 없는 것의 경계마저 점점 희미해지는 것이었다. 시마 안에 시마 아닌 것이 들어오고 시마인 것이 시마 밖으로 흘러나가 떠다니며 서로 혼합되고 변형되는 식이었다. 그럴수록 시마는 품 안의 소유를 굳게 안아 무수한 시공간의 갈피 중 오직 지금의 밤의 숲, 소유와 함께 있는 시간만을 굳게 움켜쥐고 싶던 것이다.

밤의 숲에서 알몸이 되어 서로에게 닿을 때면 세상에 그런 식으로 따뜻한 것은 없어서 시마는 두 팔이 더듬이기나 한 듯 소유의 볼이며 가슴이며 허리며 엉덩이를 쉼 없이 부비고 쓰다듬었다.

숲속의 작은 불빛 아래 소유는 그 어느 때보다 차지고 활짝 벌어져 쉼 없이 맑은 점액을 쏟아냈다. 소유의 그곳은, 역치점에 이르렀으나 검이 아니고는 끊을 수 없는 그러한 지점까지 탄성이 치솟아, 가장자리에는 두족류의 치설 같은 연질의 자디잔 돌기가 오톨도톨 돋아, 비비면 다륵다륵 빨래판 긁히는 소리를 낼 것 같았다. 시마는 기꺼이 소유 속으로 기어들어가 뼈째 씹혀 먹히고 피는 한 방울도 남김없이 빨아 먹혀 그 뜨거운 열락의 점액질에 낱낱이 분해되고만 싶었다. 다시 세상으로 내뱉어질 때는 기진맥진한 붉은 덩어리 또는 태아 같은 것이어도 좋았다.

아아, 이것은 사랑이던가 죽음이던가.

먼데서 맑은 방울벌레 소리가 났다. 낙엽송 성긴 이파리 사이로 별이 흐느끼듯 흔들렸다.

시마는 힘주어 소유를 안고 소유의 목덜미에 얼굴을 묻었다. 목덜미에서 희미하고 다정한 살냄새가 실린 바람이 일었다. 그 바람을 타고, 보이는 세계와 보이지 않는 세계, 들리는 세계와 들리지 않는 세계, 만질 수 있는 세계와 만질 수 없는 세계, 먼저 흘러간 세계와 아직 오지 않은 세계들이 엉키고 섞이며 숲 전체가 새로운 세계로 가는 북을 둥둥 울려 행진하고 있었다.

그러한 순간은 막막하여, 낯선 행성에 시마와 소유 둘이만 남겨진 것 같았다. 시마는 소유의 작고 따뜻한 젖가슴을 움켜쥐었다. 문득, 외로워지는 것이었다. 이어서는 어김없이 류하가 떠올랐다. 류하가 일하는 라디오 방송국에서 시마에게 전화가 걸려온 것은 연차를 쓴다며 혼자 제이령 시마의 별장으로 내려간 류하, 연차가 끝나고도 출근하지 않은 지 이틀이 되던 날이었다. 난방이 시원찮아 이참에 화목난로를 놓네 마네 통화한 것이 이틀 전이었다.

전화를 끊자마자 제이령으로 달려간 시마가 별장에 도착했을 때 류하는 2층 다락방에 있었다. 방문은 비죽이 열려있고, 열린 틈새로 류하가 보였다. 밧줄에 목을 매고 축 늘어져 있었는데 한 번도 본 적 없는 푸르죽죽한 흙빛 얼굴을 하고 혀는, 장맛비에 불은 지렁이 모양을 하고 입 밖으로 길게 삐져나와 있었다. 아무리 봐도 류하라고는 믿기지 않아 시마는 류하의 발을 잡고 울었던가 혹은 웃었다.

허공에 매달린 그 아이의 발에는 양말 한 켤레 신겨져 있지 않았다. 시마는 류하의 차가운 발목을 잡아 자신의 가슴에 안고 허공으로부터 그 아이를 끌어내렸다.

7

 두 팔로 늙은 귀룽나무 줄기를 안고 참회하듯 나무껍질에 이마를 대고 서 있던 시마는 숲 바닥에서부터 전해오는 진동에 나무에서 몸을 뗐다. 바닥에 널브러진, 레이온과 실크로 지은 트렌치코트 주머니 안에서 휴대폰이 진동했다. 사방이 고요해 진동음은 더욱 크게 들렸다. 시마는 늙은이처럼 느릿느릿 귀룽나무 줄기로부터 미끄러져 숲 바닥에 주저앉았다. 그리고 검불이 잔뜩 묻은 코트의 주머니를 뒤져 휴대폰을 꺼냈다. 김이었다.
 "응."
 "………"
 시마가 응, 이라고 했는데도 건너편의 김은 말이 없었다. 이번에는 여보세요? 하고 말끝을 올렸다. 잠시 후 휴대폰 너머에서 김이 조심스럽게 입을 열었다.
 "자네도, 그거 왔는가."
 "………?"
 무슨 말이냐고 시마가 묻자 김은,
 "나한테만 보냈구만 그 자식들이!"

하며 분해했다.

두 시간 전, 김의 집으로 아이스박스가 배달되었다. 김의 안사람이 현관문을 열었는데 막상 배달 온 사람은 없고 바닥에는 제법 부피가 되는 무거운 아이스박스가 놓여있었다. 처음에 김은 남쪽 바닷가 마을에 사는 친구가 참돔을 대량 쟁여 보낸 거로 생각했다. 겨우내 그 친구에게 옥돔을 받아먹었던 터라 이번에는 봄부터 잡히는 참돔인 줄로, 그 깨끗하고 담백한 맛을 떠올리자 침이 넘어가면서도 다만 참돔이 나기에는 좀 이른 계절이다 생각하며 아이스박스 뚜껑을 열었는데 내용물을 확인하기도 전에 먼저 짐승의 더운 노린내가 얼굴을 덮쳤다.

죽은 멧돼지였다. 아직 어미젖도 떼지 않은 어린 것이었다. 방금 목숨이 끊어졌는지 사후경직으로 엉덩이 근육이 씰룩거렸다. 주둥이 밖으로는 혀가, 삐져나왔다기보다 흘러나와 있었다. 한참 후에야 그것이 죽은 짐승인 것을 안 아내는 그 자리에서 기절했다.

"그놈하고 방금 통화했어."

병원 응급실에서 막 깨어난 김의 아내는 아직도 얼음물을 뒤집어쓴 듯 떨고 있다고 했다.

"뭐래?"

"히죽히죽 웃더군."

"……….."

"멧돼지 고기 드셔보셨냐고, 생각 있으심 주문하라고. 그런데 이번 것은 드시지 말라고."

"약물을 넣었군."

"그래......이번 것은 어려서 3분 만에 목숨이 끊어졌다더군. 그러면서.......사장님 막내가.......아직 어리지 않냐고......."

김이 말을 잇지 못했다.

"미친 새끼."

시마가 중얼거렸다.

김은 마흔이 넘어 늦둥이를 보았다. 지금쯤 초등학교 고학년이나 중학생쯤 되었을 것이다.

"경찰에 신고해야 하나 말아야 하나 고민스러우시죠?......그 자식 그렇게 묻고는 또 히죽 웃더군."

지금 상황에서 경찰에 알려봐야 득보다 실이 많다는 것은 놈도 그리고 시마와 김도 잘 알고 있다. 협박죄로 놈을 고소하면 오히려 시마네 사출물 공장 건이 알려질 것이고 그렇게 되면 고엽제로 고통받는 불쌍한 사람들의 밥줄을 끊어버렸다는 사회적 비난을 면키 어렵게 될 것이다. 무엇보다, 특혜시비가 수면 위로 떠 오르고 거기에 처남이 연루되었다는 것이 드러나면 일은 걷잡을 수 없이 커질 것이 뻔했다. 놈들은 시마네가 처한 입장을 충분히 알고 이런 일을 하고 있었다. 하루라도 빨리 공장 설립 서류를 접수하는 것 말고는 방법이 없었다.

놈들은 시마에게는 무엇을 보내려는 걸까.

아내에게 전화해볼까 하다 그만두기로 했다. 며칠 전 족저근막염 수술을 받고 아내는 내내 집에 누워있다. 죽은 짐승이 배달되었다면 벌써 시마에게 전화했을 것이다. 놈은 김이 사장 자리를 맡을 거라는 걸 알고는 일단 김을 위협하려는 건지도 모른다. 다음은 시마 차례일 것이다.

김과는 공장 설립을 최대한 서두르는 것으로 얘기를 끝내고 전화를 끊었다. 시마는 던지듯 숲 바닥에 휴대폰을 내려놓고 나무줄기에 등과 머리를 기댔다. 푸른 귀룽나무 폭포 너머 능선은 좀 전보다 선명하고, 골짜기는 이미 청색이 짙었다.

도시에 있을 때는 몰랐는데 소유와 함께 숲에 살다시피 하고부터는 사소한 계절의 변화도 금세 눈에 들어왔다. 임도 가장자리 1년생 풀들이 하룻밤 또는 며칠 사이에 갑자기 시들고, 어느 날 꽃향유가 천지로 피어나면서 여름은 조금씩 물러갔다. 아름다운 밤벌레 소리도 생각해보니 어느결에 조금씩 잦아들고 있었다. 누가 낫으로 일부러 베었는가 싶게 숲은 가장자리부터 하루가 다르게 비어갔다. 일년생 풀들이 시들며 빈 공간이 생겨나 그런 것이지만 시마에게는 단지 무언가가 사라졌다기보다 눈에 보이지 않는 어떤 새로운 물질이 숲 내부에 스멀스멀 차오르고 있는 것처럼 보였다.

"우리 소풍 가요!"

어느 날 소유가 느닷없이 제안했다.

"이번에는 하루 종일 같이 있기예요! 해가 떠서 질 때까지!"

다짐하듯 손가락까지 걸었다.

하긴 소유의 다짐이 말이 되는 것이, 소유를 만나는 시간은 대부분 퇴근 후 몇 시간이거나 아니면 휴양림 근무 중 소유가 잠깐 틈을 내는 식이어서 횟수로만 따지면 자주 만나는 셈이지만 함께 있는 시간으로만 따지면 평균 두세 시간이라 시마도 늘 아쉬웠다. 한나절쯤 여유 있게 함께 있고 싶은 마음은 시마도 마찬가지였다. 시마는 이번에는 소유가 산다는 령 너머 마을이 궁금해, 또 매번 만나는 곳이 숲이라, 가을 소풍은 바다가 어떻겠는가 제안했다. 소유는 단박에 머리를 흔들었다.

"싫어요!

거기서 태어나고 거기서 자란걸요. 바다 냄새는 떠올리기만 해도 지겨워요."

휴양림이 쉬는 월요일 아침을 날로 잡아, 소유는 저가 잘 아는 곳이라며 시마를 령 정상으로 데리고 갔다. 정상에 닿아서는 시마더러 자신의 차에 옮겨 타게 하고 령 오른편으로 난 2차선 임도를 향했다.

임도는 황급히 도망치는 뱀 꼬리처럼 끝자락만 짧게 보인 채 둥글게 휘돌아가고 있었다. 임도 입구 낡은 나무 기둥에 스키장 가는 길, 이라고 적힌 것을 보고야 시마는 젊을 적 아내와 아이들을 데리고 바다를 가느라 이곳을 넘던 것을 기억했다. 나라 최초의 스키장인 이곳은 오지에다 교통이 불편하고 규모가 작아, 게다가 도시 가까운 곳에 최신식 스키장들이 생겨나고부터는 점차 찾는 사람이 뜸해져 십여 년 전 폐업했다.

내내 경사진 도로를 따라 이십 여분을 달리자 사방이 높은 산으로 둘러싸인 아늑한 분지마을이 나타났다. 멀리서도, 높이 솟은 산 사면의 슬로프 흔적이 선명했다. 슬로프를 제외한 다른 부분들은 키 큰 교목이 빽빽한 데 반해 스키장으로 사용됐던 슬로프는 강줄기 모양으로 풀이 돋아있었다. 간간이 키 작은 관목들이 깃발처럼 흔들렸다. 슬로프가 난 산봉우리 산자락에는 리조트 단지가 들어섰는데 마을의 규모에 비하면 기형적으로 높고 거대했다.

마을은 입구부터 길 양옆으로 스키장비 대여점들이 즐비했다. 가게 안은 그러나 텅 비었고, 다만 한때 스키장이었다는 것을 증명이라도 하듯 더러운 통유리 안쪽으로 천장까지 닿는 커다란 스키가 관처럼 비스듬히 세워져 있었다.

몇 개의 상점을 지나자 인가가 이어졌다. 대문은 반쯤 열렸거나 혹은 떨어져 나갔고, 콘크리트 담장의 모서리는 낡을 대로 낡아 풍화된 블록 내부의 굵은 모래알이 그대로 드러났다. 마당은 허리만큼 오는 개망초가 빼곡하고, 개망초 사이로는 깨진 플라스틱과 버려진 집기들이 뒹굴었다. 개망초들이 스르르 움직이며 마루나 안방으로 기어들어 가는 듯이 보였다. 헛간에는 언제 수확한 것인지 알 수 없는 검게 마른 깻단들이 천장에 닿도록 쌓여있었다. 인가 앞 묵밭은 마당과 마찬가지로 개망초와 쑥대가 무성했다.

시마가 반쯤 입을 벌리고 멍한 표정으로 빈 인가들을 살피자 소유가 말했다.

"이 마을에는 사람이 살지 않아요."

"……….."

"지난해 할머니 한 분이 돌아가시고는 끝이에요. 스키장이랑 리조트가 폐업하고는 하나둘 마을을 떠나 지금은 외지 사람들이 배추 심으러 한 철, 수확하러 한 철 들어오는 게 전부예요. 일년에 겨울이 절반인걸요."

두 갈래 갈림길에서 소유는 리조트로 가는 왼편으로 차를 꺾었다. 길은 온통 칡덩굴이었다. 도로 양쪽 낮은 사면에서부터 기어오른 칡은 도로 위에서 얽히고설켜 멀리서 보면 아스팔트는 금빛 그물로 덮어씌운 듯이 보였다.

소유는 리조트 뒤편 공터에 차를 세웠다.

공터 뒤는 나지막한 언덕이고 언덕 위에는 전망대가 설치되어 있었다. 차에서 내리자 어둡고 거대한 리조트 그림자가 와락 시마를 덮쳤다. 리조트는 오래된 복도식 건물에 외관은 낡을 대로 낡아 여기저기 페인트칠이 벗겨지고 더러 철골이 드러나거나 모서리는 덩어리째 시멘트가 떨어져 나간 곳이 많았다. 나무로 된 창틀은 대부분 조금씩 비틀려 있었다. 시마가 조금만 움직여도 건물에서 텅 또는 컹, 소리가 날 것 같았다.

"왜 하필 이런 데를 온 거지? 좀 으스스하군."

시마가 말했다.

소유가 덥석 시마의 손을 잡았다. 그리고 장난기 가득한 다정한 눈으로 시마를 바라보았다.

"선생님이랑 오래오래 손잡고 걷고 싶어서요. 손바닥에 땀이 날 때까지, 누구 눈치도 보지 않고 말이예요. 마치!"

소유가 잠시 말을 멈추고 입술만 달싹거렸다. 시마가 재촉했다.

"마치?"

"부부처럼요."

"……….."

"오늘 하루는 온전히 제 거니까 제가 하자는 대로 하기예요."

"……….."

전망대를 향해 난 돌계단 양옆으로 곧게 뻗은 전나무들이 도열하듯 절도 있게 늘어서 있었다. 바늘잎에 가을 햇살이 내려앉아 윗부분은 신록처럼 부드러운 연둣빛을 띠고 아랫부분은 어두운 푸른빛을 했다. 마을의 정적이란 정적은 모두 그리로 움직여온 듯 돌계단이 다 고요했다.

  시마는 힘주어 소유의 손을 잡고 말없이 전망대를 향해 걸었다. 백 개가 넘는 돌계단을 꼼꼼히 오르는 동안 한 번도 소유의 손은 놓지 않았다. 마주 잡은 둘의 손 안에 땀이 맺히자 소유가 제 손을 빼려 했지만 시마는 소유를 잡은 손에 더 힘을 주었다. 소유는 곧 체념한 듯 시마에게 손을 맡겼다가 잠시 후 저의 손바닥과 시마의 손바닥 사이에 공간을 두어 공기층을 만들더니 이어 다른 한 손으로, 마주 잡은 시마의 손등을 감싸 제 손바닥과 마주치게 했다. 고여 있던 공기가 빠져나가며 그 틈에서 삑, 소리가 났다. 시마가 희미하게 웃었다. 어린 류하의 손을 잡고 걷는 것만 같았다.

  전망대에 서자 발아래 제이령의 곱디고운 능선들이 첩첩이 펼쳐졌다. 아름다웠다. 첩첩 능선이야 물론 왠만한 규모의 산이면 다 있지만 제이령의 능선은 조금 달랐다.

  포개진 능선들이 마치 거대한 짐승의 갈비뼈처럼 일정한 간격을 두고 뻗어 능선과 능선 간의 폭이며 방향이 자로 잰 듯 정연했다. 군더더기 없이 정갈하여 그것을 바라보는 이의 마음이 다 결연해졌다. 시마 저를 대하는 소유의 정연함 또는 결연함과 닮아 있다고, 소유의 성정은 그러므로 제이령에서부터 비롯된 것인지도 모르겠다고 시마는 혼자 생각해보았다. 추운 지방답게 침엽수가 많아 초가을인데도 령 군데군데 찬 푸른빛이 번져있었다.

전망대를 내려와서도 소유는 내내 시마와 팔짱을 하고 마을을 걸었다. 살짝 턱을 치켜든 소유는 그날은 시마 눈에는 어느 때보다 의기양양했다. 굳이 곁눈질하지 않아도 그 경쾌한 발걸음이 푸른 파도처럼 시마의 눈 가장자리에서 출렁거렸다. 가끔 제 엉덩이로 툭 시마의 엉덩이를 치기도 했는데 시마가 중심을 잃고 휘청거릴 정도가 되었다. 바랜 깃발만 나부끼는 텅 빈 보건소를 지나 노란색 페인트칠이 된 폐교에 들어서자 운동장 한가득 빼곡하게 돋은 시든 풀이 시마를 맞았다. 화단 역시 잡초가 무성했는데 멋대로 자란 짙푸른 가이즈카향나무 아래 구절초 흰 꽃이 귀기가 돌도록 창백했다.

오전 내내 마을을 걷다가 정오가 되어서야 둘은 리조트 뒤편 주차장으로 돌아왔다. 주차장에 닿자마자 소유는 급히 팔짱을 풀고 자신의 차로 달려갔다. 그리고 트렁크를 열고 돗자리를 꺼내 돌계단 입구에 펼쳤다. 시마더러는 가만 앉아있으라고 하고 저 혼자 부지런히 차와 돗자리를 오가며 이러저러한 찬합들을 옮겼다. 부엌살림을 모두 거두어왔는가 싶게 찬합들의 모양과 종류가 다양했다.

마지막으로, 전리품이라도 되는 양 양손에 휴대용 버너와 팬을 들고 씩씩하게 시마에게로 걸어온 소유는 돗자리에 무릎을 꿇고 앉아 성스러운 의식을 행하듯 차례차례 찬합의 뚜껑을 열었다.

"……….."

시마의 입이 다 벌어졌다.

그릇 마다에는 명절 때나 볼 수 있는 나물들이 가득했다. 제철

고구마 줄기볶음 말고도 봄에 채취해 묵나물로 만들어 두었던 것들이 수두룩했다. 나물을 좋아해 제법 눈썰미가 있는 시마는 우선 취나물, 고사리, 곤드레, 개두릅, 방풍나물, 머윗대, 시래기 정도를 헤아렸다. 산마늘과 곰취 장아찌도 헤아렸다. 시마가 다른 반찬들을 훑는 사이 소유는 버너에 불을 붙여 팬을 얹고는 밀폐 용기에서, 얇게 편을 내 고추장 양념을 한 더덕을 꺼냈다. 그리고 불 위에 올려놓고는 다시 무릎을 꿇고 두 손바닥은 돗자리에 붙이고 고개는 한껏 빼 들고서 무슨 처분이라도 기다리는 아이처럼 초조하게 시마를 바라보았다. 시마더러 일단 맛을 보라는 얘기 같았다.

시마는 우선 발치에서 가장 가까운 찬합의 것을 한 젓가락 집었다. 모양으로 보아 새순을 따서 말려두었던 것이지 싶은데 무엇보다, 싱싱한 풀잎 색도 아니고 그렇다고 묵나물 특유의 짙고 어두운 색도 아닌, 오랜 세월 비단 필에 수묵의 풀 한 포기로 들어있다 막 햇빛에 나온 듯 연하면서도 깊은 빛이 도는 묘한 색감이 시마의 눈길을 끌었다. 입안에 넣고 씹자 부드러우면서도 아삭하고 순하면서도 은근히 알싸한 맛이 도는 것이 밥 한 숟갈 없이 몇 번을 집어먹어도 질리지 않았다.

"맛있구나."

시마가 말했다. 소유는 그제야 꿇었던 무릎을 펴며 옆으로 가지런히 다리를 놓았다.

"다래 순이예요. 봄에 저기 전망대 올라가는 길에서 따두었던 거예요. 그리고 고사리는"

하면서 몸을 돌려 이번에는 스키장 쪽을 바라보았다.

"저기 스키장 입구 산자락에서 꺾은 거고, 취나물은 맞은편에서 꺾었어요. 저 일대가 나물 천지예요."

연신 고개를 끄덕이며 시마가 물었다.

"언제 이런 것을 다 만들었는가. 늘 집에서 이렇게 먹는가."

소유가 고개를 저었다.

"집에는 나물 먹는 사람이 아무도 없어요."

"남편은 안 좋아하는가."

"콩나물, 숙주나물 말고는 거의 안 먹어요."

".........."

"선생님은 속이 안 좋으니까 이런 거 드시면 몸에 좋을 것 같아서 시간 날 때마다 조금씩 뜯어놨어요."

".........."

팬에서 더덕이 자글자글 소리를 내며 익기 시작했다.

"나물은 금방 만들어야 맛있어요.

실은, 밤새 한숨도 안 잤어요."

시마가 곰취 장아찌를 집다 말고 빤히 소유를 보았다.

"이거 만드느라?"

소유가 고개를 끄덕였다.

"선생님 만나기 전까지는 나물 반찬이라곤 콩나물이랑 시금치 같은 거 말고는 할 줄 아는 게 없었어요. 그런데 어느 날 가만히 생각해보니까 부끄러운 거예요. 선생님은 나물을 참 좋아하는데 만약 언제 우리가 같이 지내게 되면......!"

시마가 나물을 집다말고 빤히 소유를 보았다. 소유의 얼굴이 확 붉어졌다.

"제 말은, 예를 들어 어디를 놀러 가서 며칠쯤 같이 지내게 되면, 그래서 제가 만든 나물을 먹게 되면 속으로 흉보겠구나, 실망하겠구나 그런 생각이 들잖아요. 그래서 시간 될 때마다 이 마을에 와서, 여기 나물은 깨끗하고 몸에 좋으니까, 나물을 뜯어서 집에서 요리도 해보고 묵나물로 만들어도 놓고 그런 거예요."

소유가 배시시 웃었다.

"지금은 잘해요. 다 선생님 덕분이에요."

그러고는 곧 무릎걸음으로 버너를 향해 다가가다가 무심한 듯 고개를 돌려,

"사모님은 물론 엄청 잘 하시겠죠?"

물었다. 시마의 대답은 기다리지 않고 곧바로 돌아섰다.

".........."

더덕 향이 깊었다. 일시에 우지끈 나무가 뽑히며 그 뿌리로부터 시마에게로 번져나오는 흙냄새 같았다. 더덕도 이 마을에서 구했는가 물으려다 염치가 없어 그만두었다.

가끔 고랭지 배추를 돌아보기 위해 들어오는 트럭 말고는 마을은 정오가 넘도록 인적이라곤 없이 고요했다. 연한 귀뚜라미 울음소리, 바쁜 밀잠자리 날갯짓 소리까지 귀에 선명했다. 리조트에서 내려다보이는 마을 길은 때로는 사라지고 때로는 다시 나타나며 서로 이어져, 마치 생명이 있어 제 마음대로 바다에도 갔다 오고 골짝에도 놀러 가는 듯이 생각되었다.

배부르게 점심을 먹고 나서는 둘이 잠이 들었던가 보았다. 퍼뜩 깨어 시계를 보고는 시마는 속으로 놀랐다. 잠깐 누웠다고

생각했는데 벌써 오후 두 시를 넘어가고 있었다.

소유는 몸은 반듯이 하고 고개는 외로 꼰 채 시마의 겨드랑이에 얼굴을 박고 입술은 봉긋 벌어져 있었다. 한숨도 안 자고 나물을 했다는 것을 증명이라도 하듯 낮잠이 깊고 곤했다. 혹여 깰까 미동도 않으며 시마는 속으로 올라가야 할 시간을 헤아렸다. 막힐 것을 생각하면 늦어도 세 시에는 출발해야 했다. 시마의 결혼기념일이었다.

결혼 이래 지금까지 기념일을 챙기는 것을 잊은 적은 한 번도 없다. 아내에 대한 사랑이라기보다 몇십 년 동안 회사생활을 하며 몸에 맨 일종의 습관 또는 업무처리의 연장 선상이라고 하는 것이 옳았다. 다만 이번 결혼기념일이 조금 특별한 것은 얼마 전 첫 직장을 잡은 아들이 시내 유명 호텔에 일찌감치 예약해놓은 저녁식사여서인데 아내는 그런 아들이 자랑스러워 어쩔 줄 몰라 하며 시마에게는 전날부터 올라와 있으라고 다그쳤다. 하지만 소유와 이미 약속이 되어있던 터라 변명거리를 생각하던 차에 오후에 제이령 별장을 보러오기로 한 사람이 있다는 핑계를 대고는 늦지 않게 올라가마고 달래놓은 참이었다. 차라리 소유에게 사정을 말하고 다른 날로 소풍을 옮길까도 했으나 소유는 하루하루 날짜를 꼽는 눈치였고, 무엇보다 결혼기념일이라는 말을 꺼내는 것이 불편했다. 듣는 소유도 마음이 편하지는 않을 것이다. 해서 일단 점심을 먹고 오후 두세 시쯤 출발하리라 마음먹었는데 잠들기 전 소유는 시마가 해준 팔베개에 머리를 묻고 장난스럽게 속삭였던 것이다.

"저녁때 뭐 먹을 건지 맞혀보세요."

"남은 나물 반찬 먹어야지 뭘 또 준비했는가?"
소유가 입을 다물고 환하게 웃었다.
"가리비요. 새벽에 항구에 가서 가져온 거예요. 아이스박스에 재놨어요."
".........."
점심을 준비한다고 부산히 차와 돗자리를 오갈 적에 활짝 열린 트렁크 안으로 보이던 빨간 아이스박스를 떠올리자 시마는 절로 한숨이 났다. 차라리 날짜를 옮길 것을, 하고 후회했지만 이제 와 소용없었다.
소유의 입에서 가끔 간밤의 수고인 듯 얇은 한숨이 흘러나왔다. 갓 볶은 나물 반찬을 시마에게 맛보이기 위해 밤새 음식을 하면서 행여 가족이 깰까 발걸음, 손놀림 하나 조심했을 것이다. 까다로운 시마의 입맛도 함께 걱정했을 것이다.
만약 언제 우리가 같이 지내게 되면!
시마는 소유가 아까 했던 말을 떠올렸다. 어디를 놀러 가서 며칠쯤 같이 지내게 되면, 이라고 급히 덧붙이긴 했지만 시마 생각에 그것은 소유가 얼버무리느라 그리한 것이고 실은 소유 저의 마음에는 언젠가 시마와 둘이 지내게 될 거라는 소망 또는 믿음이 자리하고 있는지도 몰랐다.
아내는, 끼니마다 나물을 찾는 시마를 걸신이 들렸는가보다고 타박했다. 하긴 나물이라는 것이 좀 손이 많이 가는 음식이던가. 그저 삶고 볶기만 해서 제맛이 나던가. 고작 한 접시를 만드는 데 들어가는 시간과 노력이 복잡하고 정성스러워 그 나물을 하는 이나 먹는 이나 서로 위하는 마음이 없고야, 또 지근거리에서 자주 보며 함께 많은 시간을 나누는 사이가 아니고야 그렇듯 배우고 익힐 이유가 있겠는가. 그러자 소유에 대한 측은한 마음과 함께 얼굴과 목덜미에까지 땀이 돋으며 갑갑증이 일었다.

 셔츠의 첫 단추를 막 풀어내는데 머리맡에서 시마의 휴대폰이 진동했다. 아내였다. 그때까지 소유에게 팔베개를 해주고 있었다는 것도 잊은 채 시마는 급히 자리에서 일어났다. 그 바람에 소유의 머리가 가볍게 바닥에 부딪혔지만 시마는 힐긋 돌아만 보고 서둘러 돗자리를 벗어나 전망대를 향해 걸었다.

 아내는, 집을 보러 온다던 사람은 왔는지 출발은 언제 할 건지 물었고 아직 손님이 오지 않았고 그래서 출발을 못 하고 있다고 하자 바락 짜증을 냈다. 삼십 분만 더 기다려보고 안 오면 출발하라고 거듭 명령하듯 당부하고는 아내는 일방적으로 전화를 끊었다. 여전히 전화기를 든 채 시마는 잠깐 뒤를 돌아보았다. 소유와의 거리는 멀어 시마의 말이나 아내의 전화기 너머 목소리는 들리지 않았을 테지만 어쩐지 시마는 아내가 자신을 막 대하는 것을 소유에게 들킨 것 같아 민망해졌다.

 자리로 돌아오자 소유는 모로 누워 제 팔에 제 머리를 얹고 눈은 말똥말똥 마을을 응시하고 있었다. 좀 전의 깊은 잠이 믿어지지 않을 만큼 초롱했다. 시마는 말없이 소유 옆에 누워 소유에게로 팔을 내밀었다. 소유를 안으려는 마음이었는데 소유는 머리를 얹은 제 몸과 팔에 고집스럽게 힘을 주고는 꼼짝도 하지 않았다. 시마는 내밀었던 팔을 거두어 깍지를 끼고 자신의 뒷머리에 가져다 댔다.

 산비탈에 내려앉은 구름의 그림자가 빠르게 서쪽에서 동쪽으로 흘러가고 있었다.

"집에 가야 하죠?"

소유가 말했다. 시마가 소유를 돌아보았다.

"전화하는 거 들었는가?"

"아뇨. 그냥 알아요. 사모님이잖아요."

"집에 일이 좀 있어. 말하려고 했는데 날짜를 바꾸기가 미안해서."

"괜찮아요. 그럴 수도 있죠, 뭐."

"이해해줘서 고맙구나. 소풍은 다음에 다시 오자꾸나."

소유가 발딱 자리에서 일어났다. 그리고 빠른 걸음으로 차로 걸어가 트렁크를 열고는 빨간 아이스박스를 꺼냈다. 낑낑대며 자리로 가져와서는 다시 버너에 불을 피우고 팬을 올렸다. 아이스박스 뚜껑을 열자 서너 개의 얼음 팩 사이로 시마 손바닥만큼 한 가리비가 보였다. 소유는 익숙하게 팬에 알미늄 호일을 깔고 그 위에 가리비를 올렸다. 팬이 달궈지자 가리비들이 쩍 입을 벌렸다. 벌어진 가리비에서 바닷물이 흘러나와 치지직, 소리를 내며 연기가 피어올랐다.

"이거 드시고 가세요."

"………?"

시마는 저도 모르게 아랫배에 손을 가져다 댔다. 평소보다 과식한 탓에 자리에 눕기 전 소유 몰래 소화제를 털어 넣은 터였다.

"다음에 먹지. 아직 배도 안 꺼졌는데."

"드시고 가세요."

"………?"

"다 드시면 보내드릴게요."

말하는 본새며 얼굴이 무심했다. 시마의 마음이 다 얼어붙었다. 정말 그 음식들을 다 먹지 않으면 보내주지 않을 태세였다.

"………"

지금껏 시마가 보아온 소유는 늘 마음에 물결이 일었다.

마음에 물결이 일지 않는 이가 어디 있을까마는 특히 소유는 깨어있는 시간 내내, 그것이 기쁨이건 슬픔이건 호기심이건 혹은 고요함조차도 고요한 그대로 물결이 되었다. 아무것도 생각하지 않고 아무것도 느끼지 않는 순간이 그의 삶에는 없는 것 같았다. 느끼고 생각하는 그 모든 것은 또 그대로 얼굴에 떠올라, 얼굴에 떠오른 그것이 곧 소유의 심정이라고 해석하면 대체로 옳았다.

온갖 사념에 잠겨 둥둥 떠가는 소유의 작은 얼굴이 그래서 시마는 좋기도 하다가 어떨 때는 더럭 마음에 걸리기도 하던 것이다. 그러므로 지금 소유의 얼굴에 떠오른 뜻 없는 무심함은 시마를 섬뜩하게 했다.

시마는 그나마 씨알이 작은 가리비 하나를 골라 입안에 넣었다. 한 입 베어 물자 짭조름한 바다냄새와 함께 포동포동하고 쫄깃하며 부드러운 식감이 입안에 번졌다. 배가 불렀지만 애써 삼키자 넘어가 지기는 했다. 소유도 곧 시마 엄지만큼 한 큰 것을 골라 입안에 넣었다. 시마가 말했다.

"많이 서운한가보구나."

"………"

소유는 대답 대신 아직 채 씹지도 않은 가리비 한 점을 그대로 삼키고는 또 하나를 집어 입안에 넣었다. 그리고 우물우물 씹으며 세 번째 가리비를 집어 들었다. 양 볼이 이내 사탕을 문 것처럼 통통해졌다. 울지도 모른다는 생각이 들어 시마는 얼굴을 돌렸고 소유는 입안의 것을 그대로 문 채 자리에서 일어나 마을을 향했다.

산꼭대기에서부터 빠르게 단풍이 내려오고 있었다.

시야에서 소유가 사라지자 시마는 가볍게 한숨을 쉬며 아이스박스 안을 살폈다. 얼음 팩 사이로 굴과 삶은 문어, 음료수들이 보였다.

소화제를 또 먹을 각오를 하고라도 가리비 몇 점을 더 먹었어야 했다. 밤새 나물 반찬을 하고 새벽 항구에 나가 가리비를 살 적이면 소풍에 대한 기대가 오죽했을까. 무슨 나물을 할까 많은 날 궁리했을 것이며, 신선한 가리비를 당부하느라 항구에는 또 무수히 전화를 넣었을 것이다. 어쩌면 인적 없는 스키장에서 홀로 나물을 뜯던 먼 봄날에서부터 시마와의 소풍을 염두에 두었으리. 그런 생각을 하자 다시 갑갑증이 일었다. 소유는 곧 돌아왔다. 걱정했던 것과 달리 방금 옹달샘에서 세수라도 하고 온 듯 얼굴이 말끔했다.

시마에게는 눈길도 주지 않고 소유는 재빨리, 남은 반찬들은 비닐봉지에 버리고 빈 찬합과 버너를 챙겨 트렁크에 넣고 아이스박스는 굳이 혼자 들겠다며 낑낑대며 차까지 운반했다. 반찬 자국이 남은 돗자리는 그대로 걷어 아무렇게나 접어 트렁크에 쑤셔 넣었다. 그리고 경쾌하게, 가요! 하며 운전석에 올랐다.

"빨리 가셔야 되잖아요!"

시마가 멍한 얼굴을 하고 서 있자 그렇게 재촉하기도 했다.

마을을 내려오는 동안 조수석의 시마에게는 눈길 한 번 주지 않았다. 굽이를 돌 적에는 특히 운전이 거칠어 시마의 몸이 자주 좌우로 쏠렸다. 령 정상에 닿자 일부러 지어낸 것이 분명한 높고 경쾌한 목소리로 시마에게, 안녕히 가세요! 외쳤다.

"다시는 보지 않을 셈인가."

"………"

차에서 내린 시마가 차창에 얼굴을 들이밀자 소유는 반대편으로 휙 고개를 돌렸다.

"이러면 내가 못가잖아."

"그럼, 가지 마세요!"

"………"

시마는 창틀에서 손을 떼고 천천히 뒤로 물러났다. 그토록 쌀쌀맞던 소유는 그러자 몹시 다급한 얼굴이 되어 외치듯 중얼거렸다.

"선생님한테만 보여드리려고 가져온 거 있는데, 이제 안 보여줘요. 다시는요. 누구한테도요."

"………"

그런 말을 할 적의 소유는 철없고 고집스러워, 동그스름한 턱은 또 얼마나 야무지고 매끈하던지, 둘째 오빠나 셋째 오빠는 안되고 큰오빠하고만 구멍가게를 가겠다고 버티던 어린 류하를 보는 것 같았다. 나이가 몇인데, 하고 책망하려다 시마는 그만두었다.

"그럼 지금 보여주면 되잖아. 보여줘."

대답 대신 소유는 세차게 고개만 저었다.
"그럼 말로라도 해줘. 뭔데?"
행여 소유가 출발할세라 시마는 다시 두 손으로 힘껏 창틀을 움켜잡았다. 소유의 마른 입술이 초조하게 꿈틀거렸다.
"보석상자."
"그래? 더 궁금하구나."
"……….."
"뭐가 들었는데?"
시마가 재차 묻자 소유가 빠르게 중얼거렸다.
"도토리 세 알, 벙어리장갑, 돌고래 인형…."
"도토리 세 알은 아이가 주웠겠구나."
소유가 놀라는 시늉을 하고 시마를 돌아보았다. 시마가 희미하게 웃었다.
딸아이가 어릴 적, 놀이공원에서 제 엄지손톱만한 도토리를 주워 시마에게 건넨 적이 있었다. 어린 것이 건네던, 갸름하고 표면이 한없이 반짝거리던 작은 도토리 한 알은 어쩐지 야릇한 슬픔으로 기억돼 시마 나름으로 간직한다고 했지만 이사다니는 동안 잃어버리고 말았다. 아쉬웠다.
"그리고……"
소유가 망설이듯 말을 이었다.
"그리고?"
시마가 재촉하자 소유는 다시 토라져 쌀쌀맞게 고개를 돌렸다.
"아, 싫어요. 그만할래요. 구차해요."
창틀을 움켜잡은 시마의 손등에 굵게 힘줄이 일었다. 시마가 의기양양하게 말했다.

"벙어리장갑은 네가 아이에게 떠 준 것이고."

소유가 잠깐 웃었다.

"틀렸어요. 엄마가 저한테 떠준 거예요. 제가 일곱 살 때요."

"그래? 대단하구나, 아직까지 간직하다니."

소유가 순간 경멸하듯 힐긋 시마를 올려다보았다.

"대단하다구요?"

"………"

"그게 뭐가 대단해요? 벙어리장갑 두 짝이 뭐가 그렇게 대단해요?"

"………"

"아, 구차해!"

그러더니 갑자기 차를 몰아, 그 바람에 차창에 손을 얹고 있던 시마는 자빠지듯 뒤로 물러나며, 순식간에 령 아래로 사라지고 말았다.

시마는 그 이틀 뒤 제이령으로 돌아왔다.

소유의 퇴근 시간에 맞춰 휴양림 주차장에서 소유를 기다리는데 소유가 먼저 시마의 차를 발견하게 되었다. 멀리서부터도 얼굴은 기뻐 어쩔 줄 모르고 아마도 전속력으로 달려오고 싶은 것을 참느라 쭈뼛거리며 걸어오더니 시마에게 다가와서는 운전석 열린 차창에 정답게 팔을 얹었다. 엇갈린 두 팔에 가을 석양이 비껴, 흰 팔의 솜털이 강아지풀 이삭처럼 곤두서며 금빛으로 반짝였다.

시마를 만지고 싶은 것을 참느라 소유는 신경질적으로 손가락 열 개를 옴짝달싹했다. 그러다 속삭였다.
"미안해요!"
지난번 일을 말하는 것이리라.
시마는 이를 드러내고 웃었고 소유는, 더더욱 시마를 안고 싶은데 당장은 어찌할 도리가 없자 창틀의 고무가 시마의 살점이라도 되는 듯 깊숙이 손톱을 박아 넣고는 아마도 두 다리는 비비 꼬며 허리는 비틀며 눈은, 광대노린재 붉은 딱지날개를 품은 듯 번득이며 시마를 바라보는 것이었다. 쉽게 풀어지는 것이 또 소유였다.

8

　11월로 접어들자 숲은 가을의 쇠락과는 다른 어떤 낯설고 은밀한 생기로 다시 채워졌다.
　생강나무 노란 잎은 그해는 유독 선명해 숲 안쪽은 알전구를 켠 듯 환하고 보라색 작살나무 열매는 꽃처럼 고와 숲에는 다시 봄이 찾아온 것 같았다.
　산 중턱 자작나무숲은 멀리서도 황금빛을 띠었다. 노란 잎이 흔들릴 적에는 무사의 찰갑에 달린, 쇠를 저며 만든 맑은 미늘이 한꺼번에 찰랑찰랑 소리를 내며 움직이는 듯이 보였다. 금세라도 먼 산으로부터 시마를 향해 철벅철벅 다가올 것 같았다.
　"이제 하늘소를 보려면 꼬박 1년을 기다려야 해요."
　"………."
　가을이 깊어가는 것을 소유는 몹시 아쉬워했다.
　찬찬히 임도를 걷다 갑자기 휙 돌아서 지금껏 걸어온 길을 우두커니 바라보기도 하고, 다시는 봄이 오지 않을 것 같다고 한탄하기도 했다. 시마를 붙잡고, 선생님은 은퇴하고 나면 정말 숲해설가를 할 거냐고 다그치기도 하고 또는, 선생님은 아이

들이 다 커서 걱정이 없겠다고도 했다. 다 크면 큰 대로 출가하면 출가한 대로 부모 된 이의 걱정은 끝이 없다고 시마가 말하자 자신은 차라리 아이에게 나쁜 엄마로 기억되면 좋겠다고 했다. 이유를 묻자 언제 헤어질지 모르는 것이 사람의 일인데 소유 저가, 예를 들어 사랑한다는 말을 남길 새도 없이 갑자기 심장이 멎어버리면 혼자 남은 아이는 얼마나 애처로울 것이며 그렇다면 차라리 엄마에 대한 나쁜 기억을 가지고 있는 편이 슬픔을 잊는 데 도움이 되지 않겠냐는 그런 식의 어리석은 이야기들을 늘어놓았다. 사춘기 소녀 하나를 데리고 다니는 것 같았다.

숲해설가는 보통 11월 말이면 업무가 끝난다. 다음 해 2월에 다시 새롭게 시작되는데 그 두 달은 자주 숲에 오게 되지 못하는 것이 아쉬워 그러는 거라고 시마는 짐작했다. 11월이 끝나가는 것이 아쉽기는 그런데 시마도 마찬가지였다.

며칠 전 정부 고위 관료로 일하고 있는 손위 처남으로부터 내년 봄에 있을 의원 선거에 나가게 되었다는 연락을 받았다. 공천은 이미 약속받았고 해당 선거구는 20년 넘게 다져온 텃밭이라 당선은 확실하다는 것이 처남의 판단이었다. 시마더러 선거 본부장을 맡아달라고 했다. 말이 부탁이지 일방적인 통보나 다름없었다. 시마가 여기까지 오는 데는 음으로 양으로 처남의 힘이 컸다. 처가와 처남의 도움이 없었다면 시마의 성실함만으로 여기까지 오기는 쉽지 않았을 것이다.

시마가 거절할 경우를 생각해 처남은 미리 아내에게 선거 출마 사실을 알렸다. 아내의 성격 그리고 시마의 집안 사정을 누구보다 잘 아는 처남이었다. 아내는 벌써부터 사업체라도 차린 듯 기뻐했다. 당선만 되면 처남은 시마가 지금 고문으로 있는 회사에 어떻게든 손을 써줄 것이다. 회사에서도 정부 경제통인 처남이 출마한다는 사실을 어떻게 알고는 저희들이 먼저 시마에게 지지와 후원을 약속했다. 시마가 사업체를 만들면 납품을 보장하겠다는 내용이었다. 사실 굳이 처남의 부탁이나 아내의 닦달이 아니어도 시마로서도 고문 자리마저 내놓고 난 후의 삶이 불안하긴 했다. 소유에게야 숲해설가를 하겠다고 했지만 취미라면 모를까 모름지기 사내라면 건강에 이상이 없는 한 손에서 일을 놓으면 안 된다는 것이 시마의 솔직한 생각이었다. 고민하다 며칠 전, 그러마고 했다.

그런데 굳이 선거 건이 아니어도 제이령에 계속 머물 수 없는 이유는 또 있었다. 간밤에도 아내는 전화를 걸어 시마를 채근했다. 왜 안 올라오느냐, 곧 추워질 건데 계속 거기 머무는 이유가 뭐냐. 겨울에 여기 머물 이유가 없다는 아내의 말은 틀린 말은 아니다.

제이령의 겨울은 혹독했다. 나라의 동과 서를 가르는 높고 긴 산맥에서는 혹독한 북풍이 불어오고 한밤 영하 10도 이하를 기록하는 날이 두세 달 이어졌다. 폭설에 자주 도로가 끊기고 골짜기 곳곳에는 봄이 되도록 빙벽이 성문처럼 걸렸다. 추위와 맑은 햇빛과 칼바람과 폭설은 그래서 제이령을 이 나라 최고의 황태 생산지로 만들었다. 다음 달이면 산 중턱 바람골 마을에서는 나무로 덕을 만들어 세우기 시작할 것이고 그러다 영하 10도의 밤이 오면 먼 북쪽 바다에서 온 명태들이 줄줄이 그 덕에 걸려 흰 눈과 바람에 노랗게 말라갈 것이다. 덕장이 없는 제이령 겨울 풍경은 상상할 수가 없었다.

　제이령의 혹독한 추위도 추위지만 시마의 별장은 지은 지 오래되어 특히 난방이 취약했다. 석유를 몇 드럼을 쏟아부어도 실내에서는 연실 입김이 나오고 손발이 시렸다. 류하가 별장에 온 것은 초가을이었는데 그 계절에 굳이 시마와 화목난로 이야기를 나눈 것도 제이령의 혹독한 추위를 익히 알기 때문이었다. 굳이 화목난로를 놓으면서까지 이곳에서 겨울을 나겠다면 아내는 당연히 의심할 것이다.

　아내가 특히 이 집을 싫어하는 데는 겨울 추위 말고도 다른 이유가 있었다. 아내는 류하와 관계된 것이면 병적으로 싫어했다. 류하가 이 집에서 목을 맸을 때도 류하의 죽음을 슬퍼하기보다 하필이면 이 집에서 목을 맨 것에 분통을 터뜨렸다.

　"걔가 아주 끝까지 나를 골탕 먹이려고 작정을 했구나, 독한 것!"

　처음 상견례를 할 때부터 아내와 류하는 서로를 못마땅해했다. 또 둘 다 그러한 자신들의 심기를 가감 없이 밖으로 드러냈다. 아무리 애를 써도 이해할 수 없는 둘의 불협화음은 태생적으로 안 맞는다는 것 말고는 달리 설명할 길이 없어 보였.

　시마가 외국 출장이라도 다녀오면 아내는 부리나케 시마의 가방을 뒤져 류하 몫의 선물이 있는지를 살폈다. 가방 한구석에 몰래 감춰온다고 왔지만 아내는 또 용케 그것을 찾아내 시마의 눈앞에 대고 흔들며 아직도 자식보다 동생을 먼저 챙긴다고 시마를 비난했다.

　시마가 결혼하기 전까지는 류하는, 스스럼없이 시마의 방에 들어와 시험공부를 하거나 먼 서역의 얘기를 들으며 잠이 들곤

했다. 그 때문인지 류하는, 시마가 결혼을 하고도 자정을 훨씬 넘겨 시마에게 전화를 거는 일이 잦았는데 그러면 아내는 경기 하듯 펄쩍 뛰었다.

"차라리 지 오빠랑 결혼하지 그랬어! 이게 근친상간하고 뭐가 달라?

결혼한 오빠한테 한밤중에 이게 할 짓이야? 올케를 무시해도 분수가 있지 정신이 있는 애야, 없는 애야? 몸이 성하지 않으면 마음이라도 성해야 할 거 아니야!"

류하가 고향 집을 떠나 시마가 사는 도시에서 대학을 다니게 되자 시마는 당연히 제집에 들일 계획이었다. 하지만 아내는 길길이 날뛰었다. 다시 근친상간이니 뭐니 하는 얘기가 나왔고 시마는 그만 질겁하여 류하에게 다른 집을 얻어주었다. 그리고 아내 모르게 출퇴근길에, 류하에게 필요한 것들을 사 넣어주거나 둘이 오붓이 저녁을 먹곤 했던 것이다.

다른 사람이 아닌 류하 앞에서만큼은 시마는 한없이 너그럽고 다정했다. 집안의 막내이자 유일한 여동생에다가 아버지 얼굴을 못 보고 자랐다는 것 그리고 다리를 전다는 것이 물론 중요한 이유이기는 했다. 하지만 또 꼭 그런 것만은 아닌 것이 그 아이와 말을 하고 있으면 이상하게도 시마의 내부에서 자신도 모르는 어떤 선하고 순결한 존재가 싹을 틔우는 것 같았다. 시마의 몸을 빌려 사는 그 존재는 시마와는 별개로 류하를 만나고 마음을 나누고 서로 의지하며 세상과 시간의 무자비를 함께 헤쳐나가는 중인 것으로 생각되었다. 시마가 귀한 존재이며, 시마가 바라보고 있는 류하 또한 귀한 존재라는 생각은 그럴 때 비로소 들어, 그날만큼은 시마는 한없이 자비로운 존재가 되어 집으로 돌아가던 것이다. 그러니 실은 오라비로서 누이를 보살핀다기보다 시마 자신의 기쁨을 위해, 시마의 삶이 그렇게 단조롭고 평범하고 시시하지는 않다는 것을 스스로에게 납득시키기 위해 류하를 만난다고 하는 것이 옳았다. 아내만 이해해준다면 류하가 좋은 남자를 만나 가정을 꾸릴 때까지 옆에 두고 돌봐주고만 싶던 것이다.

선거본부장을 맡게 되면 선거가 치러지는 내년 4월까지는 지금처럼 자주 제이령을 오갈 수도, 오래 머물 수도 없을 것이다. 제이령이 어디 한나절 만에 쉽게 다녀올 수 있는 곳이던가. 해서 시마 나름으로는 중간 지점에 임시 거처를 얻어 소유를 만나는 것까지도 생각하며 언제쯤 얘기를 꺼낼까 고민 중이었는데 소유는 가을이 되자, 사춘기로 퇴행이나 하듯 혹은 갱년기에 접어든 듯 우울해하며 계절이 가는 것을 아쉬워했던 것이다.

11월 마지막 주부터는 소유는 눈에 띄게 말수가 적어졌다. 시마와 임도를 걸으면서는 자주 피곤해하고 어느 때는 힘에 부쳐 길섶에 주저앉기도 했다. 전에 없던 일이었다. 집에 일이 있는가, 어디 아픈가, 도움이 될 일이 있으면 말해달라고 했지만 소유는 이 계절이면 늘 찾아오는 증상이라며 무심히 고개를 저었다.

하긴 외관상으로는 소유는 크게 변한 것은 없었다. 한여름을 빼고는 매양 하이넥 검은색 또는 옅은 낙타색 셔츠에 노란 숲해설가 조끼, 낡은 진, 비비크림만 간단히 바른 맨 얼굴 그대로였다. 그럼에도 시마는 소유에게 무언가 변화가 생겼다는 느낌을 지울 수가 없었다. 그것이 무엇인지 마침내 알게 된 것은 평소와 다름없이 령 너머 삼거리까지 소유를 바래다주고 별장으로 돌아오던 어느 초겨울 밤이었다.

그날도 시마는 늘 그랬던 것처럼 소유와 함께 제이령을 넘었다. 시마가 삼거리까지 자신을 바래다주는 것에 대해 소유는 매번 어린애 취급한다며 손사래를 쳤지만 늦은 밤 소유 혼자 캄캄한 제이령을 넘게 하는 것은 시마로서는 용납할 수가 없었다. 시마가 앞장서고 그 뒤를 소유의 차가 따라가는 식이었다.

제이령의 2차선 국도는 가로등마저 드물어 멀리 능선과 하늘의 경계도 희미했다. 달이 없어, 전조등 불빛에 드러난 중앙선과 길가 자작나무가 그나마 길잡이 역할을 했다. 자작나무는, 불빛을 받으면 작렬하듯 흰빛이 부풀며 불쑥 시마에게로 다가왔다가 자동차 불빛이 사라지면 또 금세 희미해지며 어둠 속으로 물러나곤 했다.

평일 밤의 국도는 시마와 소유의 차 두 대를 제외하고는 움직이는 것이라고는 없었다. 굽이를 돌 적에 나무들의 검은 그림자가 바닥에 누워 길게 늘어나며 짐승처럼 시마의 차 아래로 슬금슬금 기어들었다.

캄캄한 허공에 시마와 소유의 붉은 후미등 네 개가 떠갔다. 후미등은 밤바다에 뜬 부표처럼 부드럽게 흔들리며 제이령 굽이굽이를 돌았다. 시마는 힐긋 룸미러를 살폈다. 룸미러에 소유가 들어왔다. 내내 시마와 같은 속도, 같은 리듬, 같은 곡선, 같은 간격을 유지하며 따라오고 있었다.

그럴 때의 소유는 시마라는 중심에 연결된 진자처럼 보였다. 진자는 눈감고 귀 막고 목숨을 걸고 맹목으로 시마를 따르기로,

오직 시마의 의지와 시마의 틀 안에서만 움직이기로 마음먹은 듯이 보였다. 시마가 왼쪽으로 기울면 저도 같이 왼쪽으로 기울고 시마가 좀 더 속도를 내면 저도 역시 속도를 내었다. 시마의 차가 기어를 바꾸면 소유 저도 기어를 바꾸느라 룸미러 속에서 잠깐 기우뚱했다. 시마가 령의 어깨에 올라타면 저도 함께 올라타고, 시마가 령의 골짜기로 내달리면 저도 삶과 죽음 따위 염두에 두지 않고 내달렸다.

시마가 공기를 가로지르며 속도를 내어 달리면 진자는, 자신과 시마의 차 사이에 놓인 더 무겁고 더 소용돌이치며 더 험한 공기에 저의 몸을 기꺼이 찢기고 닳아지게 하고라도 시마의 뒤를 따랐다. 더 멀어지지도 더 가까워지지도 않고 오직 시마가 정한 딱 그만큼의 거리를 자신의 사명으로 삼아 시마를 뒤따르는 진자는 쇳덩어리라기보다 비애와 격렬, 심장을 지닌 기계인 듯이 보였다.

정말 자신의 뒤를 따라오는 것이 소유가 맞는지 확인하기 위해 시마는 자주 고개를 돌려 뒤를 보았다. 소유는 어느 때보다 부드럽고 확고하며 침착하게 자신을 뒤따르고 있었다. 물같이 부드럽고 불같이 맹렬한 소유와의 시간은 늘 삼십 여분 만에 끝이 났다. 시마는 매번, 삼십 여분이 아니라 평생을 소유와 함께 달려온 기분이 되었다.

시마가 좌회전 차선에 비켜섰다. 소유가 시마 오른쪽에 나란히 멈췄다. 시마가 차창을 내리자 소유도 차창을 내렸다. 소유가 안에서 가볍게 손을 흔들었다. 푸른 계기판 불빛이 번져 소유는 깊은 바다를 떠도는 창백한 유령처럼 보였다. 문득, 소유와 함께 할 수 있는 곳이 고작 여기 삼거리까지이며 자신은 결코 소유가 사는 저 가로등 환한 삼거리 밖 세상으로는 나아갈 수 없을 거라는 생각이 들었다.

소유의 차가 먼 모퉁이를 돌아 시야에서 완전히 사라지고도 시마는 한참을 좌회전 차선에 서 있었다. 그동안에도 령을 넘어오거나 넘어가는 차는 없었다.

소유는 정말 사람이 사는 곳으로 갔을까. 소유가 간 그곳에는 사람이 살기나 할까. 터무니없는 사념의 끝에 퍼뜩, 그간 소유에게 일어난 변화가 무엇인지에 생각이 가닿았다.

활기였다. 활기가 소유에게서 사라지고 없었다. 처음 휴양림에서 소유를 보았을 때 소유의 발뒤꿈치에 매달려 숲과 대지를 휩쓸던 것, 소유를 소유이게 하던 것, 소유를 다른 사람과 구분하게 해주던 유일한 것인 활기가 소유의 몸에서 빠져나가고 없었다. 무엇일까. 무엇이 소유에게서 생기를 빼앗아갔을까. 시마 자신이 혹 일조를 했던가.

이튿날 시마는, 내년 봄에는 지금처럼 자주 올 수 없을 거라는 얘기를 꺼내야겠다고 작정하고 퇴근한 소유와 함께 임도를 걸었다. 고요한 숲에 바람이 이는가 싶더니 후두둑, 허공에서 잎이 떨어졌다. 오솔길이 순식간에 낙엽으로 덮이며 눈앞에서 흔적도 없이 사라졌다. 나무들 사이 능선은 더욱 휑뎅그렁해졌다.

사라진 오솔길을 멍하니 바라보던 소유가 갑자기 시마를 향해 돌아섰다. 그리고 와락 시마를 안더니 허겁지겁 시마의 입술을 찾았다. 멀지 않은 데서 사람들의 말소리가 들렸다. 당황하여 시마가 소유를 떼어내려 하자 그럴수록 소유는 어미젖을 찾

는 어린 것처럼 악착같이 시마의 품을 파고들었다. 그러면서,
"남들이 무슨 소용이야.
남들이 다 뭐야.
비겁하게!"
라고도 했다.
 계곡 너머는 단풍이 붉었다. 사람들의 발소리와 말소리가 점점 가까워지고 있었다. 시마가 손으로 계곡을 가리켰다.
"싫어요! 왜 우리가 숨어야 해요?
풍뎅이나 바구미나 숲에서는 다 내놓고 사랑을 하는데 왜 우리만 숨어서 해야 해요?
비겁해!"
 소유가 다시 시마의 품을 파고들었다. 시마는 소유를 끌고 가다시피 하며 급히 계곡을 건넜다.
 계곡을 건너자 완만한 비탈이었다. 연회색 지의류에 덮인 바위들 뒤로 복자기나무숲이 이어졌다. 단풍이 절정에 들어 그 일대는 그늘마저 붉었다. 소유가 휙 돌아서 시마를 노려보더니 곧 다시 몸을 돌려 복자기나무숲으로 들어갔다. 그리고 나무 중 하나를 안고는 두 다리로 밑동을 감아 얼굴은 짓이기듯 하고 나무 표면에 가져다 댔다. 나무속으로 들어가고야 말겠다는 태세였다. 흰 목줄기에 맥이 저 혼자 가파르게 뛰었다.
 무엇 때문에 심사가 틀렸는지 짐작이 가지 않았다. 이렇게 날선 소유를 보기는 처음이었다. 저의 말대로 정말 사람들 앞에서 사랑하지 못하게 되어 화가 났을까. 시마가 비겁한 것일까. 하지만 평소에도 늘 이런 식으로, 그러니까 사람의 출입이 없는

숲 안쪽이나 귀룽나무 아래 또는 인적 없는 밤의 숲에서 사랑을 나누지 않았던가. 처음 휴양림 자작나무숲에서 소유를 보았을 적이 떠올랐다. 그때도 소유는 자작 한 줄기를 품에 안고 그 안에 마치 애인이라도 들었는 양 조금은 음탕하게 조금은 나른한 모양새를 하고 무언가를 속삭이고 있었다. 지금의 소유는 그러나 그때와는 달리 어떤 알 수 없는 불안에, 갑갑증에 괴로워하고 있었다.

바람이 불자 머리 위에서 쏴아, 하며 파도 소리가 났다. 령 너머 바다가 이리로 몰려오는 것 같았다. 시마는 고개를 들어 방금 소리가 난 곳을 올려다보았다. 숲 한가운데 오래된 아카시나무들이 쓰러지며 생겨난 허공으로 구름 낀, 생기 잃은 차가운 11월의 오후가 드러났다. 다시 쏴아, 하는 소리가 들렸다. 아무래도 소리는 뻥 뚫린 하늘의 가장자리, 절벽 위 오래된 성과도 같은 우뚝 솟은 상수리나무들에서부터 들려오는 것 같았다. 바람이, 상수리나무 사이를 지나며 나는 소리였다.

상수리나무를 지나는 바람 소리는 시마는 처음이었다. 소나무 숲을 지나는 바람 소리가, 햇싸리로 만든 풍성한 싸리빗자루로 마당을 쓸 때처럼 한꺼번에 흙바닥을 쓸어가듯 하면서도 매끄러운 맛이 있다면 상수리 잎을 지나온 바람은 해변에 밀려온 파도가 다시 바다로 돌아갈 적에 모난 자갈에 부딪히며 빠져나갈 때처럼 차고 날카로운 맛이 있었다. 아무래도 다른 참나무들과 달리 잎이 유난히 도톰하고 빳빳하여 그런 싸늘하고 맑은 소리가 나는 것 같았다.

소유가 고개를 들어 상수리나무 일대를 올려다보았다. 치솟은 어깨가 천천히 아래로 내려왔다. 목덜미의 맥은 좀 전보다 편안해 보였다.

시마는 소유의 뒤에서 가만히 소유를 안았다. 소유의 목덜미의 온기가 금세 시마에게로 번졌다. 고개를 저어 시마를 밀치는 시늉을 했지만 소유의 어깨에는 더는 힘은 들어가 있지 않았다.

잠시 후 소유가 시마를 밀치더니 훌훌 옷을 벗기 시작했다. 쓰러진 아카시 고목 위로 곤줄박이와 박새가 몇 번 바삐 오가자, 알몸이 되었다. 희고 투명한 알몸에 복자기 단풍이 어려 소유는 전체적으로 붉은 수채화 물감에 잠긴 듯이 보였다.

다시 바람이 불며 상수리나무 우듬지에서 쌀쌀한 소리가 나더니 잠시 후 소유의 알몸에 복자기 잎이 후두둑 떨어져 내렸다. 소유가 중얼거렸다.

"네가 어둠의 골짜기를 헤맬 적에,

나는 너와 함께 있으리.

푸른 풀밭에 너를 누이고 고요히 흐르는 물가로 너를 인도하리. 네 영혼은 부활하리니."

"……….."

지난봄, 늙은 귀룽나무 아래서 시마가 들려준 신의 말을 소유는 내내 마음에 두었던가 보았다. 글자 하나 틀리지 않고 암송하는 소유는 그 알몸에 붉은빛이 배어, 공항에서 오던 날 수리바위 옆에 서서 함께 보았던, 석양이 비껴들어 신의 거처인 듯 여겨지던 맞은편 흰 암벽처럼 장엄해 보였다. 시마도 덩달아 엄숙한 마음이 되었다.

시마는 기도하려는 사람처럼 경건하게 숲 바닥에 무릎을 꿇었다. 그리고 소유를 올려다보았다. 한껏 당겨진 시위처럼 시마 쪽으로 탄탄하게 휜 엉덩이와 또 그 반대쪽으로, 달아나듯 깊숙이 휜 허리가 임도의 굽이굽이 돌아가는 모퉁이 모양을 하며 매끄럽게 이어졌다. 희고 고운 엉덩이 한가운데 잘 익은 검은 해바라기 한 송이가 거꾸로 매달려 시마를 내려다보고 있었다.

시마는 오른쪽 팔목과 손가락, 그 손가락의 끝에까지 최대한 힘을 주었다. 손바닥은 활짝 펴고 손가락 끝만 살짝 오므려 연잎 모양을 만들었다. 그러자 손가락 하나하나는 겹겹이 포개진 능선 모양이 되고 엄지와 검지 사이 합곡 아래 둥근 어둠은 오래된 검은 연못이 되었다. 팔목 중간에 불끈 힘줄이 솟으며 손바닥은 전체적으로 배드민턴 라켓처럼 탄성이 넘쳤다. 셔틀콕이 날아오면 닿자마자 탕, 하고 경쾌한 소리를 내며 공중으로 튕겨져 나갈 것만 같았다.

시마는 팔 전체에 균일하게 힘을 유지하고 닿을 듯 말 듯 소유의 그곳에 긴장된 자신의 손바닥을 가져다 댔다. 소유가 가장 좋아하는 일이었다.

소유의 해바라기가 단박에 시마의 손바닥에 들어와 안겼다. 검은 꽃술대들이 일시에 곤추서며 시마의 힘줄은 또 더욱 팽팽해졌다. 시마의 손바닥과 소유의 꽃술은 자석의 인력 혹은 척력처럼 격렬하게 맞붙거나 또는 밀쳐내며 아슬아슬하게 거리를 유지했다. 그러다 어느 순간 기습하듯 시마의 손바닥이 해바라기를 쓰다듬자 꽃술의 암술머리가 확 벌어지며 그 안에서 맑은 점액이 울컥 솟아올랐다. 시마는 더는 견디지 못하고, 꽃밥을 향해 달려드는 꽃무지처럼 허겁지겁 소유의 검은 해바라기에 얼굴을 묻었다. 따뜻한 어둠이, 곧 이어서는 텁텁하며 익숙한 오래된 온기가 시마의 얼굴을 감쌌다. 붉고 두툼한 시마의 혀가 소유의 해바라기에 닿자 소유는 못 견디겠다는 듯 격렬히 허리를 비틀었다.

시마의 혀가 지나갈 때마다 소유의 그곳에는 아름다운 제이령을 닮은 능선들이 첩첩이 생겨났다. 무지개처럼, 한 능선이 솟으면 그 뒤로 또 능선이 솟고, 그 능선의 뒤를 따라 연이어 또 다른 능선이 솟는 식이었다. 생겨난 능선들은 다투어 하늘을 기어오르려는 듯이 보였다. 시마는 이번에는 능선 사이사이 생겨난 깊고 순한 골짜기들을 세심하게 핥았다. 골짜기들은 연한 소금물로 가볍게 헹군 창난같이 말캉하고 부드러워 시마의 혀가 다 녹아내리는 것 같았다.

할 수만 있다면 시마는 소유의 핏줄, 소유의 내장, 그 내장의 한없이 부드러운 점막까지 샅샅이 핥고 싶었다. 그러다 녹으며 사라져도 좋았다. 언젠가 귀룽나무 아래서 소유가, 시마의 허벅지 안으로 들어와 시마의 눈으로 세상을 보고 시마의 귀로 세상을 들으며 자신은 마침내 아무것도 아닌 것이 되고 싶다고 했던 것처럼 시마도 지금은 아무것도 아닌 것, 소유인 것, 오직 그것만이 되고 싶었다.

그날 소유는 시마가 보기에도 딱할 정도로 여러 번 절정에 올랐다. 저러다 가죽만 남는 건 아닐까 애처로울 지경이었다. 그런데, 절정이 거듭될수록 소유는 욕정을 견딜 수 없어 그리한다기보다 마지막 남은 한 방울의 욕정마저 털어내고 싶어 그리하는 것처럼 보였다. 다 털고 앞으로는 시마에게까지도 한눈팔지 않겠다는 식으로, 그러니까 무슨 대단한 결심이라도 하는 것처럼 보여 서운한 마음도 들었다.

소유가 마침내 짐승 같은 소리를 내며 숲 바닥에 고꾸라졌다. 바닥에 널브러져 한참 미동도 하지 않았다. 가만두고 볼수록 소유의 알몸은 연약해 시마는 자신이 이 연한 몸뚱이를 사랑한 것이 아니라 학대한 것이라는 생각까지 들었다. 당분간 제이령에 못 온다는 말을 이젠 꺼내야 했다. 내일, 또는 늦어도 모레는 올라가 일단 선거 사무실을 계약하고 선거준비위원회를 꾸려야 했다. 마음이 급했다. 소유의 어깨에 손을 얹어 막 시마에게로 돌리려는데 소유가 먼저 몸을 돌려 시마를 바라보았다. 그리고 담담하게 말을 꺼냈다.

"집을 나오고 싶어요."

"........?"

"집을 나오고 싶어요."

이번에는 더 분명하고 또렷했다. 말해놓고는 한참을 물속에서 놀다 나온 어린아이처럼 이빨을 다 떨었다.

"무슨 일이 있는가."

시마가 물었다.

"토니노 람보르기니 때문에요."

"람보르기니? 스포츠카 말인가?"

소유가 소리 내어 웃었다.

"담배 이름이에요. 부드러운 파이프 담배 맛이 나는 고타르 담배."

"담배를 피웠었나?"

145

"남편이 피워요. 골초예요. 토니노 람보르기니만 피워요. 화장실이고 이불이고 옷장이고 다 냄새가 뱄어요. 온통 토니노, 토니노라니. 지겨워요."

"………"

소유에게서 남편 얘기가 나온 것은 이번이 처음이다. 물론 소유의 남편이라는 사람에 대해 아무것도 모르지는 않았다. 지난여름 휴양림에서 우연히 남편이라는 사람 옆을 스치게 되었다. 인상이 다소 남루해 혹 벌이가 시원찮은가, 소유 혼자 마음고생을 하고 있는 것은 아닌가 걱정되어 지나가듯 남편의 하는 일이며 한 달 생활비며 물었더랬다.

제이령 너머 바다와 산을 면한 아름다운 관광 도시에 산다는 것, 초등학교 다니는 딸아이가 있다는 것, 남편은 그곳 지방 대학 철학과 전임이라는 것, 그것이 시마가 소유의 가족에 대해 아는 전부였다.

"그럼 담배를 끊으라고 하든가 아니면 필터나 저타르 담배를 권하든가 해야지."

시마가 말했다.

"그깟 일로 다 집을 나오는가."

"………"

말해놓고 시마는 쓸쓸했다. 소유의 남편에 대해 자신이 무슨 친구이기나 한 듯이 혹은 소유가 또 시마의 오랜 친구이기나 한 듯이 충고하는 것이 우스웠다.

"담배를 끊으면 똥을 못 싸요. 지독한 변비거든요. 어떨 땐 손가락 끝에서 검은 타르가 흘러나오는 것 같아요. 그 손으로 저를 안죠."

"………"

"숨이 막혀요, 그 냄새."

"………"

"남편은 언제나 손으로 해달라고 해요."

"………!"

"이해해요. 늘 피곤하거든요. 일주일에 사흘은 학교 수업, 이틀은 여기저기 문화 센터 강의, 밤에는 내년 봄에 나올 책 준비에 블로그 관리까지……"

소유가 시마를 돌아보았다. 목에 돋은 근육이 칼날처럼 팽팽했다.

"우리 동네 도서관 인문학 강좌는 남편이 도맡다시피 해요. 매번 빈자리가 없어요. 대단하지 않아요? 소도시의 인문학 강좌, 그것도 이데올로기 강좌가 꽉 찬다는 게?"

"………"

"하여튼 남편은 늘 피로에 절어 살아요. 하루 24시간이 부족해요. 잘 자야 하죠. 그런데 잘 자는데 섹스만한 건 없잖아요."

소유가 동의를 구하듯 시마를 돌아보았다.

"제 손이 남편의 그것을 움켜쥐면 남편은 마치 처음으로 여자를 안은 청년처럼 한없이 가련하고 착해져요. 두 손을 포개 가슴에 얹고 바르르 속눈썹을 떨어요.

그런데 참 이상한 건요, 사타구니 사이 그게 그렇게 축 늘어졌는데도, 죽은 개처럼 축 늘어졌는데도,"

소유의 눈이 갑자기 소녀의 그것처럼 순진하게 벌어졌다.

"어떻게 욕망이 있다는 걸까요?"

"………!"

"거짓말을 하는 게 아닐까요? 저를 골탕 먹이려고? 아무리 정성스럽게 쓰다듬어도 그건 곧추서지 못하고 번번이 옆으로 쓰러져요. 입에 넣어도 마찬가지예요. 그걸 입에 넣으면 꼭 죽은 해삼을 입안에 문 것 같아요. 게다가 거기서도 온통 토니노 람보르기니 냄새가 나는데, 싫어요. 그게 가장 싫어요. 애무를 시작하면 남편은 간간이 몸을 비틀긴 하지만 정작 남편의 그건 반응이 없어요. 턱이 아프고 팔도 아프고 뒷목도 아파 죽겠는데 저는 멈추면 안 돼요. 계속해, 계속해, 남편은 그러거든요."

시마는 그만하라고 말하고 싶었다. 하지만 목에 비닐이 들어찬 듯 목구멍이 건조하고 뻑뻑해 말이 잘 되어 나오지 않았다.

"뭘 계속하라는 거죠? 뭘? 뭘? 지겨워!"

소유가 불안하게 상수리나무 쪽을 쳐다보며 소리 내어 웃었다.

"어느 순간 화가 치밀면서 송곳니로 그만 그걸 콱 물어 끊어 버리고 싶어져요. 잘근잘근 여러 토막으로 조각내서는 보란 듯이 방바닥에 퉤 내뱉는 거예요. 그러면 꼭 참기름에 무쳐낸 산낙지 조각들처럼 꿈틀거리겠죠. 온 방바닥을 기어 다니겠죠."

"……….."

"제 입술이 감각이 없어질 때쯤 되면 남편은 희미하게 신음을 내뱉어요. 그리곤 울컥 티스푼 하나만큼 한 미지근한 액체를 쏟아내죠. 고작 그걸 쏟느라 둘 다 그리 애를 썼을까요."

"……….."

"다시 축 늘어져서 사타구니 사이에 처박히면 그건 꼭 죽은 애벌레 같아요. 물티슈로 사타구니를 깨끗이 닦는 일도 제 몫이에요. 늙은이의 똥을 닦아내는 것과 같아요."

소유의 목에 다시 팽팽하게 근육이 솟았다.

"그만하지. 듣기 거북하군."

시마가 말했다. 소유는 그러나 아무것도 들리지 않는 듯 무심하게 시마를 돌아보고는 계속 중얼거렸다.

"집을 나오고 싶은 이유는 그것만이 아니에요. 또 있어요. 달그락 소리요."

".........?"

"달그락달그락 사기그릇 부딪는 소리 말이에요."

"네가 좀 예민한가보구나."

"남편이 찬물에 밥을 말아 먹는 소리예요. 진하게 끓인 사골 국물, 들깨를 듬뿍 넣은 머위나물, 호두아몬드 멸치조림, 홀홀하게 부친 미나리 부침개, 고추씨 기름에 지진 매콤한 두부조림이 맛난 음식들을 다 물리치고 찬물에 밥 말아 먹는 소리예요. 아! 오이장아찌 달랑 얹어서."

"밥맛이 없을 때는 나도 그러긴 한다."

마음에도 없는 말을 해놓고 시마는 후회했다.

"잠을 못 자서, 피곤해서 아침에 밥을 못 먹는 거예요. 왜 못 잤느냐구요? 밤새 저 북쪽의 추운 나라들을 헤매고 다녔거든요. 그 나라 사상가들, 추운 자작나무숲의 공작부인들, 뭐 그런 사람들하고 어울려 다니느라구요. 물론 책 속에서 말이에요."

".........."

"요즘은 무슨 철학자하고 붙어살아요. 그자가 누군지 저는 몰라요. 남편은 아침마다 식탁에 그 사람 책을 올려놓고 밥을 먹어요. 그런데 그럴 때는 남편은 그의 사상을 연구하는 게 아니라 어떻게 하면 책 속의 그에게 밥을 먹일까를 고민하는 것 같아요.

어제도 달그락달그락 남편이 물에 밥 말아 먹는 소리를 들으며 출근 준비를 하고 있었어요. 거울 앞에 앉아 귀고리를 하는데 팥알만한 귀고리 두 개가 눈물처럼 반짝 빛나잖아요. 덩달아 제 얼굴도 환히 빛나는데 갑자기.......!"

소유의 눈이 물기로 번들거렸다.

"내가 이렇게 빛나는구나. 그깟 귀고리 하나로 이렇게 빛나는구나!

그렇게 생각하자 갑자기 심장이 쿵쿵 뛰기 시작했어요. 뱃속이 울렁거리고 구역질이 나더니 금방이라도 입 밖으로 뭐가 튀어나올 것 같았어요. 아주 오래 어두운 창자 속에 갇혀 있던 검은 것, 천하고 더러운 것, 쌍욕을 하고 온몸은 끈적한 타액으로 덮인 흉측한 것, 그런 짐승 말이에요."

".........."

"그건, 나예요."

".........."

"짐승인 나는 어느새 창자를 찢고, 목구멍을 찢고, 입 밖으로 튀어나와 그 길로 안방 문을 부수고 거실로 달려가요. 그리고 찬물에 오이장아찌 하나 놓고 그 옆에 책 한 권을 올려놓고 얌전히 아침밥을 먹는 남편의 모가지를 콱 물어버려요. 그리고 묻죠."

".........."

"좋으냐.

그 고운 사기그릇에 찬밥을 담아 찬 물에 말아먹으니 좋으냐."

저는 곧 남편의 머리통을 힘껏 내리쳐요. 머리칼이 물결처럼 부드럽고 뒤통수가 몹시 아름다우며 또 아는 것이 많은 남편의 머리통을 말이에요. 남편의 두개골에서 낙엽 부서지는 소리 어쩌면 달걀껍질 깨지는 소리가 나요. 남편은 곧 밥그릇에 얼굴을 묻죠. 추운 나라 사람들에게 작별 인사 한 마디 못하고 말이에요. 단지 찬 물에 밥을 말아먹었다는 이유로 남편은 아침 밥상에서 간단히 생을 마감하는 거예요.

후회해도 소용없어요. 읽은 게 많고 아는 게 많으면 뭐 하겠어요. 따뜻한 밥을 따뜻할 적에 먹을 줄 모르면 봉변을 당한다는 사실을 남편은 몰랐던 거예요."

".........."

11월의 저녁 숲은 갑자기 어두워졌다. 복자기 붉은빛은 순식간에 사라지고 뻥 뚫린 허공으로 저녁이, 검은 연못을 품은 듯 불길하게 번득였다.

소유가 숲 바닥에서 휙 몸을 일으켰다. 그 바람에 소유의 몸에 스며든 단풍도 함께 휙 몸을 일으키는 듯이 보였다.

"추해요, 추해서 견딜 수 없어요. 축 늘어지고 돌보지 않는 사타구니를 누가 좋아하겠어요."

주섬주섬 옷을 챙겨 입으며 소유는 그렇게 말했다.

그날 관리사무소까지 어떻게 내려왔는지, 둘이 같이 저녁은 먹었는지, 작별 인사는 했는지는 기억이 나지 않는다. 다만 평소처럼 소유를 령 너머 삼거리까지 바래다주고 별장으로 돌아와 소파에 누운 채 그대로 잠이 들었으며 다시 깨어났을 때는 창에는 소유가 사는 곳에서 넘어왔는가 싶은 해무를 닮은 희미한 빛이 어른거리고 있었다. 시마는 잠에서 깨자 소유의 남편이라는 자를 떠올렸다.

우연히 소유의 남편을 보게 된 것은 지난여름 어느 주말 휴양림에서였다. 언제 시마가, 주말은 소유의 가족이 방문할 수 있으니 휴양림 방문을 삼가겠노라 하자 소유는, 남편은 시간에 쫓기기도 하거니와 휴양림 같은 것에는 관심이 없고 와봐야 일 년에 한두 번이므로 걱정할 것 없다고 잘라 말했다. 해서 시마는 주말인 그날, 점심때 소유와 함께 먹을 샌드위치를 준비해 관람객 사이에 섞여 소유의 숲 해설을 듣던 중이었다.

잣나무숲 그늘에 반쯤 얼굴이 잠긴 소유는 탐방객들 사이에서 시마를 발견하고는 수줍게 웃었다. 시마가 손가락으로 자신의 배낭을 가리키자 보일 듯 말 듯 가볍게 고개를 끄덕였다. 그러던 중 소유의 얼굴이 갑자기 굳어졌다. 시마는 본능적으로 주변을 살폈다. 시마 왼편으로는 중년 여인 몇이 무리지어 서 있고 시마 오른편으로는, 팔을 뻗으면 닿을 거리에 시마보다 머리 하나쯤 커 보이는 사내가 서 있었다. 방금 담배를 피우고 온 듯 독한 담배 냄새가 시마에게까지 풍겼다. 소유보다 서너 살 위로 보였는데 몹시 마르고, 등과 목은 거북이처럼 굽어 옆에서 보면 바람을 안은 돛대 같았다. 사내가 잠시 후 어린 계집아이를 안아 올렸다. 둘이 소유를 향해 손을 흔들자 소유의 얼굴이 그제야 환해졌다.

동안임에도 사내는 지쳐 보였다. 지쳤다기보다는 진이 빠졌다는 말이 더 적절했다. 얼굴을 마주한 것은 아니지만 그의 숨소리는 분명 급하고, 맥은 얕고 가팔랐으며, 자주 가래를 올렸다. 좀 전까지 방안에 틀어박혀 있다가 어린 것의 등쌀에 못 이겨 대충 슬리퍼를 꿰어 신고 나온 모양새였다. 남편인 것이 분명했다.

소유와 사내의 조합은 시마에게는 조금 의외였다. 소유가 발뒤꿈치 하나에 온 대지를 거느리고 여왕처럼 당당히 걷는다고 한다면 그는, 발에 맞지 않는 커다란 슬리퍼를 질질 끌고 간신히 대지의 중력에 맞서거나 또는 발목에 무거운 쇠사슬을 차고 걷는 것 같았다. 언제라도 땅속으로 푹 꺼져버릴 태세였다. 암만해도 둘을, 정확히는 둘의 육체적 결합을 상상하는 것은 시마로서는 쉽지 않았다.

그런데 옆에 아비의 손을 꼭 잡고 수줍게 서 있는 계집아이는 한 번 보면 자꾸 돌아보게 되는 묘한 구석이 있었다. 초등학교 2학년쯤 되었을까. 수줍음을 타는지 아비를 좋아해서인지 아비 허리쯤에 갸웃이 제 머리를 붙이고는 아비가 왼쪽으로 몸을 기울이면 저도 따라 기울이고 아비가 소유에게 손을 흔드느라 위로 몸을 뻗으면 저도 따라 여린 손모가지를 뽑아 올렸다. 호리호리하고 가냘픈 것이 눈은 또 톡 터뜨리고 싶을 만큼 검었다. 어쩐지 마음이 가, 어린 것의 아비 되는 사람이 눈치채지 못하도록 조금씩 몸을 움직여 반대편으로 멀어져가면서도 어린 것은 자꾸 돌아보게 되었다. 후에 소유는 그날이 결혼기념일이라고 했다.

시마는 발치의 양모 담요를 목까지 끌어당겼다. 보일러를 켠지 꽤 되었는데도 벽에 걸린 수은주는 영상 5도를 가리켰다. 담요 안에서도 발이 시렸다.

　소유는 그런데 정말 집을 나올 셈인가.
　어린 것을 두고 나오고야 말 셈인가.
　게다가 손에서 담배 냄새가 난다는 것이, 찬물에 밥을 말아 먹는다는 것이 정녕 집을 나올 이유가 된단 말인가.
　시마는 단호하게 고개를 저었다.
　집을 나오고 싶다는 것은 아무래도 정말 나오겠다는 것이 아니라 남편에 대한 그간의 불만을 그런 식으로 표현한 것이리라. 시마의 아내도 몇 년 전까지는 툭하면, 갈라서자 애들은 당신이 키우라며 실제 이삿짐센터를 불러 짐을 싸기까지 하지 않았던가. 달래고 빌자 또 금방 풀어져서는 뚝딱뚝딱 아귀찜을 차려내지 않았던가.
　지난 결혼생활의 우여곡절을 떠올리자 집을 나오고 싶다는 소유의 말을 액면 그대로 받아들일 필요는 없다는 생각이 들며 조금 안심이 되었다. 그러면서 또 한편으로 괘씸한 마음도 들었다. 결국 저희 부부가 원만하지 못하여 시마를 이용한 것 아니겠는가. 저희 부부 문제로 소유는 잠시 시마와 외도를 하고, 한눈을 팔고, 내연이 된 것 아니겠는가 말이다.
　그런데 소유가 정말 집을 나오겠다고 하면 시마는 어디까지 개입하고 얼마만큼을 도와주어야 하는가. 별장이라도 내어주어야 하는가. 아니면 인근에 다른 집이라도 얻어주어야 하는가. 그러나 별장에 와서 지내라고 하는 것도, 인근에 다른 집을 얻어주는 것도 쉽게 결정할 일은 아니다. 부부 중 한쪽이 집을 나오면 일반적으로 부부 관계는 해결되기보다 악화되는 경우가 더 많다. 으르렁거리며 싸우더라도 한집에 살면 해결 방법이 보이지만 일단 별거하면 이혼으로 가는 지름길이 되는 것을 시마는 주변에서 많이 보았다.

게다가 소유가 정말 집을 나올 경우 남편이라는 자가, 소유가 남자가 생겨 그러는 거라 생각하고 소유의 남자관계를 캐려 들면 어쩔 것인가. 그러다 시마의 존재를 알게 되면 무어라고 답할 것인가. 알고 지내는 오라비, 라고 하면 믿을 것인가. 의심하여 끝까지 캐고 들면, 혹여 금전이라도 받아낼 양으로 시마의 집과 회사에까지 알리겠다고 협박하면, 나아가 처남의 선거판에까지 달려와 깽판을 놓으면 어쩔 것인가.

어쩔 것인가.

어두운 허공에, 조각나 꿈틀대는 그자의 성기가 떠올랐다.

말할 수 없이 불쾌했다. 어찌나 불쾌하던지 욕지기가 다 났다. 시마는 소파에서 벌떡 몸을 일으켰다. 가슴이 답답해지며 또 신물이 올라왔다.

시마는 주방에 켜놓은 오렌지색 팬던트 조명을 향해 걸어갔다. 불빛이 번져 그 주변이 온기가 도는 듯이 보였다. 불빛은 다락방으로 올라가는 계단에도 은은히 번져 들고 있었다. 왁스 칠이 된 계단 모서리에 불빛이 반사되어 계단 전체가, 가로등을 품은 겨울밤의 강처럼 은은하게 빛났다. 다시 발이 시렸다.

그 아이 발목을 문질러 줄 걸 그랬지.

냉기라도 가시면 그때 보내줄 걸 그랬지.

시마는 두 발목을 엇갈려 서로 비비며, 후회했다.

"국장님 등에 업혀 내려왔어요."

"……….."

화목 난로 건으로 시마와 전화를 하던 날, 통화 끝에 류하는 그렇게 말했다.

며칠 전 회사에서 야유회를 갔는데 그날 류하는 고집을 부려 기어이 일행과 함께 산을 올랐고 결국 중턱까지는 어찌어찌 갔는데 결국 힘에 부쳐 국장이라는 남자의 등에 업혀 내려왔다는 사연이었다.

"국장님 등에 업혀 내려왔어요. 따뜻해서 그만, 오빠 생각이 났지 뭐야."

"……….."

생강 달여 먹고, 옷 따뜻하게 입고, 문단속 잘하고 자라고 당부하고 전화를 끊고 나서 시마는 문득 심란했다.

류하는 어쩌면 사랑에 빠진 것인가.

그 아이는 라디오 방송국에서 피디로 근무했다. 목을 매기 전, 일 년여에 걸쳐 이 나라와 반대편 대륙을 오가며 세 차례 다리 교정 수술을 받았다. 그 아이의 체력 그리고 수술과 수술 사이의 짧은 간격을 생각할 때 세 차례는 무리였다. 지중해 같은 파랗고 차가운 눈을 한 외국인 의사는 세 차례의 수술은 교정에 큰 의미가 없다고 했지만 류하는 끝내 우겼고 휴가로도 모자라 병가까지 냈다. 그럴 거면 차라리 사직을 하라고, 하나뿐인 여동생의 병원비와 생활비 정도는 오라비가 감당할 수 있다고 했지만 류하는 방송국을 그만두는 것은 또 단호히 거절했다.

병원이나 주사기라는 말만 들어도 겁에 질려 낯빛이 변하던 아이가 새삼 수술을 받겠다고 결정했을 때 시마는 그저 그 아이가 혼기가 되어 그런 결정을 내렸거니 했다. 다시 안쓰러운 마음이 들었고 슬슬 류하한테 맞는 신랑감을 찾아봐야겠다고 생각하던 중이었다. 그러던 것이 그날 류하와 전화를 끊고 나자 비로소 류하에게 남자가 생겼구나, 마음에 둔 남자가 있어 세 차례에 걸친 무리한 다리 수술을 받았구나 하는 생각이 들던 것이다. 그렇다면 마음에 둔 남자는 혹시 등에 업혀 내려왔다는 그 남자, 국장일 수도 있는가.

".........."

시마는 양모 담요를 젖히고 소파에서 일어나 맨발로 거실을 서성였다.

라디오 방송국의 국장 자리라면 이미 가정을 이루었을 나이다. 아이들이 활기차게 집안을 뛰어다니고 명절이면 꼬박꼬박 처가와 시댁을 오가고 경제적로는 이미 안정되어 더 큰 아파트로 이사하고 더 좋은 차로 바꾸는 일만 남았을 것이다. 그가 가정을 버릴 이유는 없다. 지금의 시마처럼.

".........!"

먼데 휴양림에서 쩡, 하는 날카로운 소리가 들렸다. 숲의 오래된 나무가 쓰러지며 나는 소리였다. 제이령에 성큼 겨울이 오고 있었다. 시마는 다시 벽에 걸린 수은주를 살폈다. 영상 5도에서 조금도 움직이지 않고 있었다. 제이령 서쪽으로 난 개천이 얼어붙기 전, 반값에라도 얼른 이 낡고 추운 집을 팔아버리고 싶은 생각이 처음으로 들었다.

날이 밝자 시마는 간단히 짐을 꾸려 차에 싣고 소유가 출근하는 시간에 맞춰 휴양림으로 향했다. 밤새 안개가 내린 11월의 휴양림은 입구부터 희미했다. 휴양림을 알리는 커다란 조경석도, 측백나무 산울타리도 안개에 싸여 형체가 불분명했다.

 시마는 처음에는 잠깐 소유를 불러내 이러저러한 이유로 급히 올라가게 되었다, 당분간은 자주 만날 수 없다, 간밤에 미리 말하지 못해 미안하다고 할 생각이었다. 하지만 안개에 싸인 희미한 갈참나무를 보자 어쩐지 그것이 밤새 그리고 서서 시마의 답을 기다렸을 고집스런 소유의 얼굴 같아, 심장이 다 벌렁거리며 두려워졌다.

 소유는 어떻든 시마의 답을 바라고 집을 나오고 싶다는 얘기를 꺼냈을 것이다. 그 정확한 성격에 단지 투정하고 징징대고 위로를 구하자고 그리하지는 않았을 것이다. 하지만 지금 당장 시마가 해줄 수 있는 것은 당장 집 한 채 얻어 주마는 약속도, 그렇다고 참고 견디라는 충고도 아니므로 내어줄 답은 아무것도 없는 셈이다.

 시마는 차에 탄 채 소유에게, 이러이러해서 급히 올라가게 되었다고 간단히 문자를 보냈다. 그리고 입구에서 차를 돌려, 왔던 길을 다시 달렸다. 뒤는 한 번도 돌아보지 않았다.

9

　10층 건물 외벽을 타고 지상에서부터 올라가기 시작한 거대한 플래카드는 5층에서 멈췄다. 잠시 후 5층 유리창에서 불쑥 사람의 팔이 나오더니 플래카드의 모서리를 낚아채 재빨리 창틀에 고정시켰다. 플래카드 위에서는 처남이, 환갑이 넘은 나이에 새신랑 같은 기묘한 얼굴을 하고서 세 개의 층을 모두 차지한 채 환하게 웃고 있었다.
　시마는 플라타너스가 일렬로 늘어선, 인도와 차도 사이 경계석에 서서 플래카드가 고정되는 것을 지켜보았다. 피로가 몰려왔다. 새벽까지 회의하고 근처 모텔에서 서너 시간 자고 다시 아침부터 지역 산악회와 경로당, 부녀회를 방문하는 일과가 보름째 반복되었다. 선거 사무실은 차린 지 사흘도 안 돼 사람들로 북적이기 시작했다. 벌써부터 현금을 싸 들고 오는 지역 유지도 있고 도와준다는 명분으로 아침부터 죽치고 앉아 빈둥거리며 먹을 것을 축내는 자들도 있었다. 그런 자들은 대부분 한나절을 제집인 양 사무실에서 지내다, 저녁에 나설 때는 선거에서 처남을 찍겠다는 건지 처남만은 절대 찍지 않겠다는 건지 알 수 없는 얼굴들을 하고 돌아갔다.

 12월 말이 되도록 소유에게서는 연락이 없었다. 시마가 먼저 연락을 했지만 문자로든 전화로든 소유는 아무 답도 보내지 않았다.

 하긴 달랑 문자 하나 보내놓고 가버린 시마가 전들 괘씸하지 않을까. 하여 시마는 올라와서는 그 당시 심정에 대해 장문의 전자우편이라도 보내려 했으나 막상 쓰려고 하니 남편이라는 자가 볼까 걱정이 되었고 무엇보다 불쾌했다. 당시는 물론이고 지금까지도 시마는 소유의 고백을 떠올리면, 거대한 성기가 허공에 둥실 떠올라 단칼에 잘리며 꿈틀거리는 환영을 떠올리곤 했다.

 열흘이 넘도록 소유가 답을 않자 시마도 더는 연락을 하지 않게 되었다. 이참에 소유 저에게도 그리고 시마에게도 시간이 필요하다는 생각이 들었다. 보고 싶어 안달하고, 만나면 그저 좋기만 하던 시절의 뒤로 지나온 길을 돌아보는 성찰의 시간이 이어지는 것은 어느 연인에게나 당연하고 자연스러운 일이다. 특히 시마나 소유처럼 이미 가정이 있는 사람들이라면 더더욱 말이다. 오히려 성찰의 시간이 너무 늦게 온 것이 문제라면 문제일 것이다. 성찰의 결과가 설사 소유와 멀어지게 되는 것이라고 할지라도 기꺼이 감수하리라 시마 나름으로는 비장하게 마음을 먹으며, 그러나 선거 준비로 나날이 바빠지면서 제이령은 시마에게 어느결에 몽롱하고 비현실적인 공간이 되어갔다. 제이령 그리고 그 안의 소유는 그저 세상의 무수한 갈피 중의 하나이며 시마는 그 갈피에 우연히 들어 잠깐 소유라는 꿈을 꾼 것도 같았다.

"……."

시마는 코트 주머니에서 손을 빼고 플래카드 위 플라타너스 우듬지를 올려다보았다. 넓게 뻗은 나뭇가지 사이로 낮게 드리운 짙은 회청색 구름이 보였다. 폭풍이 몰려오기 전 바다처럼 어둑했다.

이어 차가운 것이 톡, 시마의 눈썹에 떨어졌다. 손가락을 대기도 전에 녹아 물기가 되어 시마의 눈두덩으로 흘러내렸다. 검푸른 겨울 저녁 하늘에서 어느새 굵고 성긴 눈송이가 드문드문 내려오고 있었다. 다시 톡 하고 눈송이 하나가 눈썹에 걸쳤다.

"……."

소유인가.

가만히 눈송이가 내려앉은 눈썹을 매만지다가 시마는 그만 단박에 소유가 그리워졌다.

한 달여의 심란과 냉담, 성찰이니 뭐니 하는 것들이 싱겁게 생각되었다. 잠깐이긴 하지만, 제이령이나 소유를 세상의 무수한 갈피 중의 하나라고 가벼이 여긴 스스로가 오히려 가볍고 경박하고 가소로웠다.

건물 외벽에 플래카드를 다는 일은 저녁 식사 시간을 한참이나 지나서야 끝이 났다. 그리고 소유에게서 전화가 걸려온 것은 밤 10시가 넘어 선거사무실 사람들과 가볍게 막걸리를 돌리던 중이었다. 발신인이 소유인 것을 확인한 순간 시마는 너무 기뻐 옆에 사람들이 있는 것도 잊고 그만 큰소리를 낼뻔했다.

아까 전의 눈송이가 괜한 눈송이는 아니었다고 생각하며 시마는 급히 식당을 나왔다.

"잘 지냈는가."

시마의 목소리가 떨렸다.

"예."

전화기 너머 소유의 목소리는 한숨 자고 일어난 것처럼 낮고 탁했다.

"잘 지내시는 거죠."

"그래."

"속은 어떠세요?"

"매양 그렇지."

".........."

통상적인 안부 몇 마디를 더 주고받다가 대화는 끊어졌다. 어쩌면 누가 먼저랄 것도 없이 곧 미안하다는 말을 하게 될 것 같았다. 울 듯한 목소리로 소유가 이렇게 말할 때까지는 말이다.

"지금 올 수 있어요?"

"........?"

"거기가 어딘데?"

"선생님 별장이에요."

"뭐?"

소유도 시마와 똑같은 얼레지 압화 열쇠를 가지고 있다. 별장에 드나들 수 있는 것이다.

"언제부터 거기 있었는가?"

"선생님 가버리고부터."

가고부터, 가 아니라 가버리고부터, 라는 말에는 분명 시마에 대한 책망이 묻어있었다. 그러자 좀 전의 그리움이 무색해지며 버럭 역정이 났다. 혹독한 제이령의 겨울을 떠올리자 더 화가 났다. 애써 진정하며 시마가 말했다.

"지금 이 시간에 거길 가는 건 무리야. 게다가 선거운동 중이라 내 마음대로 사무실을 비울 수가 없어."

".........."

"일단 오늘은 집으로 돌아가. 가서 따뜻한 물로 목욕하고 따뜻한 이불 덮고 자. 내일 다시 통화하자."

정말로 시마는 그 순간에 소유가 얼른 그 추운 별장을 나와 따뜻한 집으로 돌아가, 따뜻한 물로 목욕하고 따뜻하게 잠들기만을 바랐다.

"집에는 이제 못 가요. 안 가요."

".........!"

전화기 너머 소유는 고집스러웠다. 시마는 다시 화가 치밀었다.

"거기서 도대체 뭐 하는 거야? 거기서 그런다고 해결되는 게 뭐가 있어. 너보다 내가 살아도 한참을 더 살았다. 부부간의 문제는 서로 부딪히며 푸는 게 맞아. 집을 나와 봐야 악화만 될 뿐이야. 엄마가 없으면 아이는 또 얼마나 놀라겠나."

"이럴 땐 꼭 오빠 같군요. 진짜 오빠 말이에요."

식당 쪽에서 선거운동원 두 명이 시마가 있는 뒷골목을 향해 걸어오고 있었다. 시마는 몸을 돌려 다음 블록을 향했다.

"일단 오늘은 집에 들어가. 어린애도 아니고."

"무서워요."

"뭐가? 왜?"

시마가 퉁명스럽게 물었다.

소유가 와락 울음을 터뜨렸다.

"어디가 아픈 건가?"

"아녜요, 그런 게 아녜요."

"그럼 뭐야, 도대체."

"그냥 무서운 거예요. 무서워서 말을 못 꺼내겠어요. 말을 하면, 말을 꺼내면, 그게 곧 눈앞에 나타날 것만 같아요."

"그게? 그게 뭔데?"

시마의 목소리에 짜증이 묻어났다.

"몰라요……몰라요……"

소유는 울음이 터지는 것을 막으려는지 손으로 자신의 입을 틀어막았다. 전화기 너머가 물에 잠긴 듯 막막했다.

"유령이라도 있다는 건가."

"………!"

시마의 말이 끝나기가 무섭게 소유가 와악, 소리를 질렀다. 볼 수는 없지만 전화기를 든 채 겁에 질린 소유의 모습이 선했다.

"왜 그래?"

"그거요. 그거예요. 그게 계단에!"

"계단에 뭐?"

"계단에 그게 있어요!"

"다락방 올라가는 계단에요!"

"………!"

다락방 올라가는 계단, 이라면 류하가 목을 매단 바로 그 방을 말하는 것이리라. 소유는 혹시 유령이라도 보고 있는 걸까. 시마의 입이 바싹 말라왔다.

별장에서 지낼 적이면 가끔 그 아이를 떠올리긴 했다. 그러나 유령과 연관 지어 그 아이를 생각한 적은 한 번도 없었다. 시마의 기억 속에서 그 아이는 단지 그립고 사랑스러운 여동생일 뿐이었다.

그런데 소유는 대체 어디서 류하 얘기를 들었을까. 별장 주변은 인가가 거의 없고 또 거의 없는 인가조차 대부분 주인이 바뀌어 류하의 일을 아는 이는 이제 없다. 그렇다면 남은 것은 부동산 중개업소인데 별장에서 제일 가까운 부동산 중개업소는 차를 타고 삼십 분은 가야 한다. 소유에게 류하의 일을 알려줄 사람은 그 근방엔 없다.

"무슨 일인지는 모르겠지만 넌 지금 몹시 지쳐있어. 그래서 헛것을 보는 거야. 일단 집에 돌아가."

소유가 갑자기 소리를 질렀다.

"집에는 안 가요! 못 간다고 했잖아요! 내 발로 걸어 나왔는데 어떻게 또 들어가요? 왜 그렇게 제 말을 못 알아듣는 거예요? 바보같이!"

발이라도 구르는지 전화기 너머 마룻바닥이 쿵쿵 울렸다.

"바보예요? 바보? 바보 천치? 선생님 바보예요?"

소유가 악다구니를 부렸다. 시마도 다시 역정이 났다.

"도대체 너희 부부 일에 왜 내가 나서야 하는데? 남편하고 해결해야 할 일에 왜 나한테 전화를 해서 울고불고하는 거지?"

"너희 부부 일이라구요? 방금 그렇게 말씀하셨어요?"

"그래. 그렇게 말했다. 이건 너희 부부 일이다."

"……….."

"별장에 유령이 나타나는지 어떤지는 내 알 바 아니다. 나는 너한테 한 번도 그 집에 들어와 살라고 말한 적이 없다. 들어온 것이 네 마음대로였으니 나가는 것도 네 마음대로다. 알아서 결정하고, 너희 부부 일로 다시 나한테 전화하는 일은 없으면 좋겠다."

"이런, 이런. 그렇게 생각하는군요. 그렇게 생각했군요."

전화기 너머에서 마른 달뿌리풀 흔들리는 소리가 들렸다.

"알았어요."

"……….."

"알았어요. 이제 저희 부부 일로 선생님한테 전화하지는 않겠어요."

"……….."

시마는 귀에 바짝 전화기를 붙인 채 식당 쪽을 돌아보았다. 자전거 한 대가 느리게, 큰길과 면한 좁은 이면도로 입구를 지나고 있었다. 그 자전거가 다 지나가고, 큰길에 정적이 돌도록 소유도 시마도 한마디도 하지 않았다. 전화기 너머에서는 숨소리조차 들려오지 않았다. 하지만 시마는 소유가 전화를 끊지 않았다는 것은 알았다.

한참 만에 여전히 마른 달뿌리풀 흔들리는 소리로, 그러나 이제 울지 않기로 작정한 듯 차분해져서 소유가 말했다.

"동생분은 여기 별장에서 죽었어요. 그렇죠?"

"……….."

"말씀 안 하셔도 알아요. 그냥 확인하고 싶었어요."

"아예 네 맘대로 믿기로 했구나."

"예."

"틀렸다. 그 아이는 다른 나라에서 죽었다."

"……."

"소아마비였다. 불편한 다리 한쪽을 수술했는데 결과가 안 좋았어. 세 번째 수술하러 갔다가 수술 하루 전 타국에서 스스로 목숨을 끊었다."

"……."

"언젠가 너한테 말했을 거다. 그 아이가 그 집을 좋아한 것은 맞다. 누구보다 그 집에 자주 머물렀다. 그러나 그 집에서 죽지는 않았다. 그러니 유령이니 뭐니 하는 쓸데없는 말은 그만하고!"

"……."

"지금이라도 집에 들어가라. 오빠 부탁이다. 제발!"

"……."

소유에게 처음으로 오빠, 라고 말을 하자 시마는 목이 메었다. 전화기 너머 소유는 말이 없었다. 숨소리조차 들리지 않았다.

시마가 다시 당부했다.

"내가 언제 너한테 부탁 한번 한 적 있던가."

"……."

시마의 진심이 전해진 것일까, 전화기 너머는 여전히 숨소리 하나 들리지 않고 시마는 그 너머는 볼 수 없었지만 소유가 한결 순해졌다는 것만큼은 본능적으로 알았다. 소유의 입매는 부드러워지고 눈의 날카로운 빛은 사그라졌으며 심장의 박동도 빠르게 진정되어가고 있었다.

"집에 들어갈 거지?"

"생각해볼게요."

소유가 얌전히 말했다.

"마당으로 난 창문 옆에 등꽃 액자 보이는가."

"예."

"그 옆에 수은주 있지."

"예."

"가서 몇 도인가 읽어봐."

자박자박 슬리퍼 끄는 소리가 들리더니 잠시 후 소유가 말했다.

"영하 2도."

"맙소사!"

".........."

식당 쪽에서 선거운동원들이 우르르 몰려나왔다.

"지금 사람들하고 같이 있어. 이제 들어가 봐야겠다. 내일 전화하마."

"예."

".........."

소유가 전화를 끊은 것을 확인하고야 시마도 전화를 끊었다. 날이 추워, 전화기를 잡고 있던 손의 관절 마디마디가 얼어붙는 것 같았다. 조금 전 자전거가 지나간 좁은 이면도로 입구로 짙고 푸른 겨울밤이 해일처럼 밀려들고 있었다. 빨려 들어가듯 시마는 그 입구를 향해 바쁘게 걸어갔다.

그날 밤 술자리가 파하고 나서, 결국 제이령을 향하고 말았다. 전화를 끊을 때부터 자신이 그렇게 하리라는 것을 시마는 알았다.

제이령을 향하는 동안 내비게이션은 늘 그랬듯이 수차례 시마에게 속도위반을 알렸다. 가끔 대형 화물차들이 도시 하나를 파괴하고 오듯 굉음을 내며 의기양양하게 고속도로를 달렸다. 귀를 찢는 광포한 화물차 굉음 사이로 길게 혀를 내민 검게 변한 류하의 얼굴 그리고 막 올가미를 목에 거는 소유의 창백한 얼굴이 번갈아 떠올랐다.

"………!"

아내의 성화에 못 이겨 어느 날 시마는 류하에게, 늦은 밤 전화는 삼가는 게 좋겠다고 조심스럽게 말을 꺼냈다. 일식집에서 함께 저녁밥을 먹던 중이었다. 초밥을 집은 채 류하가 시마를 바라보았다. 눈꺼풀 한 번 흔들리지 않았다. 시마는 말을 꺼낸 것을 즉시 후회했다.

분명 죽기 전 류하는 시마를 떠올렸을 것이다. 오라비의 목소리를 듣고 싶었을 것이다. 또는 오라비의 목소리에 의지해서라도 죽음의 유혹을 이겨내고 싶었을 것이다. 그날 초밥집에서, 늦은 밤 전화는 삼가는 게 좋겠다는 말만 꺼내지 않았어도 분명 류하는 그 밤 시마에게 전화를 했을 것이다. 그러면 그 아이는 그렇게 허망한 선택은 하지 않았을 것이고 혹 했다 치더라도 그 아이 마지막 가는 길에 오라비에 대한 기억이 있어 덜 외롭고 덜 쓸쓸했을 것이다. 이런 생각은 아주 오래 시마를 괴롭게 했다.

제이령이 가까워올수록 류하의 환영은 사라지고 대신 올가미 안에 든 소유의 얼굴이 또렷해졌다. 소유는 어느새 차 안의 룸미러 안에 들어와 차와 함께 움직이며 흔들리고 있었다. 고집스럽게 입을 다물고, 초밥을 집은 채 시마를 바라보던 류하처럼 눈 한 번 깜박이지 않고.

고속도로 양쪽을 따라 밤이, 전속력으로 내달리는 차들처럼 빠르게 흘러갔다. 계기판 속도계가 160을 넘어가고 있었다. 시마는 힘주어 어금니를 물고 중얼거렸다.

"젠장할."

어쩌라는 거야.

나더러 어쩌라는 거야.

왜 나야.

같이 죽자는 건가.

다시 반대편 차선에서 대형 화물차 한 대가 받아버릴 기세를 하고 시마에게로 다가왔다. 그러다 바로 앞에서 아슬아슬하게 커브를 틀며 시마의 룸미러 속으로 사라져갔다. 도로가 다 진동했다. 화물차가 일으킨 거센 바람에 도로 가장자리를 따라 늘어선 어린 스트로브잣나무들이 줄기째 흔들렸다.

경찰이 물으면 뭐라고 하지?

내연관계였다는 것을 굳이 밝혀야 하나?

그냥 아는 사이라고 해도 되지 않을까? 나이 차도 있는데.

하지만 하필 내 집에서 죽었냐고 물으면?

"………."

시마는 힐긋 룸미러를 보았다. 그러다 유령이라도 본 듯 소스라치게 놀라 급브레이크를 밟았다. 차체가 순간 중심을 잃고 기우뚱거렸고 시마도 따라 불안하게 흔들렸다. 운전대를 잡은 채 시마는 힐긋 고개를 돌려 뒷좌석을 살폈다. 아무도 없다는 것을 확인하고야 다시 앞을 바라보았다.

이런 나쁜 생각을 하다니!

아무래도 시마의 차 안에 낯선 자가 숨어들어 시마의 머리를 조종하는 것만 같았다.

혹시 조금 전 반대편에서 돌진해온, 아슬아슬하게 시마의 차를 비껴간 그 화물차일까. 화물차 적재함에 그 낯선 자가 숨어 있다가 시마 차를 지나갈 때 그림자처럼 훌쩍 시마의 차 안으로 뛰어든 것일까. 시마의 룸미러 속에 웅크리고 있다가 룸미러 쇠붙이를 잡고 계기판을 건너 운전대 위로 기어올라서는 운전대를 잡은 시마의 손등으로 살금살금 기어들었을까. 손목의 푸른 정맥을 타고 시마의 뇌 속을 헤집고 들어와, 경찰이 왜 소유가 목을 맸냐고 물으면 이러이러하게 대답하라고 시마를 조종하고 사주하는 것일까.

시마는 운전대를 잡은 손에 힘을 주며 좌우로 머리를 흔들었다. 소유의 죽음은 이미 시마의 머릿속에서 기정사실이 되어가고 있었다. 그리고 이제는 소유의 죽음보다는 이후 이어질 경찰 조사에서 시마가 어떻게 답해야 할지, 아내나 가족이나 회사가 알게 되면 또 어떻게 처신해야 할지를 고민하게 되었다. 시마는 운전대에서 교대로 손을 떼 바지에 문질렀다. 손바닥에 땀이 피처럼 끈적하게 차오르고 있었다.

삼십여 분을 더 달리자 허공에 제이령, 이라고 쓰인 표지판과 함께 그 뒤로 무겁게 가라앉은 거대한 산이 나타났다. 산 너머 능선 부근이 그 밤은, 무슨 사달이 났는가 싶을 만큼 기이하게 환했다. 그 너머 마을에 무슨 일인가가 생겨 일제히 등을 밝혀 일을 수습하던 중에, 모여든 사람들의 깊은 근심이 안개나 기류 같은 것을 타고 피어올라 먼 데 새떼처럼 무리 지어 능선을 배회하는 듯이 보였다. 능선이 뚜렷해 시마 쪽에서 보는 산은 더 무겁고 어두웠다. 무거운 산이 시마를 향해 느리게 움직여오는 것 같았다. 눈보라였다.

소유가 사는 곳에서부터 눈보라가 몰려오고 있었다. 돌아갈 길이 걱정되었다. 작년에 차를 바꾸면서, 스노우체인과 밧데리 잭이 든 공구함을 새 차에 옮겼는지 아니면 집에 가져다 놓았는지 기억이 나지 않았다. 도착하는 대로 확인하리라 하고는 시마는 액셀에 올린 발에 힘을 주었다.

별장에 도착했을 때는 새벽 두 시가 지나고 있었다. 얼레지 압화가 든 열쇠로 대문을 열고 마당에 들어서자 마당을 향해 난, 커튼이 드리워진 창밖으로 희미하게 불빛이 번져 나왔다. 일단 안심이 되었다. 시마는 바짝 마른 입술을 혀로 축이고 창문 위 다락방을 올려다보았다. 장막에 싸인 불빛처럼 고요하고 부드러웠다.

얼마 전 눈이 내려 마당 가장자리는 종아리 높이로 눈이 쌓여 있었다. 소유가 치운 모양이었다. 정갈했다.

시마는 현관에 서서 심호흡을 하고는 천천히 손잡이를 돌렸다. 문이 열리며 안에서 촉촉한 습기와 함께 고소한 참기름 냄새가 났다. 주방 쪽에서 달그락달그락 소리가 들렸다.

소유는 살아있는 것이다.

시마는 현관에 선 채 안도의 숨을 쉬었다.

".........."

신발을 벗고 거실에 올라서자 나무로 된 바닥의 널에서 단박에 차가운 기운이 전해졌다. 시마는 잠깐 몸서리를 쳤다. 발바닥과 마룻바닥이 동시에 축축해지며 금세 마루에 시마의 발자국이 찍혔다. 주방에서는 여전히 달그락 소리가 들렸다. 소유는 아직도 시마가 온 줄을 모르는 것 같았다.

진한 월넛색 소파를 지나자 주방과 거실을 구획하는 간유리 덧문 안쪽에서 소유의 형체가 어른거렸다. 여닫이 덧문이 반쯤 열려있고, 소유의 얇은 어깨는 파도 사이를 넘나드는 갈매기처럼 간유리와 벽 사이를 언뜻언뜻 드러났다 사라지곤 했다. 이 새벽에 무슨 음식을 하고 있는 걸까.

불쑥 다가가면 놀랄까 봐 시마는 그 자리에 멈춰 얼레지 압화 열쇠로 왼쪽 월넛 벽장의 유리를 톡톡 쳤다. 덧문 안쪽에서 소유가 고개를 들고 시마를 바라보았다.

형광등 불빛 아래 얼굴색이 유령처럼 창백했다. 희다 못해 푸른빛마저 돌았다. 오히려 목을 매고 죽어있는 편이 덜 안타까울 뻔했다는 생각이 들었다.

"저녁을 안 먹었는가."

시마가 물었다.

"………"

소유는 말없이 고개를 저었다. 시마는 소파로 돌아가 털썩 소리를 내며 주저앉았다. 차디찬 통가죽의 한기가 등줄기를 타고 오르자 시마는 또 몸서리를 쳤다.

"이리와 앉지."

"이거 마저 끓이구요."

소유가 다시 덧문 안쪽으로 사라졌다. 황탯국을 끓이는 모양이었다. 좀 전의 막걸리 탓에 아까부터 속이 쓰리고 신물이 올라오던 참인데 구수한 황탯국 냄새를 맡자 절로 침이 돌았다.
 소유가 끓이는 황탯국은 흑새우와 표고를 듬뿍 넣어 우린 육수에 쫄깃쫄깃하기까지 한 고랭지 무의 달큰함과 시원함이 더해져 진하면서도 담백한 맛이 났다. 매운 고추로 마감한 황탯국 뜨거운 국물 한 숟갈을 입에 넣으면 포실포실한 황태 살을 빌어 한겨울 제이령의 칼바람과 폭설 그리고 부신 겨울 햇살이 교대로 시마의 목구멍을 소용돌이치며 훑어 내려가는 것 같았는데 특히 그 훑어 내려갈 적의 목구멍의 시원함과 칼칼함이란 말로 표현하기 어려워 그저 시마는 옷깃까지 땀에 젖어 한 그릇 말끔히 비워냈던 것이다. 그렇게 황탯국을 비울 적에는 소유가 북쪽 여자인 것이, 령 너머 동쪽에 사는 것이, 황태가 나는 제이령에 사는 것이 그렇게 기특할 수가 없었다. 소유가 국을 마저 끓이는 동안 시마는 소파에 앉아 집안을 둘러보았다. 원목 다탁에는 먹다 만 빵부스러기, 갈색으로 변한 사과 조각, 말라붙은 슬라이스 치즈, 초콜릿, 몇 권의 책들이 어지럽게 널렸고 다탁 옆 보일러실 문 앞에는 전기요가 깔려있었다.
 보일러실 문 앞은 이 집에서 유일하게 바닥의 온기를 느낄 수 있는 곳이다. 소유는 그 미지근한 온기에라도 의지하려고 보일러실 문 앞에 잠자리를 마련한 모양이었다. 전기요 위에는 또, 시마가 덮고 자던 양모 이불을 비롯해 여름용 이불까지 켜켜이 쌓여있었다. 어떻게든 추위를 면해볼 요량으로 집안의 이불이란 이불은 다 꺼내 덮고 잤는가 보았다. 다시 화가 났다. 무거운 겹겹의 장막이 시마의 인생에 드리워지는 것 같았다.
 "혹시 술 드셨으면,"

소유가 덧문 밖으로 비죽이 얼굴을 내밀었다.

"지금 상 차릴까요."

".........!"

소유는 시마가 결국 자신을 보러 달려올 수밖에 없다는 것을 알고 있었다. 이 시간의 황탯국은 시마를 염두에 두고 끓인 것이 분명하다. 갑자기 괘씸한 마음이 들었다. 시마가, 저가 오라고 하면 오고 가라고 하면 가는 놈인가 말이다.

"이 시간에 왜 잠은 안 자고,"

시마가 꾸짖듯 말했다. 소유가 간을 맞추다 말고 시마를 돌아보았다.

"오실 줄 알았어요."

"내가 올 줄 알고 황탯국을 끓이고 있다는 건가, 지금?"

소유가 고개를 끄덕였다. 그리고 주방 한가운데 둥그런 월넛 식탁에 상을 차리기 시작했다. 시마가 도착할 시간까지 얼추 짐작했던지 소복이 퍼 담은 밥그릇에서 갓 지은 냄새가 났다.

"가자미식해도 있어요."

앞치마에 물 묻은 손을 닦으며 소유가 시마를 돌아보았다.

"좋아하시잖아요."

몇 개의 흰 종지를 더 차리고 나서 마지막으로 소유는, 저의 얼굴빛만큼이나 창백한 희고 얇은 도자기 국그릇에 황탯국을 퍼 담았다. 하얀 김이 모락모락 피어올랐다.

"드세요."

".........."

아직도 소파에 앉아있는 시마를 채근하며 소유가 말했다.

소유는 시종이라도 된 듯 커다란 식탁 옆에 가만히 서서 시마가 오기를 기다리고 있었다. 허리까지 오는 겨자색 스웨터에 진초록 골덴 긴 누빔 치마 밑으로 맨 발목 두 개가 동그마니 드러났다. 멀리서도 푸른 정맥이 선명했다. 시마의 것인 낙타색 양모 슬리퍼는 소유에게는 항공모함처럼 컸다.

시마는 굳은 얼굴을 하고 소유에게는 시선을 주지 않은 채 뚜벅뚜벅 식탁으로 걸어갔다. 종지 그릇들에는 령 너머 동쪽 바다 사람들이 자주 해 먹는 가자미식해, 다시마 초절임, 튀긴 쇠미역 등이 서너 젓가락씩 정갈하게 담겨 있었다.

"같이 먹지."

"………"

시마가 권하자 소유는 선뜻 다가오지는 못하고 손가락으로 식탁 가장자리만 어루만졌다. 재차 권하자 마지못해 느릿느릿 식탁을 돌아 시마 맞은편에 앉았다. 낯빛이 창백해 소유가 앉자 바람이 이는 것 같았다.

손이 시리도록 추운 집에서 달그락달그락, 사기그릇에 숟가락과 젓가락 부딪는 소리가 났다. 그 소리들은 집 안의 정적을 덮기보다 오히려 이 집이 얼마나 고요한지를 새삼 시마에게 일깨워주었다.

오랜만에 먹는 황탯국은 심란해서, 예전만큼 진하거나 시원하게 느껴지지 않았다. 트림도 쉽게 잦아들지 않았다. 자연히 숟가락이 자주 멈췄다. 소유가 가자미식해가 든 종지를 시마 쪽으로 밀었다. 흰 옹기 종지에 담긴, 찹쌀풀을 쑤어 고춧가루에 버무린 가자미식해는 보는 것만으로도 먹음직스러웠다. 시마는 그러나 그것에도 선뜻 젓가락을 가져가지 못했다. 정갈한 모양새에 오히려 욕지기가 났다.

소유는 푹 고개를 숙이고 식탁 가장자리에 가슴을 붙이고 젓가락으로 제 밥그릇의 소복한 밥을 재차 누르다가 불쑥 물었다.

"그 돌솥밥집 기억하세요?"

"........?"

"우리가 처음으로 같이 밥을 먹었던,"

".........."

굳어있던 시마의 얼굴에 순간 온기가 돌았다.

기억하다뿐일까.

령 정상 못 미쳐 그 돌솥밥집은, 떠올리면 언제나 시마에게는 소리 없는 환호성 또는 집집마다 내걸린 무수한 승전의 깃발로 기억되었다. 절로 마음이 뿌듯했다.

공항에서 달려온 이후 시마는 시간 되는 대로 부지런히 휴양림을 드나들었다. 덕분에 자주 소유를 볼 수는 있었지만 단체 관람객에 끼어 소유의 숲 해설을 듣거나 또는 시마가 궁금한 것이 있으면 휴양림을 찾아가 잠깐 틈을 내어 소유를 보는 식이었다. 사적인 자리에서 단둘이 만나기는 공항에서 달려온 이후 그때가 처음이었다.

"그날 제 숟가락에,"

소유가 젓가락으로 밥을 집다 말고 시마를 보았다.

"제 밥숟가락에 조기 한 점 얹어주셨잖아요."

".........."

제이령 별장에 올 때면 시마는 정상 못 미쳐 오른편 돌솥밥 집을 자주 찾았다. 오래된 한옥에, 주인 여자며 일하는 사람이며 발걸음과 말하는 본새가 조용했다. 마당 한가운데 돌확이 있고 돌확에는 물고기 몇 마리, 주변으로 남천이 산뜻했다. 쌀이 특히 좋았다. 까다로운 시마 입에 잘 맞았다.

돌솥에 뜸이 들기를 기다리는 동안 시마는 소유에게 아이의 이름과 나이, 좋아하는 것을 물었다. 자주 말이 오고가지는 않았지만 서로의 침묵이 불편하지는 않았다. 마당에서 박새가 울었다. 어스름 저녁이 고요해 단아한 울음이 도드라졌다.

마당 맞은편은 단풍나무숲이었다. 겨울눈이 벌어지며 그 안에서 붉은 속껍질이 겹겹이 드러나, 그 끝에는 또 갓 돋은 푸른 잎이 촉촉하게 매달려, 청사초롱 수천 개를 숲에 걸어놓은 것 같았다. 단풍나무들은 대개 줄기가 두 뼘은 넘고 매끄럽게 휘었으며, 잔가지들은 해변의 청다리도요가 기척에 놀라 바삐 걸어갈 때의 그 빠르고 사라지는 듯한 다리처럼 가늘고 자잘했다. 그 자잘한 것들이, 쏟아질 듯 마당을 향해 뻗어있었다. 초봄의 부드러우면서도 매운 바람이 단풍나무숲을 지날 때마다 우듬지에서 윙윙하는 소리가 났다. 잔가지들이, 정신없이 돌아가는 무희의 치마처럼 통째 흔들렸다. 반면 잔가지를 떠받치는 줄기는 미동도 없이 단단해, 하나의 몸뚱이로 이어졌으나 서로 다른 방향으로 내달리는 둘을 바라보는 시마의 몸이 다 꼬이며 오금이 저려왔다.

처마 끝 초롱에 반짝, 알전구 불빛이 번지더니 곧 상이 들어왔다. 시마가 고개를 숙이고 성호를 그었다.

"………"

"먹읍시다."

돌솥에 박힌 말간 연두빛 은행알이 고왔다. 시마는 젓가락으로 은행알을 집어 소유의 돌솥에 놓아주었다. 소유가 힐긋 시마를 보았다. 시마는 이번에는 물주전자를 들고 소유의 돌솥을 물끄러미 바라보았다. 그때껏 밥상 아래 느슨히 손을 내리고 있던 소유가 급히 숟가락을 집어 제 돌솥에서 밥을 퍼 부지런히 빈 그릇에 옮겨 담았다. 소유의 돌솥이 마저 비기를 기다려 시마는 주전자를 기울여 물을 부었다. 검은 돌솥 가장자리에서 장난치듯 자잘하게 물방울이 끓어올랐다.

어린 오갈피순 나물은 양념이며 식감이며 순했다. 묵나물로 만들어 말려두었다가 삶은 질경이는 맹맹하면서도 맑아 잘근잘근 어린 것의 귓불때기를 씹는 것 같았다. 새파랗게 볶은 마늘종과 마른 새우 선홍빛은 치마저고리처럼 어울리며 서로 고왔다. 간장게장은 비린내 없이 신선하고 달았고 갓 구워낸 조기 껍질에서는 맑은 기름기가 배어났다.

시마는 조기를 발랐다. 앞니로 씹어도 괜찮을 연한 가시가 젓가락 끝에 묻어났다. 접시 가장자리에 그 연한 가시를 붙이고 다시 조기 속살을 팠다. 하얀 김이 청결하게 솟아올랐다. 시마는 조기 한 점을 집어 맞은편 소유를 바라보았다. 내리깐 소유의 눈꺼풀에 창밖의 저녁 빛이 내려앉아 잔물결을 얹은 듯 눈이 부셨다. 소유는 연한 마늘종 한 마디를 집다 말고 시마와, 시마가 든 조기 한 점을 무심히 바라보았다. 그러다 그것이 무슨 의미인지 그제야 깨달았다는 듯 몹시 당황해서는 급히 바닥에 무릎을 꿇었다. 그리고 팽개치듯 마늘종을 내려놓고 도자기 수저

받침에 정갈하게 얹힌 제 숟가락을 집어 숟가락 가득 밥을 펐다. 검붉은 옻칠을 한 숟가락에 소복이 얹힌 쌀밥은 검은콩 물이 스며 파르스름했다. 시마가 그 위에 조기 한 점을 올렸다.
"……."
시마는 이후로도 몇 번인가 더 조기 살점을 발라 소유에게 얹었고 그럴 때마다 소유는, 돌바닥에 무릎을 꿇고 기도하는 사람처럼 얼굴이며 몸짓이며 더없이 경건해져 시마가 내민 것을 받았다. 머리 쪽 살점이 조금 남자 비로소 시마는 한 점 발라 제 입에 넣었다. 입안에서 씹히는 어린 조기는 고소하고 달았다.
돌이켜보건대 남에게 생선 살을 발라 얹어준 기억은 없었다. 딸아이가 어릴 적 혹시 그랬던가 기억을 헤집어도 그것이 생선 살이 됐건 뭐가 됐건 아이들에게 음식을 먹여준 기억 자체가 없었다. 오히려 연로하신 어머니가 돋보기를 쓰고 여전히 중년의 시마에게 생선을 발라주는 일이 많았다.
"그때, 맹세했어요."
다시 식탁 가장자리에 짓이기듯 가슴을 가져다대며 소유가 말했다.
"뭘?"
"선생님한테 평생,"
"평생?"
"충성하기로."
"뭐?"
시마의 눈이 뜨거워졌다.
"알아요. 선생님이 어떻게 생각하시는지 알아요. 그깟 생선 살점 하나에 충성을 맹세하다니, 통째로 삶을 내어 맡기다니, 어리석은 여자구나. 그렇게 생각하시는 거 알아요."

"………"

"그런데요. 지금까지 살면서 제 숟가락에 무언가를 얹어준 사람은 한 사람도 없었어요. 단 한 사람도요. 아버지는 밤늦게 오셨다가 새벽 일찍 돌아가셨기 때문에 함께 밥을 먹은 기억이 거의 없어요. 설사 함께 밥을 먹었다고 해도 제 숟가락에 뭘 얹어줄 생각은 아마 못하셨을 거예요."

"………?"

"어머니요? 어머니는 알코올 중독이에요. 말로는 저를 배고부터 그렇게 되었다지만 실은 처녀 적부터 그랬을 거예요. 술집을 했거든요. 밥보다 술을 먹는 날이 더 많았어요. 딸아이 밥숟가락에 무언가를 얹어줄 생각은 어머니도 못 하셨을 거예요."

"………"

"아버지는 그 당시 중학생이 둘이나 있는 유부남이었어요. 어머니 계시는 곳으로 발령이 나서 전근 왔다가 둘이 살림을 차린 거예요. 그러니까 어머니는 첩인 거죠. 사실 아버지가 새벽 일찍 돌아가야 했던 건 일이 바빠서가 아니고 본처에게 돌아가야 했기 때문이에요."

"어머니는 그럼 지금 어디 계시는가."

"바닷가 끄트머리 새로 생긴 요양원에요. 시내 요양원에 있다가 얼마 전에 그리로 옮겼어요."

"………"

"이번이 마지막이면 좋겠어요. 가는 요양원마다 사람들하고 부딪혀요. 이제 엄마를 받아주려는 요양원은 시내에 없어요."

소유가 체념하듯 말했다.

"여러모로 힘들겠구나."

소유가 반짝 고개를 들었다.

"저는 선생님만 있으면 돼요. 선생님만 있으면 뭐든 견딜 수 있어요."

".........."

"어떤 가난도, 손가락질도!"

시마는 물끄러미 소유의 눈을 바라보았다.

".........."

"나는 네가 생각하는 것처럼, 다른 사람으로부터 충성을 맹세 받을 인간이 못 된다. 누군가의 충성을 감수할 그릇도 못 되고."

소유가 날카롭게 웃었다.

"선생님이 그런 그릇이 되고 안 되고는 중요하지 않아요. 상관없어요. 그냥 제가 누군가에게 충성하겠다고 맹세하면 그걸로 되는 거예요. 저는 그 맹세 하나만으로도 살아갈 수 있어요. 그런 맹세나 결심도 없이 어떻게 세상을 살아갈 수 있겠어요? 나뭇잎이, 내년 봄 또 푸르게 돋아나겠다고 스스로에게 맹세하지 않고서야 어떻게 그 추운 겨울을 날 수 있겠어요?"

시마가 손을 들어 헛되이 허공을 저었다.

"내 말은 그게 아니고......"

소유의 눈동자에 생기가 돌았다.

"저의 맹세는 선생님하고는 아무 상관도 없어요. 저의 맹세는 오직 저하고만 상관있어요."

소유의 눈은 어떤 때보다 명징하여 그 안에 투명한 얼음장이 떠서 흘러가는 것 같았다. 세상은 그렇게 단순한 게 아니라고 덧붙이려다 시마는 마른 입술만 몇 번 달싹이고 말았다.

"곧 아내가 내려올 거다."

".........?"

"이 집을 사겠다는 사람이 있어. 아내 동창인데."

소유의 눈에서 빠르게 생기가 사라졌다. 이어 먹빛 밤바다가 들어차며 이쪽에서 저쪽으로, 저쪽에서 이쪽으로 쉼 없이 출렁거렸다. 시마는 이번에는 그 먹빛을 피하지 않았다.

"반값에라도 넘길 심산인 것 같다. 아내는 이 집을 아주 싫어하거든."

"그렇군요."

소유가 체념하듯 고개를 끄덕였다.

"그렇게 되었다. 네가 이 집에 있다는 사실을 알고는 얘기를 어떻게 꺼내야 할지 난감했었다."

소유가 낮게 웃었다.

"그러니까 집 비워달란 말씀을 하러 내려온 거군요."

"........."

"그런데 사모님은 왜 이 집을 싫어할까요. 동생분이 여기서 죽어서?"

시마가 언성을 높였다.

"아니라고 몇 번을 얘기해야 알아듣나? 사람 말을 왜 안 믿지?"

"........."

소유가 물끄러미 시마를 보았다.

"그러게요. 왜 사람 말을 못 믿을까요. 제 어머니도 참 사람 말을 안 믿었어요. 눈으로 직접 확인하지 않으면 아무것도 믿어서는 안 된다고 악다구니를 썼죠. 툭하면 저를 시켜 늦은 밤 아버지한테, 그러니까 본처와 함께 있는 아버지한테 전화를 하게 했어요. 그러면서 저한테는 수화기를 들고 있으라고 하고 비겁하게 제 등 뒤에 숨어서 고래소래 소리 질렀어요. 오늘 안 오냐, 왜 못 오냐, 생활비 떨어졌다, 애랑 같이 물에 빠져 죽어버리겠다……. 그러면 수화기 너머에서는 아버지의 또 다른 자식들이 저한테 소리를 질렀죠. 가르보다, 가르보, 그레타 가르보. 갈보년!"

소유가 시마를 쳐다보았다.

"가르보가 누군지 아세요? 그레타 가르보 말이에요. 미국 영화배우 그레타 가르보. 그 집 언니들은 제 엄마를 그렇게 부르더군요."

"……….."

"저는 숨을 쉴 수도, 침을 삼킬 수도 없었어요. 어머니가 제 손에서 수화기를 뺏어 전화통에 올려놓을 때까지 미이라처럼 굳어있었죠. 그때 결심했어요."

"……….."

"이다음에 결혼하면 반드시 추한 남자하고 하리라. 형편없이 추한 남자하고, 축가도 축하도 꽃도 없이 결혼해서 나를 벌하고야 말리라."

말끝에 소유가 장난스럽게 웃었다.

"아, 물론 지금의 남편은 가난하거나 추한 남자는 절대 아니에요. 학자에다가 아는 것도 많고 따르고 존경하는 사람들도 많아요. 결혼식도 제대로 했고 축가도, 축하도 제대로 받았어요. 부자는 아니지만 남들만큼은 먹고살아요. 무엇보다 남편은 아이를 끔찍이 예뻐해요. 세상의 모든 아이들이 그렇지만 제 아이도 사랑만큼은 부족함 없이 받았으니 감사한 일이에요. 감사한 일이죠."

".........."

"어머니가 빨리 죽어버리면 좋겠어요. 제가 어머니처럼 추한 여자가 될까 봐 두려워요. 사실은 그게 가장 두려워요."

시마가 말했다.

"하나 묻자. 솔직하게 답을 해다오. 집을 나온 진짜 이유가 뭐지? 남편하고는 그렇다면 도대체 무슨 문제가 있는 거지? 여전히 찬물에 밥을 말아 먹는 걸 견딜 수가 없어서, 토니노 람보르기니를 피우는 걸 견딜 수가 없어서, 라고 할 텐가?"

소유의 눈이 다시 반짝 빛났다. 웃음기마저 그 눈에 돌았다.

"정말 알고 싶으세요?"

"그래, 정말 알고 싶다. 이 추운 날 네가 내 집에서 이러고 있는 거 견디기 힘들다. 나라도 네 남편을 찾아가 둘 사이 얽힌 문제가 있다면 속 시원히 해결해주고 싶은 심정이다."

"........!"

소유의 눈 속에 다시 밤바다가 차올랐다. 입고 있는 겨자색 스웨터와 진녹색 누빔 스커트도 일시에 불길한 먹빛에 휩싸이며 소유는 순식간에 밤바다 속으로 빨려 들어가는 것 같았다. 소유의 창백한 얼굴은 더 창백해지고 호흡은 임종을 맞는 것처럼 불

규칙하며 가빠졌다. 입술은 반복해 붉게 부풀어 올랐다.
"어떻게 두 사람을 동시에 사랑할 수가 있어요?"
"………?"
"어떻게 어제는 선생님하고 사랑하고 오늘 밤은 남편하고 사랑할 수가 있어요?"
"……….."
"선생님은 그게 가능하세요?
가능하면 저한테도 알려주세요. 알고 싶어요, 진정으로."
소유의 얼굴이 보기 흉하게 일그러졌다.
"어느 날 밤 남편이 나를 만지려고 하는 데 갑자기 눈물이 나서 견딜 수가 없었어요. 남편한테 미안해서는 아니었어요. 선생님한테 미안한 것도 아니었어요. 나 자신을 견딜 수가 없었어요."
"……….!"
"눈물이 그치지를 않았어요. 왜 우냐고 남편이 물었죠. 마음에 둔 남자가 있다고 했어요. 이런 마음으로 당신과 살 수는 없다고, 이런 마음과 몸으로 당신과 사는 건 당신에게도 아이에게도 죄악이라고, 결국 나 자신에게 가장 견딜 수 없는 일이라고."
숨이 막히는지 소유는 자주 헐떡거렸다.
"그게 언제지?"
시마가 물었다.
"지난 가을."
소유가 급격히 말수가 적어지고 불면으로 힘들어하기 시작한 것이 지난 가을이고, 코니노 람보르기니 때문에 집을 나오고 싶다고 한 것이 그 가을이 끝나갈 무렵이었다.

시마가 다급히 물었다.

"내가 누군지 남편이 아는가? 말했는가?"

"........?"

소유가 빤히 시마를 바라보았다. 그러더니 곧 고개를 저었다.

"여기 살지 않는다고 했어요. 휴양림에 가끔 오는 사람이고, 언제 또 볼지는 모른다고 했어요."

"그 말을 믿던가?"

"연락처를 주라고 닦달했어요."

"줬는가?"

소유가 다시 고개를 저었다.

"그래, 일단 다행이다."

".........."

"더 캐묻거나 괴롭히지는 않던가?"

소유의 눈동자가 확 부풀어 올랐다.

고요한 산사, 연등에 매달린, 죽은 이의 이름을 적은 흰 표찰들이 바람에 챠르르 소리를 내며 일제히 한 곳으로 밀려가는 것 같았다. 밀려가며 생긴 빈자리에 망망한 적요가 들어차, 그것을 바라보는 시마가 다 숨이 막혔다. 시마는 손가락 끝으로 초조하게 식탁을 두드렸다. 그리고 부러 꾸짖듯 말했다.

"그런 중요한 얘기를 그런데 그렇게 꼭 혼자서 결정해야만 했나? 나하고는 한마디 상의도 없이?"

"상의했으면 뭐라고 말씀하셨을 건데요? 나와라, 나랑 같이 살자, 그랬을까요?"

".........."

"남편은 그날 이후 저하고는 말은커녕 눈길도 섞지 않았어요. 제가 차려준 밥은 먹지도 않고 아이한테도 제가 차려준 밥은 먹지 말라고 했어요. 더러운 밥이니 먹으면 병에 걸린다면서요. 안 그래도 아빠만 따르던 아이는 그날부터 저한테는 아예 가까이 오지를 않더군요."

"………"

"아이는 아마도 한동안은 저를 이해할 수 없을 거예요. 그러다 사춘기가 되면 엄마가 왜 집을 나갔는지 알게 될 거고 그러면 무척 화가 나겠죠. 저 같은 사람을 엄마로 둔 것이 부끄러울 거예요. 아, 비뚤어질지도 모르겠어요. 얼치기 사내아이들하고 어울리고 수업 시간에 자고 선생님한테 이유 없이 대들고 밤길에 동네 공터에서 담배나 피우고 침이나 찍찍 뱉고 말이에요. 하지만 그래서라도 더욱 집을 나와야 한다는 생각이 들었어요. 엄마가 단순히 어떤 사내와 눈이 맞아 집을 나간 게 아니라는 거, 더 큰 이유가 있다는 거, 그걸 이해할 순간이 언젠가는 올 거고 그 순간을 위해서라도 당장은 괴롭더라도 집을 나오는 것이 옳다고 생각했어요."

"더 큰 이유라는 게 뭐지?"

"제가 집을 나온 건 남편에 대한 양심의 가책도, 부부 간의 법도와 신의를 지키지 못한 것에 대한 미안함도 아니에요. 저는 그렇게 도덕적인 여자가 못돼요. 저는 다만 아름다운 것이 되고 싶어요."

"………?"

"우리가 숲에서 사랑할 때 우리 맨몸에 와 닿던 햇살, 콧속으로 밀려들어 오던 신선한 부엽토 향, 사랑이 끝나자 머리 위에서 축복처럼 흔들리던 푸른 나뭇잎."

"……."

"기억나세요? 높이 솟은 상수리 사이로 지나가는 바람, 계곡물에 잠긴 물푸레나무, 물봉선꽃에 비껴 사라지는 한여름 저녁 햇살, 그런 거요. 그런 것들은 얼마나 아름다운지 모르겠어요. 저도 그런 아름다운 것이 되고 싶어요. 그런데 저는 나무도 아니고 꽃도 아니고 하늘소도 그 무엇도 아니니 그런 식으로 아름다울 수는 없잖아요."

소유의 동공이 터지듯 다시 확 벌어졌다.

"저는 제 남루한 숟가락에 조깃살 한 점 올려주신 분, 그분한테 충성을 다하고 싶어요."

"……."

"그 한 사람의 일생에 말이에요.

충성이라는 건 둘을 전제할 수 없잖아요. 이 사람의 일생에도 충성하고 저 사람의 일생에도 충성할 수는 없잖아요. 그건 아름답지 않아요. 저는 그런 것을 못 해요."

시마는 식탁에 팔꿈치를 올리고 손바닥으로 얼굴을 문질렀다.

"무슨 말인지 모르겠다. 어렵다. 너를 이해할 수가 없구나."

"……."

"우린 지금까지 잘 지내왔다. 네가 이런 식으로 나오지 않았으면 앞으로도 잘 지냈을 거다. 그랬으면 여러 사람이 상처입지 않고 좀 더 마땅한 해결책을 찾을 수도 있었을 거다. 아쉽다."

소유가 손바닥으로 초조하게 식탁 가장자리를 두드렸다.

"선생님은 정말 우리가 잘 지내왔다고 생각하세요? 이런 일이 없었다면 앞으로도 쭉 잘 지낼 수 있을 거라고 믿으세요? 아니, 제가 잘 지내왔다고 믿으시는 거예요?"

"어차피 우리 둘 다 서로 가정이 있다는 거 알고 시작한 것 아닌가? 그렇게 괴로울 거면 애초에 시작하지 말았어야지."

".........!"

"아니면 진작 그만두거나."

시마는 다시 손바닥으로 얼굴을 문질렀다.

"그래, 사람 마음이 그렇게 무 자르듯 싹둑 잘라지고 정리되는 게 아닌 거 안다. 인연을 맺고 끊고 하는 것이 어디 사람 마음대로 되던가. 너나 나나 어찌어찌하다 보니 여기까지 온 거겠지. 마음 따라 오다보니 여기까지 온 거겠지."

".........."

"하지만 이것 아니면 저것, 둘 중 하나를 선택하고 하나는 버리는 것이 최선이라고는 생각하지 않는다. 내 말은, 이런 식으로 집을 나오기 전에 미리 나하고 상의만 했어도 최소한 지금보다는 나은 해결책을 찾을 수 있었다는 거다."

소유가 고개를 떨궜다.

"두려웠어요."

"뭐가?"

"선생님이 더 이상 저를 만나지 않을까 봐 두려웠고 또,"

".........?"

"선생님을 만나게 되면 제가, 저희 어머니가 그랬던 것처럼 악다구니를 쓸까봐도 두려웠어요. 죽어버리겠다고 위협하고 애원하고 매달리고 그럴까 봐 두려웠어요. 얼마나 추한가요, 그런 일들은."

소유가 재빨리 시마에게로 손을 뻗었다. 그리고 마치 그것이 마지막이기라도 한 듯 안타깝게 시마의 손가락 끝을 움켜잡았다. 차가운 쇳조각 하나가 겨드랑이나 목덜미에 와 닿는 것처럼 섬뜩했다.

"하지만 걱정 마세요. 이제 선생님은 저에 대해 책임질 것이 하나도 없어요. 저에 대해 책임이 있는 유일한 사람은,"

"........?"

"제게 조깃살을 올려주던 그 사람, 그래서 제가 제멋대로 염두에 두고 충성을 맹세한 그 사람인걸요."

"이제 나를 아예 세상에 없는 사람 취급하는구나."

"세상에 없는 사람요?"

"그래, 세상에 없는 사람 말이다."

"맞아요. 그런지도 모르겠어요. 슬퍼요. 생각해보니 그게 가장 슬퍼요. 세상에 없다는 게 말이에요. 세상에 없는 사람을 붙잡고 평생을 충성을 맹세하겠다고 고집을 부리는 저는 그럼 뭘까요."

소유가 시마 너머를, 그 너머에 마치 비행접시라든가 하는 낯선 것이 나타난 듯 뚫어져라 응시했다.

"내가 그런 사람이 못되어 미안하다. 하지만 나는, 변명 같다만 원래부터 네가 생각하는 그런 아름다운 사람이 아니었다. 게다가 내가 생각하는 아름다움은 네가 생각하는 아름다움과는 다르다. 상황이 어쩔 수 없다면 인내하고 때를 기다리고 또 상황에 따라서는 거기에 순응하는 것, 분란은 줄일 수 있다면 최대한 줄이고 떠안을 수밖에 없는 것은 떠안고 가는 것, 그것도 아름다움의 한 방법이라고 나는 믿는다. 그렇게 살아왔다."

".........."

"30년 가까이 결혼생활을 해왔다. 30년간 만나온 사람들이 있고 30년간 맺은 인연이 있다. 30년의 세월을 한 번에 물리치는 것은 누구에게도 쉬운 일이 아니다. 이건 내가 너를 사랑하고 안 하고의 문제, 옳고 그르고의 문제와는 다르다. 네가 오해하지 않으면 좋겠다."

시마는 잠깐 숨을 골랐다. 두터운 입술이 이내 창백해졌다.

"딸아이가 결혼을 앞두고 있다."

"........?"

소유가 깜짝 놀라며 시마를 바라보았다.

"언제 해요? 날 잡았어요?"

그럴 적에는 꼭 다정한 친구가 물어오는 것 같았다.

"올 가을에."

"누구랑? 오래 만났어요? 아님 선 봐서? 아, 이런 바보 같으니. 생각해보니 선생님한테도 아이들이 있었어요. 선생님도 누군가의 아버지인데 왜 저는 선생님이 늘 혼자라고 생각했을까요?"

시마는 이번에는 얼굴까지 창백해졌다. 그 바람에 귀밑 흰머리가 더 도드라져 보였다.

"딸아이 시부모 될 사람들한테, 친정 아비가 여자가 생겨 본처와 갈라섰다는 식의 험한 얘기를 듣게 하고 싶지는 않다."

"………."

"나한테는 그 아이는,"

소유의 눈이 호기심으로 반짝였다.

"눈에 넣어도 아프지 않은 딸이다.

네게도 네 딸아이가 그런 것처럼 말이다."

시마의 얼굴이 그만 일그러지고 말았다.

시마는 급히 손바닥으로 얼굴을 문질렀다. 갓 결혼을 한 딸이 행여 시댁에서 자신으로 말미암아 손가락질을 받거나 혹은 딸아이의 눈에 눈물이라도 나는 상상을 하면 자책감에 절로 불끈 주먹을 쥐게 되었다.

소유가 순순히 고개를 끄덕였다.

"무슨 말씀인지 알아요. 걱정하지 마세요."

그러더니 다시 눈을 빛내고 목소리는 활기까지 띠면서,

"저는 다만, 몸에서 나쁜 냄새를 풍기고 악다구니를 쓰고 아무 요양원에서도 받아주지 않는 그런 노인이 되기는 싫다는 거예요."

했다. 시마가 힘없이 웃었다.

"그러면 이것 아니면 저것, 하는 식으로 하나를 선택하고 하나를 버리면 삶에 그런 일이, 그러니까 늙고 병들고 나쁜 냄새를 풍기고 악다구니를 쓸 일이 절대 생기지 않을 것 같은가?"

소유가 고개를 저었다.

"모르겠어요. 잘 모르겠어요. 하지만 선생님은 더 이상 저 때문에 괴로워하지 않으셔도 돼요."

시마가 답답한 듯 손바닥으로 식탁을 쳤다.

"결국 나 때문에 네가 집을 나와 이 추위에 이러고 있는데 어떻게 괴로워하지 말라는 건가? 나로서도 이 상황에 아주 책임이 없는 건 아니잖은가. 내가 어떻게 하면 너에게 도움이 될 수 있는지, 내가 어떻게 해야 네가 좀 더 편해질 수 있는지 모르겠다. 정말 모르겠다."

"선생님이 이러시면 저는 더 힘들어요. 저는 그냥 제 자신을 견딜 수 없는 것뿐이에요. 사모님이 오신다고 하면 언제든 연락 주세요. 곧바로 이 집 비울게요."

소유가 발딱 자리에서 일어났다. 그리고 아무 일도 없었다는 듯 명랑하게 콧노래까지 부르며 식탁을 치우기 시작했다. 반나마 남은 황탯국과 손도 대지 않은 흰 종지의 반찬들은 망설임 없이 음식물 쓰레기통에 버리고, 고무장갑도 끼지 않은 맨손으로 설거지를 시작했다. 온수를 쓰려면 진작 보일러의 온수 스위치를 눌렀어야 했는데 벽에 부착된 온수 스위치는 꺼짐 상태였다. 소유가 달그락거리며 설거지를 하는 동안 시마는 팔짱을 끼고 멍하니 소유의 뒷모습을 바라보았다. 시마가 할 수 있는 일은 그것 말고는 없었다.

설거지를 마친 소유가 시마를 향해 돌아섰다. 앞치마에 손을 닦는데 물 묻은 두 손이 데인 듯 붉었다.

"주무시고 가실 거죠?"

"아침에 중요한 약속이 있다."

"……."

"그럼 저 잠드는 거만 보고 가세요."

"……."

"오래 못 잤어요. 오늘은 자야 해요."

시마의 대답은 기다리지도 않고 소유는 스위치를 눌러 거실등을 껐다.

주방 불빛만 남은 집안은 어두웠다. 하지만 소유는 그 어둠에 길이 든 듯 타닥타닥 양모 슬리퍼를 끌고 익숙하게 거실을 가로질러 보일러실 문 앞으로 갔다. 그리고 전기장판 옆에 가지런히 슬리퍼를 벗어놓고, 벗은 슬리퍼는 또 두 손으로 굳이 가지런히 하고는 겹겹의 이불 속으로 구불구불 기어들어 갔다. 소유를 들이고도 이불은 평평했다. 이불이 가끔 가볍게 들썩였는데 그럴 때는 꼭 나뭇잎 한 장이 들썩이는 것 같았다.

"안아주세요."

"………."

이불 속에서 소유가 말했다.

시마는 느릿느릿 의자에서 일어나 소유에게 다가갔다. 소유는 등을 보인 채 애벌레처럼 동그랗게 몸을 말고 있었다. 소유와 한 팔 정도의 간격을 두고 나란히 눕자 소유에게서 냉기가 번져왔다. 어깨는 얕고 빠르게 오르락내리락했다. 소유를 안자 시마의 손끝에 소유의 늑골 감촉이 선명했다. 맥박도 체온도 희미하여 시마가 안은 것은 사람이 아닌 것만 같았다.

이 육체를 사랑했던가. 이 얇고 초라한 육체가 지금껏 시마가 알아온, 열락에 겨워 몸부림치던 그 육체던가.

"아, 정말 따뜻해요. 따뜻한 모포가 온몸을 감싸는 것 같아요. 이렇게 따뜻했던 적이 인생에 있었나 싶은걸요."

소유가 속삭였다.

"잠이 안 오면 수면제라도 먹어봐."

"지난밤에도 두 알이나 먹었어요. 먹고는 저 버스정거장을 보고 있었는데,"

그러면서 소유는 이불속에서 손을 꺼내 보일러실 문의 손잡이 위쪽을 가리켰다. 푸른 돌고래 스티커와 버스정거장 스티커가 나란히 붙어있었다. 그래서인지 어두운 버스정거장에서 돌고래 한 마리가 바다로 가는 버스를 기다리고 있는 것처럼 보였다. 시마의 아이들이 처음 이곳에 왔을 때 붙인 것인지 아내가 붙인 것인지 아니면 류하가 붙인 것인지 시마로서는 기억에 없었다. 색깔과 모양이 선명했다.

"어느결에 잠이 들었나 봐요........저 푸른 버스정거장에 제가 서 있어요. 버스정거장은 나지막한 언덕 위에 있고 언덕에는 녹슨 버스 표지판이 있고요. 그 옆으로 4월의 자두나무 한 그루가 손님처럼 서 있어요. 자두나무에서는 흰 꽃잎이 분분히 떨어져요. 언덕은 금세 꽃잎으로 하얗게 덮이고 인도와 차도 사이 배수로에는 횟가루를 뿌려 만든 것 같은 희고 긴 꽃잎 줄이 생겨나요. 8차선 도로에는 비가 내려요. 자두 꽃잎은 쌩쌩 달리는 자동차 바퀴 사이를 춤추듯 지나 맞은편으로 사라지죠.

그런데 맞은편은 비는 내리지 않고 캄캄한 밤이에요. 빨갛고 파란 네온등만 어둠 속에 점점이 박혀 있어요. 꽃잎이 사라진 맞은편을 이리저리 살피는데 갑자기 머리칼에 꽃잎이 톡,"

".........."

"그만 잠에서 깨어났지 뭐예요. 그런데 분침은 고작 세 칸을 움직였고 저는 자두나무 아래 오래 서서 비를 맞은 사람처럼 얼굴이랑 목덜미, 옷깃까지 흠뻑 젖어있어요. 꿈속에서 비를 맞은 걸까요, 아니면 림프액이 흘러내린 걸까요."

"........?"

"림프액이 뭔지 아세요? 고등동물의 조직 사이를 채우고 있는 알칼리성 담황색 액체, 단백질 농도 2% 또는 5%, 혈청의 2분의 1. 그게 림프액이래요.

지난달 저희 아파트 옆집 할아버지가 병원에 실려 갔어요. 건장한 구급대원 둘이 양쪽에서 할아버지의 겨드랑이를 잡고 앰뷸런스에 태워 갔는데 꼭 범인처럼 질질 끌려갔죠. 그런데 멀리서도 할아버지의 셔츠 깃이 뭔가에 젖어 축축하잖아요? 물을 먹다 컵을 놓쳤거나, 쓰러지면서 꽃병을 건드려 그 물이 깃에 쏟아진 걸까요? 하지만 어쩐지 그건 림프액일 거라는 생각이 들었어요. 할아버지는 결국 그날 새벽 응급실에서 돌아가셨어요."

소유가 시마를 돌아보았다.

"짧은 꿈에서 깨자, 제 목덜미에 흐른 액체를 찍어 냄새를 맡아봤어요. 아무 냄새도 나지 않더군요. 그건 림프액일까요? 저는 곧 림프액을 쏟게 될까요?"

"쓸데없는 생각이야."

시마가 낮게 한숨을 쉬었다.

"여기서 이렇게 혼자 지내니까 별의별 생각이 드는 거야."

"그럴까요? 그렇겠죠?"

"그래."

소유가 시마에게로 돌아누웠다.

"어제는 아이가 보고 싶어 학교에 갔어요. 출근하는 길에 그 아이를 데려다주거든요. 지금은 방학이라 학교도 운동장도 텅 비었어요. 운동장에 한참을 앉아있다 학교 앞 문방구에서 아이 방에 붙어있는 거랑 똑같은 스티커를 사갖고 돌아왔어요."

그러면서 소유는 이불 속에서 손을 꺼내 다시 보일러실 문 위 푸른 돌고래 스티커를 가리켰다.

"비 오는 날이 좋아요. 아이는 저한테는 좀처럼 안겨 오지 않는데 비 오는 날만큼은 제 허리에 찰싹 달라붙거든요. 그럴 때 옆구리에 닿는 아이의 체온이란!

그 아이는 흙바닥에 장화를 질질 끌면서 걸어요. 그러면 장화를 따라 바닥에 얕은 도랑이 생겨나고 그 도랑에 다시 빗물이 흘러들죠. 그 빗물 속의 흙이 가라앉아 말간 물이 될 때까지 우리는 같이 서서 내려다보는 거예요. 가끔 뒤에서 아이 친구가 동이야, 하고 불러요. 그러면 아이는 저와 함께 사는 동안 그렇게 빛나는 순간이 있었던가 싶게 얼굴이 환해져서 곧 친구와 우산을 겹쳐 쓰고 어깨 한쪽은 빗줄기에 내어주고서, 지금껏 들어본 적 없는, 그러니까 어치나 직박구리나 내는 사나운 소리를 내면서 운동장을 가로질러요. 그러다 살구색 출입구 앞에서 잠깐 돌아서 저를 향해 손을 흔들죠.

저는 갑자기 불안해져요. 조금 전 살구색 출입구 안으로 사라진 것이 아이가 맞을까. 얼마 전 휴양림 관리사무소 앞까지 내려온 다친 고라니 새끼는 아닐까. 친구를 만나 빛나게 웃은 것은 맞을까. 살구색 출입구 앞에서 잠깐 돌아서 손을 흔든 것은 실은 마지막 작별 인사였을까. 안드로메다 같은 아주 먼 곳으로 가버렸을까. 그런 생각을 하면 저는 당장 아이한테 달려가 바짝 마른 수건으로 박박 아이 얼굴의 빗방울을 남김없이 닦아주고 싶어져요.

"……"

"하지만 이건 다 저만의 생각이죠. 그 아이는 저를 아주 싫어하거든요."

"엄마를 싫어하는 자식이 어디 있는가."

시마가 말했다.

"그 아이를 낳을 때 수술을 했어요. 수술하기 전 의사가 제 얼굴에 마스크를 씌우더군요. 마스크에서는 쉭쉭 소리가 나고 차고 축축한 것이 끊임없이 뿜어져 나왔어요. 마취액일까요? 그렇겠죠? 그런데 그 소리를 듣자 갑자기 두려워졌어요. 이런, 내가 무슨 일을 한 거지? 아이를 낳아 어떻게 하겠다는 거지? 책임질 수 없는 일을 왜 하려고 하지? 일단 오늘은 집에 가서 쉬는 게 좋겠어. 가서 며칠 더 생각해봐야겠어."

"……"

"그렇게 마음먹고는 제 손으로 마스크를 떼어버렸어요. 그러자 어디서 젊은 남자 두 명이 나타나 수술대 양쪽에 다가와서는 제 팔목을 움켜쥐었어요. 저는 소리 지르기 시작했죠.

싫어, 안 낳을 거야!"

소유가 시마를 돌아보았다.

"끔찍한 엄마예요, 그렇죠?"

"……"

"다시 강제로 마스크가 씌워졌고 그 다음은 기억에 없어요. 깨어났을 때는 당연히 엄마가 되어있었죠. 소란을 떨며 낳은 것과 달리 아이를 낳은 후는 남들과 다르지 않았어요. 불면 꺼질까 살얼음 밟듯 키웠죠. 때맞춰 나들이를 가고 유치원에 보내고 글자를 가르치고. 잠자리에 들 때 입맞춤은 잊은 적 없고 튀김 음식이나 인스턴트 음식은 손에 꼽을 만큼만 먹였죠. 그런데 아이는 이상하게도 아빠만 찾았어요. 잠도 아빠하고 자고 밥도 아빠가 오기를 기다려 먹고. 남편이 집에 있는 날은 종일 아빠 방에 들어가 나오지를 않아요. 아이는 분명 제가 수술실에서 내뱉은 말을 기억하는 거예요."

".........."

"하루는 신발에 뭐가 들어갔다면서 현관에서 꼼짝도 않는 거예요. 출장 간 아빠랑 통화하게 해 달래요. 전화기를 넘겨줬더니, 빨리 아빠가 와서 그걸 꺼내주면 좋겠대요. 저는 그만 화가 나서 전화기를 뺏고 강제로 아이 팔을 잡아끌었죠. 움직이지 않으려고 버티는데, 원망스럽게 저를 올려다보는데, 눈물이 그렁그렁해서도 끝내 울지는 않는데, 아휴 독해라, 어린 것이 독하기도 해라. 그 아이는 제가 싫은 거예요."

"네가 쓸데없이 예민한 거야."

잘라 말하고 시마는 별장에 도착하기 전 보았던, 대낮처럼 환하던 제이령 능선 너머를 떠올렸다. 지금쯤 이곳 휴양림으로도 눈보라가 몰려올 법한데 집 밖은 바람 소리 하나 없이 고요했다. 새신랑처럼 웃고 있는 처남의 얇고 거대한 플래카드가 시마의 머릿속을 칼로 베듯 기어들어 와 무겁게 펄럭였다.

"제가 완전히 잠이 들 때까지 있어 주세요. 선생님이 가는 것도 모르고 쿨쿨 자면 그때 가세요."

".........."

"가실 때는 조용히 가세요. 발소리도 문 여닫는 소리도 내지 말고 조심조심 가세요. 잠이 들었다가 혹시 그 소리에 깨서 이제 선생님이 가시는구나 생각하면 저는 그만 심장이 찢어질지도 몰라요. 봐요, 심장이 찢어졌잖아요, 하면서 선생님을 못 가게 잡을지도 몰라요. 악다구니를 쓸지도 몰라요."

"네가 완전히 잠이 드는 거 보고 가마. 약속하지."

"그런데 아무리 약속하셔도 저는 잠이 들 수가 없어요. 왜냐하면 설사 잠이 든다 해도 아침이 돼서 잠에서 깨 선생님이 없다는 걸 알면, 창문으로 햇살은 눈부시게 쏟아지는데 선생님은 가고 없다는 걸 알면 저는 얼마나 힘들까요. 그 생각을 하면 또 잠을 이룰 수가 없어요."

"..........."

"하지만 오늘도 안자면 심장이 견디지 못할 거예요. 심장이 너무 쿵쾅거려서 누워있기도 힘들어요. 할 수만 있으면 가슴에서 심장을 꺼내 팔에 누이고 다독다독 자장가를 불러주고 싶어요. 가엾어요, 심장이 너무 가엾어요."

소유가 시마를 향해 비스듬히 상체를 틀었다.

"노래 불러주세요."

"........?"

"그럼 잠이 올 것 같아요."

누군가에게 노래를 불러준 기억은 없다. 젊은 날 조심성 없이 만났던 어린 여자들에게도, 심지어 아이들에게조차도 자장가를 불러준 기억은 없다. 아이를 재울 시간 따위가 시마에게는 없었고 또 아이들 양육과 교육은 일체 아내 소관이었다.

시마가 망설이자,

"동생하고 같이 불렀다는 노래 있잖아요. 그거 불러 주세요."

하고는 벌레처럼 꼼지락거리며 시마의 품을 파고들었다.

추운 집에서 서로의 체온이 그래도 의지가 되었다.

시마는 입을 다물고 낮게 콧노래를 시작했다. 한동안 가만히 듣던 소유가 바람이 일 정도로 휙 돌아서서는 괴로운 듯 숨을 몰아쉬며 물었다.

"들려요? 이 소리 들려요?"

"무슨 소리?"

"휘익 휘익!"

"……….."

"호랑지빠귀가 울잖아요! 안 들린단 말이에요?"

"처음 듣는 새 이름이구나."

"아, 싫어! 영혼이 슬피 우는 소리예요. 휘익 휘익!

그런데 이상해요. 겨울인데 왜 저 새가 울지? 봄에 안 울고 지금 울지? 저를 데리러 온 걸까요?"

시마 귀에는 전신주 우는 소리 같기도 했다. 잠시 귀를 기울이던 시마가 조심스럽게 입을 열었다.

"수도관에서 나는 것 같은데? 이 집이 워낙 낡아서 말이다."

"수도관이라구요? 수도관요? 그럼 저를 데리러 온 건 아니에요?"

다시 소유가 돌아누웠다. 계속 노래를 불러 달라고 했다.

다시 부르는 시마의 노래는 그러나 시마의 귀에도 낮고 음울

했다. 간간이 목구멍에서 쇳소리가 올라왔다. 낡은 수도관 안을 맴돌며 나는 소리를 닮아있었다. 시마는 자신이, 그 호랑지빠귀인지 뭔지 하는 새가 되어 소유의 육신을 거두러 온 것처럼 생각되었다. 류하와 부를 적에도 이랬던가. 이렇듯 답답하고 우울했던가.

"아, 힘들어."

소유가 중얼거렸다. 목덜미의 경동맥이 쉴 새 없이 팔딱거렸다. 어떻게 할 바를 모르겠다는 듯 두 손을 이불 밖으로 꺼내도 보고 이마에 얹기도 하며 이리저리 몸을 비틀었다.

"자고 싶어요. 자고 싶어요. 자면 되는데, 그냥 자면 되는데, 왜 이렇게 힘이 드는지 모르겠어요."

그러면서 덮고 있던 이불을 신경질적으로 걷어냈다.

"아, 답답해. 답답해 미치겠어."

"………."

"이러다 심장이 터지면 어떡하지? 어디서 봤더라? 그래, 북극이었어. 썰매를 끄는 개들이었는데 삼일 밤 삼일 낮 맹렬히 눈밭을 달리다가, 쉬지도 않고 달리다가 그만 심장이 터져 죽어버렸지 뭐예요. 아, 맞아, 생각났어. 아이한테 읽어준 그림책에 있었어요!"

시마는 소유가 걷어낸 이불들을 다시 차례차례 덮어주었다.

그리고 새로 노래를 시작했다. 한 소절이 끝나자 소유가 다시 이불을 걷어냈다.

"아, 답답해! 덮지 마요!"

"그만 자!"

시마가 버럭 역정을 냈다.

"........."

겁먹은 듯 소유는 한동안 가만히 있다가 잠시 후 시마를 등지고 누우며 낮게 중얼거렸다.

"어깨를 두드려 주세요. 뼈가 울리도록 두드려 주세요."

"........."

"심장이 너무 떨려서 잠을 잘 수가 없어요. 봐요, 이렇게 손이 떨리잖아요. 팔도 막 떨려요. 몸이 자꾸만 따라 흔들려요. 토닥토닥 두드려주면 좀 괜찮을 거예요."

시마는 손바닥으로 천천히 소유의 어깨를 두드렸다. 얇아 한 줌이 못되었다.

마당을 향해 난 창이 갑자기 덜컥거리는가 싶더니 어디서 매서운 바람 한 줄기가 들어왔다. 어찌나 차던지 눈알이 다 시렸다. 마당의 나뭇가지들이 한꺼번에 잉잉 흔들리는 소리가 났다. 령 너머 눈보라가 이제야 마당에 도착했는가 보았다. 공구함을 확인하는 것을 잊었다는 것이 생각났다. 올라갈 일이 걱정되었다. 이번에는 현관문이 통째 흔들리더니 천정에서도 바람이 몰려 내려왔다. 낡은 샹들리에 가장자리의 손가락만한 장식들이 우르르 흔들렸다. 바람은 시마의 옷깃과 이불 속까지 파고들었다. 먼 데서 또 나무 쓰러지는 소리가 났다. 개버찌나무일 것이다. 오래된 개버찌나무는 뿌리가 얕고 옆으로 넓게 뻗어 폭풍에 쉽게 무너진다. 개버찌나무를 칭칭 감고 올라간 다래 덩굴도 함께 무너져 류하의 두 발처럼 허공에서 대롱대롱 흔들리고 있을 것이다.

그 애 가는 길에도 노래를 불러줄 걸 그랬지.

품에 안아 다독거려줄 걸 그랬지.

가는 길에 오라비의 온기라도 묻혀 보낼 걸 그랬지.

시마는 품 안의 소유를 내려다보았다. 검은 속눈썹이 보일 듯 말 듯 떨리고 있었다. 찬바람이 소유의 옷깃으로 파고들지 않도록 시마는 소유를 안은 팔에 힘을 주었다. 소유가 갑자기 번쩍 눈을 뜨더니 왜가리처럼 길게 목을 비틀어 시마를 올려다보았다. 그 바람에 소유의 찬 뺨이 시마의 목덜미에 와 닿았는데 바깥 한기가 파고드는 듯이나 섬뜩했다.

"어서 자. 오늘도 안자면 심장에 무리가 올 거다. 너 혼자 있을 때 몸에 이상이라도 생기면 어떡하자는 거야. 여기는 사람도 가까이 없어 도움을 청하기가 쉽지 않잖아. 네가 잠들기 전에는 가지 않으마. 약속하지."

"예."

소유가 순순히 고개를 끄덕였다.

"이제 딱 두 번만 더 불러주세요."

".........."

시마는 두 번 더 노래를 불렀다. 그리고 약속대로 정확히 두 번의 노래가 끝나자 소유의 고개가 툭, 아래로 떨어졌다. 단두대에서 떨어져 내리듯 순식간이고, 주저함이 없었다.

이후로는 소유는 몸뚱이 전체가 빠른 속도로 수렁으로 가라앉는 것 같았다. 기절했는가 싶어 소유의 얼굴을 유심히 살폈다. 주방의 팬던트 불빛에 희미하게 드러난 소유는 얇고 말간 눈꺼풀 위로 실처럼 가는 푸른 정맥이 불안하게 번지고, 목덜미

경동맥은 몹시 가파르게 뛰며, 이불 깃 밖으로 나온 손가락은 무엇을 애절하게 갈구하듯 허공을 향해 그대로 굳어있었다. 보풀이 인 마른 입술은 벌어져 그 안의 희고 고른 치아만이 마지막 생기인 듯 날카롭게 번득였다.

소유를 안고 시마도 얼핏 잠이 들었던가 보았다. 무언가 희미한 느낌에 잠에서 깼을 때 마당을 향해 난 창문에는 뿌연 새벽빛이 돌고 있었다. 날이 밝고 있었다.

시마는 품 안의 소유를 내려다보았다. 처음 잠이 들 때 그대로였다. 손가락 하나, 벌어진 입술 하나 변한 것은 없었다. 아홉 시까지는 선거사무실에 도착해야 한다. 지역방송국에 처남의 인터뷰가 잡혀 있다.

시마는 소유가 베고 누운, 이미 감각이라곤 없어진 팔을 조심스럽게 빼냈다. 그리고 미리 준비한 베개를 재빨리 소유의 머리에 베어주었다. 소유에게서는 아무 기척도 나지 않았다. 잠이 들었다기보다 의식을 잃은 것 같이 생각되었다.

시마는 코트를 챙겨 손에 들고 발소리를 죽이며 거실을 빠져 나왔다. 발에 닿는 나무 바닥의 한기에 또 몸서리가 쳐졌다.

다행히 간밤은 바람만 요란했을 뿐 눈보라는 이곳으로는 몰려오지 않아 올라갈 길은 걱정하지 않아도 좋았다. 바람도 이미 지나갔는지 나무들은 고요했다. 다만 콧구멍이 쩍쩍 달라붙도록 새벽 공기가 차가워, 코와 입에서 무더기로 김이 피어올랐다. 그것들이 마치 요란한 소리를 내는 듯해 시마는 숨을 참고 급히 마당을 가로질렀다. 대문이 닫힐 때 녹슨 경첩에서 삐걱, 하는 소리가 들렸지만 돌아보지는 않았다.

서둘러 차에 타 워밍업도 없이 액셀을 밟았다. 소유가 잠에서 깨어, 설사 맨발로 달려와도 더는 잡을 수 없는 거리가 되었을 쯤 해서야 시마는 굳게 움켜잡은 운전대로부터 가슴을 떼고 등받이에 등을 기댔다.

룸미러에 시마가 비쳤다. 사람이 아니라 돌산에나 사는 괴기한 흙빛 원숭이 한 마리가 그 안에 들어있는 것 같았다.

굽은 길을 다 내려오자 룸미러에 제이령이 들어왔다. 눈 쌓인 겹겹의 능선을 따라 잎 떨어진 검은 신갈나무들이 철책처럼 빼곡하게 늘어서 있었다. 산이 아니라 거대한 짐승 한 마리가 검고 성긴 털을 한껏 곤두세우고 웅크리고 있는 것 같았다. 하얗게 줄기를 뽑아 올린 중턱의 자작나무 숲은 전사들의 뼈를 꽂아 조성한 기념탑이라도 되는 듯 을씨년스러웠다.

차 안에 갑자기, 붉게 풍화된 쇳덩어리에서 나는 비릿한 냄새가 번졌다. 선거사무실에 죽치고 앉아있던 자들, 그들의 오래 씻지 않은 콧구멍에서 나는 불결한 먼지 냄새를 닮아 있었다. 떠올리는 것만으로도 머리가 아팠다. 아무래도 냄새는 뼈를 닮은 저 자작나무들에서 시작하여 산사태처럼 아래로 굴러 내려와 시마의 차 안으로 기어들어 온 것 같았다.

시마는 그 비릿한 냄새로부터 달아나기 위해 더욱 속도를 내었다. 제이령에서 시작된 개천이 남쪽에서 온 다른 개천과 합류하며 넓고 완만한 강을 이루기 시작하는 지점에서 더는 구역질을 참을 수 없어 시마는 급히 브레이크를 밟았다. 갓길에 차를 세우고 밖으로 나와, 반복하여 차가운 공기를 들이마시자 비로소 비릿한 쇠 냄새가 사라졌다.

대기는 맑고 차고 수온은 낮아 겨울 강은 시퍼런 동맥이 평야 한가운데를 가로지르는 것처럼 보였다. 시마는 이마에 손 차양을 만들어 푸른 강으로부터 반사되는 빛을 가리며 강기슭을 따라 내려갔다. 강 가장자리를 따라 오래된 버드나무들이, 줄기는 수면에 닿을 듯 강 쪽으로 기울어져 드문드문 서 있었다. 줄기가 분기한 곳은 지면에서부터 시마의 허벅지까지만큼 해 시마는 그곳에 엉덩이를 걸치고 앉았다. 구두 끝이 수면에 닿을락 말락 했다.

시마가 앉은 곳에서도 강바닥이 훤히 들여다보였다. 바닥에 지난 가을 버들잎들이 두텁게 쌓여있었다. 검고 투명했다. 어디서 갑자기 쟁쟁쟁, 소리가 났다. 시마는 소리가 나는 곳을 향해 고개를 돌렸다. 오른쪽으로 백여 미터쯤 떨어진 곳에 강이 내륙을 밀고 들어오면서 반원 모양의 만 같은 것이 생겨났는데 그곳의 수면은 두텁게 얼었고 한가운데는 갈대섬이 들어서, 섬 주변은 또 해자를 판 것처럼 둥그렇게 얼음이 녹아 거기서 물이 출렁거렸다. 얼음 아래를 지나온 물이 그리로 솟구치며 나는 소리였다.

버드나무는 물을 좋아해 물 가까이 산다고, 산에서 길을 잃으면 버드나무를 찾으면 그 부근은 대개 물이 있다고, 사람들이 버드나무에서 죽음을 떠올리는 것은 그러므로 버드나무가 물과 밀접한 관계를 맺고 있기 때문일 거라고 소유는 언제 일러주었다. 류하의 삶이 그리 된 것도 어쩌면 이름에 버들 류가 들어간 때문이었는가 시마는 생각해보았다. 그러면 버들 대신 무엇을 갖다 붙이면 좋을까. 복숭아 도나 능금나무 내, 대추 조 혹은 밤 율 등을 넣어 다시 뒤의 글자와 합하여 읊조려보기로 했다. 차례로 도하, 내하, 조하, 률하 이렇게 불러보자 류하의 흙빛 얼굴에 핏기가 돌며 다시 살아오는 것 같았다. 진작 이름을 바꿔주었더라면 그 아이의 삶에 그런 일은 일어나지 않았을 수도 있었을까.

산꼭대기 화장장에서 류하를 화장하던 날은 노을이 붉었다. 서편 하늘에 걸린 양떼구름은 비보를 듣고 낯선 행성에서 달려온 외계인들이 경의를 표하며 내건 조등처럼 기묘하면서도 정연했다. 산 중턱 묘지기의 집을 지나갈 때 그 집 마당에서 큰 개가 컹, 하고 짖었다. 류하가 근무하던 방송국 국장이라는 남자가 내내 시마 뒤를 따라오고 있었다. 남자는, 류하의 화장이 진행되는 동안도 푸른 파도 사이 갈매기처럼 얼핏 설핏 시마의 시야와 의식 사이를 넘나들었다. 실은 남자가 그랬다기보다 시마의 시야와 의식이 얼핏 설핏 남자를 따라 넘나들었을 것이다.

묘지기의 집을 지나자 시마와 남자는 어느새 어깨를 나란히 하고 걷게 되었다. 시마보다 서너 살 아래로 보였고 귀밑머리는 보일 듯 말 듯 희었다. 목례만 하고 둘은 말없이 산에서 내려왔다. 산 아래 주차장에서 남자가 시마를 향해 돌아섰다.

"회사에서 야유회를 간 적이 있어요. 그때 류하씨가 산에 올라가겠다고 고집을 부려 산 중턱까지 갔는데 결국 힘들어해서 제가 등에 업고 내려온 적이 있습니다."

"……….."

자신의 차 앞에 서서 자동차 열쇠를 만지작거리며 남자가 말했다. 열쇠를 쥔 손의 가운데손가락에 시마처럼, 다이아몬드가 박힌 육중한 금반지가 끼워져 있었다. 결혼반지일 것이다.

남자의 시선이 시마가 든 유골함에 가 멈췄다. 남자가 곧 함을 안아보게 해달라는 말을 할 것 같다고 시마는 생각했다. 그러면 주저하지 말고 남자에게 류하를 내어주리. 남자가 마음 놓고 울 수 있도록 황급히 자리를 비워주리. 비록 등으로 와 닿았다지만 그래도 생전 처음 자신의 몸에 와 닿았을 따뜻한 남자의 품에 류하가 다시 안긴다면 류하의 마지막 길이 지금보다는 덜 외로울 것 같았다. 오라비로서 가엾은 동생에게 그 정도는 해줄 수 있다고 생각하자 벌써부터 마음의 짐을 조금 던 듯이 생각되었다. 하지만 남자는 여전히 자동차 열쇠를 만지작거린 채, 그 얼굴에 어떤 심란이나 회한도 없이 다만 직장 상사 그 이상도 이하도 아닌 사무적 애도를 담고 물끄러미 류하를 바라볼 뿐이었다. 결국 한 발짝도 다가서지 않고 시마에게 목례만 하고서 남자는 화장장을 떠났다.
　다시 어지럼증과 구역질이 났다. 시마는 주먹을 쥐고 천천히 명치 부근을 두드렸다. 먼 데서 동력선이 오는 모양이었다. 눈앞의 강물에 급하게 물결이 일더니 잠시 후 갈대섬에서 다시 약하게 쟁쟁쟁, 소리가 났다. 소리는 곧, 놋쇠를 두드려 얇게 편 판을 두드리듯 높고 날카로워지며 반원 모양의 만 주변으로 빠르게 퍼져나갔다.
　시마는 강이 만으로 흘러드는 입구를 살폈다. 강에서 생겨난 물결이 만의 두툼한 얼음 밑으로 속속 파고들고 있었다. 파고들며 사라진 물결은 수천 마리 물뱀처럼 재빨리 얼음 아래를 지나 갈대섬 해자에 닿아서는, 꼭 달궈진 양철 팬 위를 맹렬히 튀어 오르는 물방울 모양을 하며 날카롭게 솟아올랐다. 얼음 아래를 울며 지나기라도 했던가, 튀어 오를 적의 소리가 흐느낌을 닮아있었다. 다시 강에서 만으로 물결이 밀려들고 또 그 소리가 났다. 이번에는 더 날카로워 기묘한 생물체가 시마의 귀에 달려들어 작고 날카로운 이빨로 낱낱이 귓바퀴를 찢어발기는 것 같았다.

쟁쟁쟁······

오빠 생각이 났지 뭐야.

쟁쟁쟁······

그만 오빠 생각이 났지 뭐야.

국장님 등에 업혀 내려오는데 따뜻해서 그만 오빠 생각이 났지 뭐야.

"·········!"

얼음 구멍에서 다시 물방울들이 날카롭게 튀어 올랐다. 수면 가까이서 쟁쟁거리던 소리는 이제 허공으로 퍼져 그 일대 전체에 물안개처럼 피어오르고 있었다.

"뭔데? 그 여자가 뭔데? 그딴 여자가 뭔데?"

화목난로 건으로 시마와 통화를 하던 중에 류하는 읍내에 싸게 해주는 데가 있느니, 오래된 나무 창틀을 샷시로 바꾸느니 등에서 시작하여 이참에 아예 마룻바닥까지 뜯어내고 보일러 공사까지 들어가느니 하는 식으로 이야기를 하게 되었다. 그러다 시마가 지나가는 말로, 집에 일단 상의를 해야 한다고 하자 갑자기 역정을 냈던 것이다.

"뭔데? 그딴 여자가 뭔데 난로 하나 놓는 것도 그 여자랑 상의해야 해?"

"그런 게 아니고······"

시마가 난처해하자 류하는,
 "새언니 어디가 좋아? 뭐가 좋아? 밤에 잘 해줘? 어디를 잘 해줘? 어떻게 잘해줘?"
 악다구니를 썼던 것이다. 곧 풀이 죽어 사과했지만 전화를 끊고 시마도 아마 그 아이도 오래 먹먹했다.
 악다구니를 썼던 그 밤, 비몽사몽 중에 다시 시마의 손등에 어린 류하가 와 닿았다. 애정과 신뢰, 어쩌면 맹세가 가득 담긴 다정한 뺨이 와 닿았다. 닿아, 부드럽고 은밀하게 시마의 거친 손등 위를 쓰다듬고 다녔다. 축축한 달팽이 한 마리가 시마의 손등에 배를 대고 느리게 기어 다니는 것 같았다. 잠시 후 풋내 나는 류하의 여린 입술이 벌어지며 거기서 또 신선하고 청결한 침이 흘러 시마의 손등을 따라, 손목과 팔을 따라 목덜미로 번졌다. 시마는 그만 벌떡 침대에서 일어나고 말았다.
 류하는 그로부터 이틀 후 목을 맸다.
 "………!"
 시마는 비틀거리며 버드나무 줄기에서 내려왔다. 그리고, 제이령을 떠나올 때처럼 뒤도 돌아보지 않고 급히 차가 있는 도로를 향했다. 강기슭을 오르는 동안 구두에 진흙이며 검불이 켜켜이 달라붙었지만 털 생각도 않고 곧바로 차에 올랐다. 이번에는 끊임없이 쟁쟁거리는 겨울 강으로부터 멀리 달아나고 싶었다.

10
―

선거는 예상대로 처남의 승리로 끝났다.
아내와 아이들은 시마가 당장 사장 자리라도 꿰찬 것처럼 기뻐했다. 언제 그랬던가 싶게 다정하고 공손했다. 캠프 사람들은 각자 챙겨야 할 이권을 셈하느라 사무실 정리는 뒷전이었다. 선거가 끝나고도 내리 일주일 시마 혼자 사무실에 나와 묵묵히 회계 정리를 끝냈다. 어느새 5월이었다.
사무실 창문 맞은편 공원, 길게 이어진 연두색 철제 담장 아래로 흰 꽃잎이 장대비처럼 쏟아져 내렸다. 사흘째 저렇게 무더기로 쏟아져 내리고 있었다. 어찌나 한꺼번에 쏟아지는지 우루루, 하는 소리가 길 건너 시마에게까지 들리는 듯했다. 시마는 창가로 걸어가 유리창에 얼굴을 가져다 댔다. 꽃잎은 연두색 담장 안쪽, 담장과 거의 맞붙은 높은 나무에서 날리고 있었다. 멀리서도 푸른빛이 돌도록 희었다.
무엇일까.
벚꽃은 진 지 오래고 아까시는 노르스름한 기운이 도는 편이니 그 둘은 일단 아닐 것이다.

시마는 주머니에서 휴대폰을 꺼냈다. 그리고 소유에게서 온 마지막 문자를 눌렀다.

이제 집으로 돌아가겠어요. 다시는 선생님을 보지 않겠어요.
그런데 선생님이 안 됐어요.
이제 저 같은 사람은 만날 수가 없잖아요.
안됐어요, 그게 안 됐다는 거예요.
".........."

문자에서, 방금 떨어진 꽃잎 또는 부러진 생가지의 신선한 즙 냄새가 풍기는 것 같았다.

그 겨울, 잠든 소유를 두고 도망치듯 제이령을 떠나온 지 한 달이 되던 날, 그러니까 해를 넘겨 다음 해 1월이 되고 그 1월이 또 끝나갈 즈음 소유는 그런 문자를 보냈다. 실연당한 소녀의 원망 같기도 하고 치기 어린 한탄으로도 읽혔다. 문자를 확인하자마자 소유에게 전화를 걸었지만 결번을 알리는 안내 음성만 흘러나왔다. 문자를 보내자마자 해지를 한 모양이었다.

문자는, 풍랑이 이는 먼 바다에서 보내온 듯 아득했다. 그것이 시마에게 전해지는 데는 아주 오랜 시간이 걸려, 그러니까 소유가 있는 곳에서 인 물결이 다음 물결을 일으키고 그 물결이 다시 그다음 물결을 일으키는 식으로 뭍으로 전해져 찰랑찰랑 시마의 발목에 와 닿은 것 같았다. 닿았을 때는, 파도와 햇빛과 매운 바람에 해진 몽땅 깃발 같은 것이 되어 시마 앞에 푹 쓰러져서는, 다시는 선생님을 보지 않겠어요, 읊조리는 것 같았다.

올 2월 첫날에도 시마는, 지난해 2월 첫날에 그랬던 것처럼 꼬박 밤을 샜다. 매년 2월은 숲해설가들의 근무가 새로 시작되는 달이다. 아침 아홉 시가 되자 제이령 휴양림 관리사무소에 전화했다. 소유에게 용무가 있는 것처럼 하고 바꿔 달라고 하자 저편에서 잠깐만요, 했다. 그 사이 시마는 전화를 끊었다. 소유는 여전히 근무하고 있는 것이다. 안심되었다.

소유의 문자가 뜬 휴대폰 액정화면을 쓰다듬고 또 쓰다듬는 동안도 길 건너 나무에서는 변함없이 꽃잎이 쏟아져 내렸다. 내리 사흘을 쏟아지고도 여전했다. 그 길로 사무실을 나가, 건너편 나무속으로 기어들어가, 아직 남은 것이 있는가, 남았다면 얼마나 남았는가, 잔가지에 파묻힌 꽃눈은 또 몇이나 되는가 일일이 세어보고만 싶어졌다.

생각만 그렇게 하고 넋 놓고 나무를 바라보는 동안 어느결에 시마의 머릿속으로도 꽃잎이 떨어지기 시작했다. 낱장으로 천천히 떨어지기도 하고 큰 파도처럼 한꺼번에 와락 떨어지기도 했다. 와 닿을 적에는, 스치듯 가볍게도 닿고 휨새가 좋은 낚싯대처럼 묵직하게 전율이 일기도 했다.

시마는 꽃을 매단 잔가지가 회초리라고, 그래서 힘주어 회초리를 잡고 그것으로 쌩쌩 소리가 나도록 허공을 때리는 상상도 해보았다. 남은 꽃잎들을 마저 떨어 내버리고 싶었다. 하지만 답답한 마음과는 달리 담장 아래 소복이 떨어지는 꽃잎들은 무게라고는 없이 사뿐하여 시마의 몸도 종내에는 사뿐해지며 내부의 창자마저 다 말갛게 되는 것 같았다. 비우고 비워, 떨어질 만큼 떨어져 창자도 나무도 투명한 점액질이 되었다고 생각한 순간 마침내 남는 것이, 소유에 대한 그리움이었다.

"……….."

세상은, 어떤 대단한 사상이나 용맹에 의해서만 굴러가던 것이 아니었다. 시마 저가 소유를 생각하는 마음 그리고, 아직도 만약 소유가 시마를 염두에 두고 있다고 한다면, 소유 저가 시마를 생각하는 마음으로도 세상은 굴러가고 있었다. 서로 상충하는 가치관이 어느 날 갑자기 합일점을 찾는 경우를 시마는 보지 못했다. 둘 중 하나가 포기하거나 아니면 둘 다 원래의 가치를 훼손시켜 억지로 비슷한 지점을 찾거나 혹은 비슷하다고 거짓으로 믿어버리지 않는 한 합일은 불가능하다. 훼손이라는 것이 그런데 물질에나 적용되는 것이지 삶의 이정표로 삼고 가는 가치에도 적용되는 것이던가. 훼손되거나 변경된 가치는 더는 가치일 수 없지 않은가.

　충성은 오직 하나를 위해 바쳐지는 거라고 소유가 믿는다면 시마로서는 어찌할 도리가 없다. 또, 소유가 시마의 삶의 방식을 비겁하다고 손가락질하면 시마의 비겁 또한 어찌할 도리가 없다. 그런데 '도리가 없다'라고 하는 것은 시마가 비겁하다든가 비겁하지 않다든가 또는 앞으로 비겁하지 않아야겠다든가 하는 문제가 아니라, 서로가 서로에게 서로의 충성과 비겁을 이해시킬 방도는 없으므로 충성이라든가 비겁이라든가 하는 기준으로 서로의 마음까지 단속할 일은 아니라는 뜻이다. 비겁하다고, 시마가 소유를 사랑하지 않은 것은 아니지 않은가.

　"……!"

　차가운 샘물 한 바가지를 주욱 들이켠 것처럼 입안과 머리가 맑아졌다.

　시마는 서둘러 관리실로 가 임대료를 정산하고 사무실 열쇠를 반납했다. 그리고 그길로 차에 올라 제이령을 향했다. 소유를 만나 무얼 어찌해보겠다는 것은 아니었다. 새로 시작하자고 설득하거나 정말 헤어진 것이 맞는지 확인하는 등의 일은 염두에 두지 않았다. 어쩌면 이번에 소유를 만나면 확실히 결별하게 될 것까지도 마음에 두었다. 다만 시마는 다 떨어내고 나니 남는 것이 그리움이더라는, 그 말을 꼭 해주고 싶었다. 그곳을 도망쳐온 지 다섯 달 만이었다.

 5월의 제이령 휴양림은, 이곳이 정말 지난겨울의 제이령이 맞는가 싶게 아름다웠다. 이렇게 아름다운 계절은 분명 지난해 5월에도 있었을 것인데 그때는 왜 보지 못했을까. 아마도 소유에게 정신이 팔려, 꽃이 피기나 했는지 새가 지저귀기나 했는지 봄바람이 옷깃을 파고나 들었는지 염두에 두지 못했기 때문일 것이다. 그 5월에 꽃은 그저 소유에게 다가가기 위한 구실이었으며 숲은 오직 소유에게로 가는 길목일 뿐이었다.

 휴양림은 이 계절에는 봄꽃뿐 아니라 여름꽃, 가을꽃까지 한꺼번에 피어난 듯 눈길 닿는 곳마다 꽃으로 가득했다. 날개 가진 것들은 가까운 데서 혹은 먼데서 일없이 붕붕거려 휴양림이 다 소란하고, 신록은 햇빛에 버무려져 거기에 바람까지 불며 흔들리자 그것을 보는 시마의 눈이 부시고 아팠다. 나무들 사이로 울긋불긋하게 차려입은 탐방객들까지 섞여 휴양림은 어떤 살아있는 거대한 생물체인 것처럼 보였다.

 관리사무소는 문이 반쯤 열려있었다. 힐긋 들여다보기로는 공익근무요원으로 보이는 젊은 남자 한 사람뿐이었다. 하긴 이 계절은 숲해설가들에게는 제때 끼니를 챙기기도 어려울 만큼 빡

빡한 일과가 이어지는 달이니 사무실에 사람이 북적거릴 리는 없었다.

시마는 숲 해설 코스 중 일단 소유가 자주 이용하는 잣나무 숲으로 가보기로 했다. 시마에게는 눈을 감고도 갈 만큼 익숙했다. 세 갈래로 갈라지는 갈림길에서 시마는 위쪽의 잣나무 숲을 살폈다. 남자 숲해설가 둘이 각각 탐방객들을 앞에 두고 숲 해설을 진행하고 있었다. 시마는 잣나무숲으로 가는 길을 제외한 나머지 두 개의 임도를 차례차례 걸었다. 여러 팀이 왁자지껄하게 시마를 지나쳐갔지만 어디서도 소유는 만나지 못했다. 이제 남은 것은 수리바위로 가는 임도뿐인데 그곳은 굽이굽이 가파른 길이 이어지고 수리바위까지 가는 데만도 사오십 분은 걸려 모니터링이나 교육을 위한 경우가 아니면 숲 해설 코스로는 거의 이용되지 않았다. 시마는 다시 갈림길에 서서, 시선이 닿는 한 꼼꼼히 임도를 살폈다. 그리고 돌아서 수리바위로 향하는 임도를 올랐다.

임도는 며칠 전 내린 비로 군데군데 물웅덩이가 패여, 시마가 지나갈 때마다 무당개구리들이 시뻘건 배를 드러내며 펄쩍 뛰어올랐다. 계곡 수면은 야광나무 흰 꽃잎들이 빼곡하게 내려앉았는데 꽃잎들 사이로 언뜻 검은 물이 내비치지 않았다면 수면이 아니라 흙바닥인 줄 알았을 것이다. 수면을 가득 덮은 꽃잎들을 바라보다 시마는 홀리듯 계곡으로 내려갔다. 그리고 가장자리에 쭈그리고 앉아 손가락으로 꽃잎을 흩뜨렸다. 갑자기 낱장의 꽃잎 한 장이 퍼드득 움직이며 맴을 돌았다. 나방이었다. 날개가 모시저고리처럼 희고 얇았다. 물에 젖어, 여린 날개맥이 멀리서도 선명했다. 손가락으로 건져 바위 위에 올리자 오래도록 중심을 잡지 못하고 비틀거리다 얼마 후 움직임을 멈췄다.
 나방을 건져낸 곳에서 멀지 않은, 이끼 낀 커다란 두 개의 바위 사이 웅덩이에도 좀 전의 것과 같은 나방이 꽃잎처럼 무수히 내려앉아 있었다. 푸른 나무 그늘을 품고 검게 번득이는 계곡물은 나방의 순백 날개 때문에 더욱 검고 고요했다. 생의 마지막을 향해 가는 아름다운 나방들을 물끄러미 지켜보다 시마는 다시 계곡을 올라 임도를 걸었다.
 오른쪽으로 굽어지는 임도 왼편에 찰피나무 두 그루가 높이 솟아있었다. 우듬지에서부터 벌들이 붕붕거리는 소리가 안개처럼 번지며 내려오더니 이어 강렬한 꽃향기가 코끝에 맡아졌다. 시마는 고개를 젖히고 우듬지를 올려다보았다. 자잘하고 노르스름한 꽃들이 덩어리를 이루며 매달려 있었다. 축제를 밝히는 무수한 전등 같았다. 시마는 한껏 팔을 뻗어 간신히 손이 닿은 한 덩어리를 만져보았다. 손끝에 맑고 서늘한 감촉이 전해졌다.
 참 이상하죠. 꽃의 온도는 서늘해요.
 가만히 봄날의 꽃잎을 만지고 있으면 보기와는 다르게 차고 서늘해 꽃을 대하는 마음이 새삼 엄하고 단정해진다고 소유는 말했다. 글쎄, 엄하고 단정한 것은 실은 꽃이 아니라 소유라고 시마는 그때 말해주고 싶었다. 겉보기로는 자그마하고 부드럽고 그만그만한 소유는 알면 알수록 그 내부가 단정하여, 단정하다 못해 서슬이 번득여 어떤 때는 그 다정한 손가락 한 번 만지는 일, 함부로 웃는 일조차 부담스러워지던 것이다.
 시마는 이번에는 엄지 끝으로 손안의 꽃 뭉치의 표면을 가볍게 어루만져보았다. 꽃들이 자잘하여, 게다가 달콤한 향기가 거기 당밀처럼 버무려져, 또는 시마의 체온이 이미 꽃들을 덥혀 다시 어루만질 적에는 서늘하거나 엄하다는 생각이 들지 않았다. 오히려 임도 모퉁이에서부터 들려오는 소리가 훨씬 차고 엄해 시마는 꽃을 잡은 채 임도 모퉁이에서 눈을 떼지 못했다.

찰박찰박......

소리는 오른쪽으로 굽은 임도 모퉁이에서부터 들려오고 있었다. 시마가 바라볼수록 소리는 더 선명해지는가 싶더니 이윽고 모퉁이에서 노란 숲해설가 조끼를 입은 여자가 나타났다. 넓은 챙이 달린 하늘색 모자를 쓰고, 고개는 약간 아래로 숙인 채였다. 소유였다.

소유는 무릎까지 오는 검은 장화를 신고 양손에는 큼지막한 채집통과 뜰채, 기록지 등을 들고 있었다.

".........."

소유가 고개를 들어 시마를 보았다. 모자를 눌러써 눈동자만 간신히 보였지만 눈빛은 그늘에서도 번득이고 혈색도 그런대로 좋았다. 시마는 일단 안심했다.

"오랜만이구나."

시마가 말했다. 소유는 고개만 가볍게 끄덕였다.

"모니터링하고 오는 건가."

소유가 다시 고개를 끄덕였다.

"저 위에 둠벙이 새로 생겼어요."

그러면서 비스듬히 상체를 돌려 방금 돌아온 굽이를 손으로 가리켰는데 시마는 소유가 가리킨 빈 굽이를, 거기 마치 서서히 둠벙이 떠오르고나 있는 듯이 뚫어져라 쳐다보았다. 소유를 보면 이상하게도 소유가 말하는 것이 무엇이건 그러니까 그것이 현실이건 비현실이건 일단 몹시 열중하고 싶은 마음이 생겨났다.

소유가 곧 어깨에 둘러멘 커다란 캔버스 가방을 바닥에 내려놓았다. 그리고 그 안에서 투명한 샬레를 꺼냈다. 샬레 안에는 물기를 머금은, 자갈 같기도 하고 아닌 것도 같은, 새끼손톱만 한 단단한 것이 들어있었다. 소유가 뚜껑을 열어 손바닥 위에 그것을 올렸다. 햇빛이 닿자 그것은 어린 것의 맑은 이빨처럼 반짝 빛을 발했다.

"삼각산골조개예요."

소유의 얼굴이 잠깐 환해졌다. 그러더니 시마에게 불쑥 기록지를 내밀었다.

산잠자리 애벌레니 얼룩동사리니 주름다슬기니 땅콩물방개니 삼각산골조개니 하는 글자들이 정갈하게 적혀있었다.

"오늘 둠벙에서 찾아낸 것들이에요."

둘이 헤어졌던가 싶을 만큼 소유는 다정했다.

시마는 물끄러미 소유의 붉은 입술을 바라보았다. 둠벙에서 발견했다는 것들의 이름을 발음할 때의 소유는 미묘한 흥분과 자부심에 젖어 마치 얼룩동사리가 그 입술을 드나들고, 땅콩물방개가 그 뜨겁고 붉은 혀 위에서 어지럽게 맴을 돌며, 굴뚝날도래는 또 부드러운 입천장에 숨어 와락 가시돌기를 세우고, 주름다슬기는 은밀하게 소유의 이빨 사이로 검고 부드러운 촉수를 내미는 듯이 보였다. 그 이름들은 그런데 시마가 조금이라도 다가갈라치면 언제라도 소유의 입술 안으로, 저희끼리의 단단한 집으로 단박에 숨어들 태세를 했다. 죽었다 깨도 시마는 그 두렵고도 낯선 것들의 한 자락에조차 가닿지 못할 것이었다.

"………"

소유의 아랫입술 오른쪽에 새끼손톱만한 딱지가 앉아있는 것이 그제야 보였다. 시마가 손을 올려 소유의 입술을 만지려 하자 소유가 움찔하며 뒤로 물러났다. 시마도 당황하여 곧 손을 거두었다.

"밥은 먹었는가."

시마가 물었다.

소유는 그제야 생각났다는 듯 배낭을 뒤져 안쪽에서 비닐봉지를 꺼냈다. 식빵 두 조각이 들어있었다. 빵은 한눈에도 오래되고 푸석해 보였다. 가운데가 납작하게 꺼져있었다. 한 조각을 손에 들고 소유는 정성스럽게 베어 먹기 시작했다.

"마실 것이 없는가?"

시마가 물었다.

"………"

철 따라 직접 만들어 시마에게 건네던 달콤한 줄딸기 잼도, 쌉쌀한 뜰보리수 잼도, 맹물조차도 없이 소유는 열중해서 빵을 씹었다. 시마를 보라고 일부러 그런다기보다 그러지 않고는 도무지 그 마른 것을 넘길 방도가 없어 그렇게 하는 것 같았다.

"그것만 먹고 내려가지. 식당에 가서 물하고 같이 먹든가 아님 허기만 끄고 저녁 같이 먹든가."

소유는 시마의 말 따위 들리지 않는다는 듯 부지런히 한 개를 다 먹고는 다시 두 번째 식빵을 꺼내 한 입 한 입 꼼꼼히 베어 물었다. 빵조각을 든 손목이 가늘게 흔들리고 있었다. 식빵 두 개를 다 먹고 나서야 소유는 자리에서 일어났다. 입술 가장자리와 노란 조끼에 빵 부스러기가 어지럽게 흩어져있었다. 털어내지도 않은 채 혼자 앞장서 걸었다. 시마가 그 뒤를 따랐다. 걸을 때마다 소유의 검은 장화 안에서 철벅철벅 물소리가 났다.

"물이 들어갔는가?"

시마가 물었다.

소유는 말없이 제 장화를 내려다보고는 다시 걸었다. 둠벙에 들어갈 때 장화 안에도 물이 들어간 모양이었다. 저런 소리가 날 정도면 물이 제법 들어차, 일단 장화를 벗어 물을 따라내고 양말도 벗어 비틀어 물기를 짜내야 할 것인데 소유는 마치 비 온 날 어린애들이 하는 것처럼 재미로나 그러는 것인지 아니면 의식을 못 하는 것인지 통 염두에 없는 얼굴이었다. 시마만 애가 닳아 소유를 당장 그 자리에 멈추게 하고 신발을 벗겨 물을 따라낸 다음 시마의 양말이라도 벗어 그 축축한 발에 신겨주고 싶었다.

"이제 나하고는 말도 섞지 않을 셈인가."

"………"

신록 사이로 관리사무소 지붕 한 귀퉁이가 언뜻 보일 때까지 소유는 내내 말이 없었다. 각오하고 왔던 좀 전과는 달리 시마는 울고 싶은 심정이 되어, 무슨 말이든 붙여 시간을 좀 끌어야겠다는 생각이 들었다.

"부모님은 잘 계시는가."

소유가 고개를 끄덕였다.
"어머니는 요양원에 그대로 계시고?"
다시 소유가 고개를 끄덕였다.
"아버지도 건강하시고?"
"………"
소유가 걸음을 멈췄다. 그리고 고개를 돌려 힐긋 시마를 보았다.
"지난주에 아버지한테 갔다 왔어요. 남편이 고급 위스키를 선물로 받아 왔길래 가져다 드리려고 갔는데 주무셔서 그냥 왔어요."
아버지 얘기를 물어보기를 잘했다고 시마는 생각했다. 대답한 것은 그래도 마음을 조금 열겠다는 뜻이라고 시마는 좋은 쪽으로 상상해보았다.
"먼 길 갔을 것인데 그렇게 돌아왔으면 너도 아버지도 섭섭했겠다."
소유가 좌우로 머리를 흔들었다.
"깨울 수가 없었어요."
"………?"
"밭에 있는 컨테이너에서 주무시고 계셨어요. 대낮부터 술에 취해서 입에서는 끊임없이 나쁜 냄새를 풍기면서. 작업복 바지는 벗겨져서 발목에 걸렸는데 사타구니가 훤히 드러나 보였어요."
"………"
"백발이 돋은 줄 알았지 뭐예요.
사타구니도 늙다니, 놀라워요. 꼭 곰팡이 균사를 닮았어요. 금방이라도 제 몸을 타고 기어오를 것 같아 그냥 나와 버렸어요."
"………"

"아버지한테 감자, 고구마, 옥수수, 들깨 이런 것들을 받아 본 게 언젠지 모르겠어요. 아버지는 이제 그런 것들을 심지 않아요. 나무도 가꾸지 않구요. 전지를 하지 않아서 다 제멋대로예요. 감자가 자라던 곳에는 환삼덩굴이 우거져서, 아마 뱀이나 오목눈이나 하는 것들이 둥지를 틀었을 거예요. 아버지 사타구니도 그와 같아요."

"……"

"아버지 사타구니는 어쩌면 그렇게 황폐할까요. 마르고, 쭈그러들고, 아무것도 자라지 않죠. 바람도 햇빛도 도깨비도 들르지 않아요. 함부로 아버지 어깨에 손을 얹던 알록달록한 여자들도 이제 곁에 없어요. 아버지는 더는 아름답지 않거든요. 더러운 속옷 위로 쇄골이 드러났는데 늙은 몸에 어울리지 않게 매끈하고 유려해서 구역질이 나지 뭐예요."

"……"

"기척을 느꼈는지 아버지가 잠깐 눈을 뜨긴 했어요. '누구냐' 하시길래 '저예요' 그랬더니 '언제 온 거래' '방금요' '왜 온 거래' '엄마가 요양원 옮겼어요' 그랬더니 벌떡 일어나서는 '그 갈보년 얘기하지 마래'하고 버럭 소리를 지르잖아요. 그리고는 '그년이 얼마나 악랄한지 내 말해줄까, 농약도 꼭 죽지 않을 만큼만 처먹지, 응급실에다 실어다 놓으면 살려났다고 또 지랄해대지, 벌써 퇴직금을 얼마를 그년한테 쏟아부었는지 몰라' 그러고는 저한테 다시 '누구래' 하시길래 '저예요' 했더니 '저가 누구래' 하고는 쓰러져 잠이 들었어요. 눈자위에는 핏줄이 가득해서요. 가져간 위스키는 야전침대 아래 놓아두고, 아버지 사타구니에는 야전담요를 덮어주고 컨테이너를 나왔죠."

"………."

"아버지 밭은 인근에서 가장 아름다웠어요. 밭이 아름다워 봐야 얼마나 아름답냐고 할 테지만 선생님도 아마 아버지 밭을 봤으면 입이 벌어졌을 거예요. 산 중턱을 갈아 만들었는데 멀리서 보면 전체적으로 말편자 모양이에요. 가장자리는 수양벚나무가 자라고 그 안쪽으로 생강나무며 매실, 산사, 소사나무가 자라요. 조팝하고 황매가 그 다음이에요. 작물은 밭 한가운데 심었는데 가장자리에 배수용 수로가 흐르고 그 주변을 따라 구절초, 쑥부쟁이, 꽃범의꼬리, 납매, 투구꽃, 천남성, 꽃향유 같은 것들이 자라요.

아버지 밭에서 꽃을 볼 수 없는 계절은 없어요. 한겨울에나 피는 납매를 심은 건 겨울에도 꽃을 보려고 그렇게 한 거예요."

소유의 눈이 잠깐 몽롱해졌다.

"아버지가 다시 아름다워지면 좋겠어요. 그래서 이다음에 저를 만나러 오실 때는 푸른 비둘기색 양복을 입고 두 팔 가득 아름다운 여인들을 거느리고 반듯한 이마에 하얀 이를 드러내고 환하게 웃으며 오시면 좋겠어요."

"………."

소유가 시마를 돌아보았다. 그러느라 노란 숲해설가 조끼 안에 받쳐 입은 연회색 남방의 깃이 벌어지면서 쇄골이 반쯤 드러났는데 쇄골은 옷깃이 만든 그늘에 싸여, 거기에 5월의 햇살 한 줄기가 비스듬히 꽂히며 섬뜩하고도 아름다운 흑빛 윤기를 뿜어냈다.

소유가 다시 돌아서 물이 들어찬 장화를 철벅거리며 임도를 걷기 시작했다. 무슨 말이든 이어가야 한다고 생각했지만 마음뿐 도무지 다음 말이 떠오르지 않았다. 그러는 사이 관리사무소 앞에 도착했고 소유는 잘 가라는 인사도 없이 목조 건물 안으로 사라졌다. 그것이 마지막이었다.
　소유가 다시 자신을 찾지는 않으리란 것을 시마는 본능적으로 알았다.

11
———

 소유와 헤어진 그해 가을은 유독 나방이 많이 죽었다. 많이 죽었다기보다, 그해만 우연히 시마의 눈에 띄었던 건지도 모른다. 날벌레들의 생은 대부분 가을에 끝나니까 말이다.
 공장 부지를 물색하러 다니던 중에 고속도로 중앙분리대 아래 낙엽이 수북이 쌓여있는 것이 보였다. 수 킬로미터를 이어졌다. 단풍철이라 도로는 사방이 꽉 막혀, 휙휙 내달릴 수도 후진할 수도 그렇다고 샛길로 빠질 수도 없이 그저 앞의 차만 보며 기듯 가던 중에 분리대 아래 낙엽이라고 생각했던 것이 가끔 펄럭이는 것이 눈에 띄었다. 그 모습이 자못 비장하여 시마는 차창을 열고 유심히 살폈다. 손바닥만한 나방이었다. 명줄이 끊어지지 않아 덧없이 날개를 떨고 있었다.
 시마는 주변을 둘러보았다. 4차선 도로 양옆으로 밤나무가 심어진 나지막한 야산이 이어졌다. 밤나무숲에서 보기에, 중앙 분리대에 가로등 불빛이 반사되자 분리대가 무슨 달빛인 줄 알고 그를 이정표 삼아 이동하고자 했거나 혹은 알을 낳기 적당한 장소로 여겼던가 보았다. 그런 중대한 일이 아니고야 부러 날개를 저어 고속도로로 날아올 일은 없을 것이다.

만약 알을 낳기 위해 이곳으로 왔다면 그 알들이 깨서 애벌레가 되어 다시 제 어미가 날아온 밤나무숲으로 돌아갈 가능성은 희박하다. 굉음을 내며 달리는 차량을 피해 고속도로 바닥을 기어갈 일도 일이지만 설사 성공해 가드레일에 오른다 해도 배고픈 새들의 먹이가 될 것이고, 그대로 중앙분리대에 남는다면 흙덩이라곤 찾아볼 수 없는 시멘트에서 월동은커녕 굶어 죽거나 얼어 죽는 경우가 대부분일 것이다.

나방 때문이었을까. 그 밤 낯선 곳에서 여자를 샀다.

어렸다. 어리다 못해 비렸다. 나이를 묻자 급히 주민등록증을 꺼내 보여주었다. 이 바닥에 들어선 지 얼마 안 된 것 같았다. 내쳐질까 긴장하는 모습이 역력했다.

"잘 안되시면 손으로 해드릴게요!"

시마 나이 또래 남자들의 발기력 따위는 이미 충분히 숙지하고 있으니 부끄러워할 필요 없다는 듯 여자는 빠르게 말하고 곧바로 무릎을 꿇었다. 그리고 시마가 말릴 새도 없이 시마 바지의 벨트를 풀었다.

여자는 시마가 고통을 느낄 만큼 오래 시마의 사타구니를 애무했다. 처음 여자를 살 때와는 달리 시마는 얼른 여자를 보내고 혼자 있고 싶은 마음에 빨리 사정해버리고자 노력했지만 이상하게도 시마의 그것은 죽은 뱀처럼 늘어져 기척을 보이지 않았다. 이러다 어느 순간 여자가 화가 나, 소유가 언제 제 남편에 대해 그러고 싶었다는 것처럼 시마를 꽉 물어 아작아작 조각을 내서는 퉤, 바닥에 뱉을지 모른다는 생각도 들었다.

힘이 드는지 여자는 가끔 두 팔로 시마의 허벅지를 움켜잡고 머리는 시마의 사타구니에 박은 채, 물론 입에는 시마를 물고 한참을 그대로 있었다. 그럴 때면 뒤로 비죽 튀어나온 여린 어깻죽지가, 중앙분리대 아래서 헛되이 펄럭이던 갈색나방의 날개 두 짝을 닮아 보였다. 어깻죽지와 몸통이 연결된, 능선처럼 비죽 솟은 부분에서 금방이라도 낡은 경첩 삐걱거리는 소리가 날 것 같았다.

여자는 이제는 무슨 기계가 되어버린 것 같았다. 시마가 거듭 그만하라고 했지만 스스로의 힘으로는 멈추지 못하도록 프로그래밍이라도 된 듯 규칙적으로, 균일하고 변함없는 강도로 시마를 물고 핥았다. 결국 시마가 두 손으로 여자의 머리채를 움켜쥐고 강제로 사타구니에서 떼어내고야 여자는 얼빠진 얼굴을 하고, 벌어진 입에서는 거품과 시큼한 냄새를 피워 올리며, 턱이 아픈지 손바닥으로 하악골을 쓰다듬으며 시마를 올려다보았다. 여자의 두 눈도 나방의 그것을 닮아 속을 알 길 없이 새까맸다. 시마는 약속한 돈의 배를 주어 여자를 보냈다. 올 2월 초 마담과 모텔에 들기 전까지 여자는 더는 사지 않았다.

가끔 꿈에 고속도로 옆 밤나무숲이 떠올랐다. 그러면 시마는 웃통을 벗고, 허벅지에 착 달라붙는 검은 잠수용 고무 팬츠를 입고, 엠16 소총은 물에 젖지 않도록 두 팔을 머리 위로 번쩍 들어 올리고서 희미한 밤꽃 향을 찾아 밤새 차가운 강을 건너는 것이었다.

12

 시마는 늙은 귀룽나무 잔가지를 헤치고 밖으로 나왔다. 맞은편 능선으로 저녁의 태양이 마지막 햇살을 뿌리며 넘어가고 있었다. 그중 몇 줄기가 능선을 넘어와 신갈나무 우듬지에 비스듬히 얹혔다. 그 부근 잔가지들이 무사의 칼을 쌓아놓은 것처럼 눈부시게 빛났다. 보고 있자니 시마 저의 몸도 오랜만에 가볍게 부풀어 잔가지 위로 사뿐 뛰어올라 그 위에서 탕탕 공중제비라도 돌고 싶은 마음이 되었다.
 비탈은 능선 바로 아래서 처마처럼 툭 튀어나왔다가 다시 안으로 깊이 패여 햇살은 그곳에는 닿지 않고, 대신 산 그림자만 짙게 내려앉아 능선을 제외하고는 덩어리째 차가운 침묵에 잠긴 듯이 보였다. 능선의 빛도 빠른 속도로 사라지며 산은 시시각각 무거워졌다.
 차가운 청회색 산그늘에서 푸른부전나비 한 마리가 날아올랐다. 바삐 저어가는 날갯짓만 보이고 소리는 들리지 않아 사위는 오히려 적막감만 더했다. 어두운 청회색 비탈을 벗어난 나비가 능선께로 날아오르자 푸른 날개 윗면에 저녁 햇살이 닿아, 푸른 바다 한 자락이 거기서 출렁이는 듯이 보였다. 소유가 사는 동네로부터 왔는가 시마는 짐작해보았다.

드르륵 드르륵.

코트 안자락에서 휴대폰이 진동했다. 문자가 반복해서 들어오고 있었다. 이 시간의 문자라면 대부분 아내일 것이다. 해가 지자 급격히 한기가 돌아 시마는 양손을 엇갈려 두 팔을 문지르며 느릿느릿 휴대폰을 꺼냈다. 짐작대로 아내의 문자였다. 그리고, 네다섯 개는 되는 아내의 문자들 사이에 김의 문자가 하나 들어와 있었다.

사무실에서 전화가 왔어. 방금 놈들이 왔다 갔는데 사무실 집기들을 다 부쉈다는군. 순순히 물러설 태세가 아니야. 급한 일 아니면 오늘이라도 올라오게. 내일 날 밝는 대로 접수하는 게 좋겠어.

"．．．．．．．．．．"

시마는 곧바로 김에게 전화했다. 하지만 저절로 신호음이 끊어지도록 김은 전화를 받지 않았다. 두 번째, 세 번째도 마찬가지였다. 김의 안사람의 전화번호도 눌러보았다. 마찬가지였다.

이번에는 죽은 고라니라도 배달한 걸까. 아니면 김의 막둥이가 다니는 학교를 찾아가 행패라도 부렸을까. 몹시 마르고 늘 허약한 편인 김의 안사람 그리고, 옆구리에 축구공을 끼고 바람에 머리카락이 엉망이 되어서는 상기된 뺨을 하고 활짝 웃던 김의 막둥이를 떠올리자 시마는 몹시 착잡해졌다.

부러 안 받는 걸까. 그만 손을 떼려는 걸까. 막둥이에 대한 김의 애정은 숭고하다는 표현이 어울릴 만큼 지극했다. 아들이 위험에 처한다면 김은 시마와의 일 따위 간단히 접을 것이다.

"이런!"

손가락으로 휴대폰 화면을 쓰다듬던 시마는 혼잣말을 하고는 급히 자리에서 일어났다. 휴양림 퇴근 시간이 가까워져 오고 있었다.

시마는 비틀거리며 계곡을 건너 빠른 속도로 임도를 따라 걸어 내려갔다. 곧 세 갈래 분기점이 나타나고 이어 위쪽 잣나무 숲에서 웅성거리는 소리가 들려왔다. 노란 숲해설가 조끼를 입은 60대 가량의 남자 그리고 그 뒤로 무리를 지어 내려오는 탐방객들이 보였다. 방금 숲 해설이 끝난 모양이었다. 노란 조끼를 입은 남자는 낯이 익었다. 소유와 좋았던 시절, 소유가 그와 친밀하게 얘기하는 것을 먼발치서 보았다. 소유는 시마 앞에서 자주 그에 대한 존경과 애정을 드러냈는데 때로 과해 질투 비슷한 감정이 일기도 했다. 그라면 분명 아직도 소유와 연락을 취하거나 아니면 적어도 소유의 바뀐 연락처 정도는 알고 있을 것 같았다. 마음이 급해진 시마는 일행을 앞질러 먼저 관리사무소 앞에 도착했다. 그리고 부근을 서성이며 남자가 오기를 기다렸다.

잠시 후 관리사무소 앞에 남자가 도착했다. 시마의 심장이 빠르게 뛰기 시작했다. 남자가 모자를 벗고 탐방객들을 향해 인사를 건네자 탐방객들이 일제히 박수를 쳤다. 남자는 곧 몸을 돌려 사무실 손잡이를 잡았다. 그 순간 시마는 재빨리 남자에게 다가갔다.

"말씀 좀 나눌 수 있겠습니까."

"........?"

"잠깐이면 됩니다."

남자는 마른 체구에, 눈빛이 형형했다.

시마는 덥석 그의 손을 잡고 싶은 것을 간신히 참았다. 그 손이 한 번이라도 다정하게 소유의 어깨를 두드리고 그 눈이 신뢰와 우정에 가득 차 소유의 눈을 바라보았을 것을 생각하니 와락 그를 안고 싶은 마음이 되었다.

".........."

남자는 선선히 고개를 끄덕이고는 시마에게 사무실로 들어갈 것을 권했다.

사무실은 막 숲 해설을 마치고 들어온 숲해설가들의 체온과 땀 냄새, 먼지 냄새, 말소리로 번잡했다. 중앙의 테이블에 차려진 간식거리들 때문에 더 그렇게 보였다. 시마가 주저하자 남자는 사무실 구석에 난 문을 가리키며 앞장섰다.

문은 나무로 만들어져 가까이 가자 수목 향이 났다. 그 희미한 향만으로도 좀 전의 번잡이 사라지고 두 눈이 시원했다. 남자를 따라 안으로 들어서자 향은 좀 전보다 훨씬 깊고 묵직해졌다. 소유도 자주 이 방을 들락거렸을 것이다. 시마는 심호흡을 했다.

대여섯 개의 의자와 회의용 탁자 하나가 전부인 그 방은 내부가 온통 편백나무로 마감되어 있었다. 벽에는 세밀화로 그려진 새와 꽃, 나뭇잎 액자들이 빼곡하게 걸렸는데 내부가 어둑하고 향은 갈수록 진해져 그것들이 살아있다는 생각까지 들었다. 창밖 생강나무 사이로 곤줄박이 두 마리가 분주히 서로 쫓으며 날아다녔다.

남자가 시마에게 의자를 내밀며 앉을 것을 권했다. 하지만 시마는 그대로 서서, 소유를 아는지 물었다. 소유의 바뀐 전화번호를 알 수 있는지 연달아 또 급히 물었다.

"………"

그가 비로소 새삼스럽다는 듯 시마의 구겨진 트렌치코트와 잘 닦인 구두를 번갈아 바라보았다. 그는 먼저 자신을 정, 이라고 소개했다. 이어 소유와는 어떤 사이인지 그리고 소유를 찾는 이유가 무엇인지 여쭤봐도 되겠냐고 물었다. 예상했던 질문이지만 시마는 잠깐 망설였다. 혹시라도 눈앞의 정이라는 남자가 시마와 소유의 사이를 눈치채고, 이후 소유가 다시 휴양림에 근무하게 될 적에 소유에게 혹시 누가 되는 말이라도 퍼뜨리지 않을까 염려되었던 것이다. 하지만 맑고 선한 그의 눈빛에 기대 어느새 시마는,

"그에게 전해줄 것이 있습니다."

하고 말해버렸다.

"제 것이 아니므로 꼭 전해주어야 합니다."

"………"

책망 비슷한 것이 그의 눈에 도는가 싶더니 잠시 후 다시 형형해졌다. 시마를 믿기로 한 것 같았다. 그가 말했다.

"실은 우리도 그의 안부가 궁금합니다."

"………?"

그 얼굴에 그도 소유를 사랑했던가 싶을 만큼 진심과 안타까움이 묻어났다.

"올 2월 말 경찰에서 단순 가출로 처리한 이후로는 우리도 어

떤 연락도 받지 못했습니다. 부디 별일 없기만을 바랄 뿐이지요."

".........!"

시마의 머릿속으로 먹빛 드레스 자락이, 바람을 안아 크고 둥글게 부풀며 밀려들어 왔다.

무슨 말인가.

소유에게 그간 무슨 일이 일어났다는 것인가.

그 여리고 순한 것의 생에 경찰이니 가출이니 무어니 하는 것들이 끼어들 여지가 어디 있던가.

시마의 심장이 빠르게 고동쳤다. 맞은편의 정에게도 그 소리가 들릴 것 같았다. 시마는, 그것만 잡고 있으면 완벽히 기억을 더듬을 수 있다는 듯 두 손으로 힘주어 책상 모서리를 잡고 지난 시절을 돌이켜보았다. 방금 전 정의 말에 의하면 경찰에서 단순 가출로 처리한 것이 올 2월 말이라고 했다. 시마가 먹빛 드레스 여자 꿈을 꾼 것도 2월 말이었다.

올 2월 마담과 모텔에 들어 먹빛 드레스 여자 꿈을 꾼 이래 시마는 내내 마음이 좋지 않았다. 어느 밤에는 자다 깨어 종이를 꺼내, 원인이랍시고 조목조목 적어보기도 했다. 그래봐야, 꿈이긴 해도 모르는 여자와의 말다툼 끝에 여자가 죽어버린 것, 그리고 그 말다툼에 시마가 아주 책임이 없지는 않다는 것이 마음에 걸린다는 식의 결론뿐이었다. 사업체 설립을 앞두고 그에 대한 중압감으로 그런 개꿈을 꾸게 된 거라고 애써 자위하기로 했다. 다만, 그때나 이후에나 이렇게 정을 만나기 바로 전까지나, 먹빛 드레스 여자가 소유일 수 있다고는 눈곱만큼도 생각하지 않았다.

 마지막으로 소유를 본 것이 지난해 5월이다. 그때 소유는 더할 수 없이 무심하여 이제 정말 헤어졌구나, 시마 없이도 잘 살겠구나 믿었다. 걱정이 된 것은 오히려 시마 자신이었다. 소유 없이 지낼 날들 그리고 그러느라 상처받게 될 몸과 마음이 미리부터 염려되었던 것이다. 하지만 예상과는 달리 이후 시마의 삶은 외견상으로 순조로웠다. 처남의 승리에 힘입어 곧 사업체를 만들고 사장 자리에 앉게 될 날도 멀지 않았고 자식들은 알아서 제 갈 길을 가고 있으며 아내도, 처남이 선거에 승리하고는 더는 시마를 닦달하지 않았다. 재발 징후도 없었다. 그러므로 그깟 꿈 하나에 연연할 이유는 없었던 것이다.

 그럼에도 그 꿈 이후로 가슴에 바위 하나가 들어앉은 듯 답답해 일없이 소화제만 복용하던 중에 뜬금없이 제이령 별장이 떠올랐고, 그러자 고민하고 말 것도 없이 별장은 소유의 것이어야 한다는 결론을 내리게 되었다. 얹힌 것이 내려가듯 단박에 속이 편안해졌다. 다음날 직접 부동산중개업소를 찾아 바삐 서류를 갖춰서는 소유의 소재지 파악이 되는 대로 전해주리라 마음먹고 차일피일 미루던 중이었다.

 그러던 것이 이제 와 소유의 소식을 듣게 되자 시마는, 먹빛 드레스 여자의 꿈을 빌어 소유가 왔구나, 무언가 할 말이 있어 시마에게 왔구나, 시마가 못 알아먹자 답답하여 그만 나무 기둥에 머리를 박았구나 하는 데에 생각이 미치게 되었던 것이다.

 "………!"

 시마는 나무 의자 등받이를 움켜쥐고 제집인 양 부주의하게 탁자 밖으로 끌어냈다. 그리고 털썩 소리를 내고 주저앉으며 손바닥으로 거칠게 얼굴을 문질렀다. 정이 앞에 있다는 것도 잊은 채 아아, 소리를 내고 말았다. 정은 그런 시마를 물끄러미 내려다보다 방을 나가서는 잠시 후 돌아왔다. 손에는 보온병과 찻잔, 낱개 포장된 초콜릿 등이 들려있었다. 정이 녹차엽이 든 찻잔을 시마 앞에 내려놓고 보온병에서 뜨거운 물을 따랐다. 흰 찻잔에 연한 에머랄드빛이 곱게 번졌다. 급히 첫 잔을 들이키고 연달아 두 잔째를 비우자 몸이 조금 따뜻해지며 긴장이 풀렸다.

사무실 벽시계가 오후 7시를 향해갈 때까지 시마와 정은 이야기를 나누었다. 나누었다기보다 정이 주로 말했고 시마는 들었다. 나직나직하여 사소한 일상이나 안부를 묻는 것 같았다. 손을 뻗으면 닿을 거리에 앉아 정이 시마에게 들려준 얘기는 오랜 세월이 지나 마침내 시마에게 와 닿은 소유의 문자처럼, 아득하며 몽롱했다.

"남편이라는 사람이 휴양림을 찾아온 건 지난해 5월이었습니다."

정은 분명 5월 초라고 했다. 시마가 마지막으로 소유를 찾아간 것이 지난해 5월 중순이었다.

"5월은 휴양림에 사람이 가장 많이 몰리는 때입니다. 연휴가 시작되는 첫날이라 그날을 선명하게 기억합니다. 탐방객들을 안내하던 중에 잣나무숲 쪽에서 웅성거리는 소리가 들리더군요. 간간이 고성이 오가는 것이 아무래도 소란이 난 것 같았습니다. 휴양림에서 음주를 하고 싸우는 분들이 더러 있어 탐방객들에게 양해를 구하고는 잣나무 숲으로 가보았습니다. 그런데 거기에……."
　거기에, 소유가 있었다.
　그리고 소유보다 머리 하나는 큰 남자가 소유 바로 옆에 서서 주먹을 불끈 쥐고 위협하듯 소유를 향해 고함을 지르고 있었다. 흥분한 기색이 역력했다. 여차하면 주먹을 휘두를 태세였다. 아니나 다를까 정이 다가가기도 전에 남자는 곧 흙바닥을 차고 올라 그대로 소유에게 발길질을 날렸다. 발길질은 소유의 어깨와 허리, 다리, 얼굴을 가리지 않고 무차별적으로 쏟아졌다. 남자는 자신이 때리고 있는 것이 콘크리트 벽이 아니라 사람, 그것도 여자라는 것을 잊은 것 같았다.
　그리고 소유는, 저항하거나 막아내지 않고 고스란히 남자의 발길질을 받았다. 자주 휘청거렸지만 쓰러지지 않기 위해 안간힘을 썼다. 주먹질과 발길질이 계속되던 어느 순간 소유의 상반신이 포물선처럼 아래로 굽으며 옆으로 튕겨 나갔다. 그리고 그대로 잣나무 줄기로 밀려가 세게 부딪쳤다.
　고꾸라지는 듯하던 것도 잠시 가까스로 두 손으로 흙바닥을 짚고 일어선 소유는 물끄러미 제 손바닥을 내려다보았다. 흙에 쓸린 손바닥에서 피가 나는 모양이었다. 숙인 고개는 끝내 들지 않았다. 자신이 쓰러질뻔 했다는 것이 몹시 수치스러운 것 같았다.
　정이 보기에는 그러나 차라리 쓰러지는 것이 소유에게도 그리고 무엇보다 남자에게 최선으로 보였다. 비쩍 마른 체구를 한 남자는 정말로 소유에게 고통을 가하고 싶어 그런다기보다 아마 스스로에게도 익숙하지 않은 지금의 폭력을 어서 끝내고 싶어 더 무자비하게 구는 것 같았다. 그러려면 소유가 굴복해야 하는데 소유는 또 소유대로, 쓰러지면 그것이 곧 패배인 듯 필사적으로 몸을 세우려 애썼다. 그러다 어느 순간 옆구리를 세게 걷어 채이고는 바닥에 나뒹굴고 말았다.

소유가 쓰러진 후에도 남자는 계속 발길질을 했다. 소유는 그동안도 신음 한 번 내지 않았다. 그때쯤에는 소유보다 남자가 더 애절해, 멀리서도 그 얼굴이 창백하고 참담했다.

바닥에 쓰러지자 처음에는 두 팔로 머리를 감싸고 벌레처럼 돌돌 몸을 감고 견디던 소유는 잠시 후 작정한 듯 흙바닥에 두 팔과 다리를 늘어뜨렸다. 그냥 맞기로, 맞아 걸레처럼 해지기로 작정한 것 같았다. 소유의 서늘한 오기를 감지했는지 그때부터 남자의 발길질은 시늉만 그럴 뿐 힘은 들어가 있지 않았다. 멀리서 보면 남자는 허공을 상대로 유치한 무술 연습을 하는 것 같았다. 얼마 후, 남자가 흙바닥에 무릎을 꿇었다. 두 손으로 무릎을 짚고 허리를 구부리고 숨을 몰아쉬며, 후들후들 손을 떨며, 다시 고함을 질렀다.

"쓰러진 척하는 거 알아. 일어나!"

"………"

소유가 반응이 없자 남자는 다시 주먹을 쥐고 소유의 옆구리를 걷어찼다. 소유는 나뭇잎처럼 가볍게 들리며 이번에는 잣나무 옆 너럭바위에 가 부딪혔다. 잣나무숲 위쪽에서 내려오던 탐방객 몇이 멈춰서 낮게 비명을 질렀다.

"………"

소유는 이번에도 침묵했다. 고통을 드러내지 않는 것으로, 수치를 견뎌내고 있었다.

정이 보기에 둘은 단지 물리적으로 때리고 맞는다기보다 어떤 알 수 없는 극단을 향해 가기로 마음먹은 것 같았다. 그리고 그 극단은 서로에 대한 증오나 서로를 파괴하려는 극단이 아니라 오직 스스로에 대한 극단이며 스스로에 대한 파괴인 것처럼 보였다. 외관상으로는 남자가 일방적으로 소유를 패는 것으로 보였지만 실은 비명 한번 없이 남자의 발길질과 주먹질을 받아내는 소유가 정의 눈에는 더 무자비했다.

갑자기 남자가 잣나무 줄기에 자신의 머리를 박기 시작했다. 사정없었다.

쿵, 쿵, 쿵.

나무가 흔들리며, 시든 잣나무 이파리가 후드득 떨어져 내렸다. 남자의 머리에서 피가 흘렀다. 피는 관자놀이를 타고 귀와 턱 사이를 지나 목덜미를 따라 선명하게 흘렀다.

잠시 후 남자는 두 손으로 머리를 감싸고 무너지듯 소유 옆에 주저앉았다. 청량한 5월의 바람 한 줄기가 남자의 머리칼을 흩뜨리고 지나갔다. 드러난 이마가 희고 반듯했다.

어느새 주변으로 구경꾼들이 몰려들고 있었다. 구경꾼 중 누군가 이봐, 그만해, 라고 소리를 질렀다. 두 무릎을 곧추세우고 그사이에 얼굴을 박고 있던 남자가 획 고개를 들었다. 핏발 선 흰자위가 희번득했다.

"거 여자한테 너무하네."

누군가 다시 남자를 비난했고 그러자 남자는 이번에는 불끈 주먹을 쥐고 금방이라도 달려들 듯 사람들을 노려보았다. 눈동자가 격렬하게 흔들렸다. 하지만 이내 주먹을 풀고 고개를 떨구었다. 그리고 힘없이 중얼거렸다.

"다른 놈하고 놀아난 여잡니다....

이런 여자를 숲에 두면 안 됩니다.

아이가 아직 어린데, 이러면 안 됩니다.

정말 안 되는 겁니다........"

사람들의 시선이 일제히 소유를 향했다. 남자는 방금 전의 악다구니가 믿어지지 않을 만큼 순해져서,

"이 여자는 다시는 숲에 오면 안 됩니다."

중얼거렸다.

그리고 지금까지와는 다르게 예의 바르고 다정하게 소유 옆에 무릎을 꿇고 조심스럽게 소유의 어깨에 손을 얹었다. 손가락이 여자의 그것처럼 희고 아름다웠다.

"일어나. 일어나봐. 좀 일어나 보라고."

".........."

소유가 번쩍 눈을 떴다. 검불이 엉겨 붙은, 반나마 얼굴을 뒤덮은 검은 머리칼 사이로 두 눈이 번득 빛을 발했다. 후벼파듯 손가락으로 땅을 짚고 몸을 일으키고자 애를 쓰던 소유는 몇 번을 후들거리고야 간신히 상체를 일으켰다.

에그, 저 피 좀 봐.

둘러선 사람들이 수근거렸다.

입술 한 끝이 찢어져 피가 흐르고 있었다. 소유는 무심히 셔츠 소매를 잡아당겨 그 끝으로 입술의 피를 닦았다. 다시 입술에서 주르륵 피가 솟았다. 이번에는 손등으로 아무렇게나 훑고는 잣나무 줄기를 향해 팔을 뻗었다. 그에 의지해 일어나 보려고 했

지만 번번이 주저앉았다. 지켜보던 남자가 손을 내밀었다. 소유는 외면하고는, 어디서 그런 힘이 났는지 이번에는 단번에 일어났다. 갓 태어난 고라니 새끼처럼 두 다리가 불안하게 흔들렸다. 남자가 다시 소유에게 손을 내밀었다. 소유는 그러나 두 눈 가득 적의를 담고, 허공을 향해 마구 팔을 휘둘렀다. 당황하여, 남자가 그만 고개를 돌렸다.

남자가 중얼거렸다.

"그놈을 사랑하는 거냐.

그런 거냐."

"………."

남자가 울었다.

"그놈을 찾아내 죽일 거야."

이번에는 남자는 소리를 내어 울었다.

"죽여 버릴 거야. 죽여 버릴 거야."

흙바닥에 주저앉아 어린애처럼 울던 남자는 얼마 후 손등으로 눈물을 닦으며 허적허적 자리에서 일어났다. 그리고 여전히 흐느끼며, 울창하여 빛 한 줄기 들지 않는 어두운 잣나무 숲으로 걸어 들어갔다. 숲에 들어간 남자의 자취는 한동안은 분간하기 어렵더니 잣나무숲 반대편 끝 낮은 언덕에 이르러서야 굽은 돛대 같은 모습으로 다시 나타나 추락하듯 언덕 너머로 사라졌다.

정이 자신의 찻잔에 뜨거운 물을 부었다.

"그 일이 있고는 휴양림 분위기가 어수선했습니다. 소장이나 동료들 모두 그를 좋아했지만 진위 여부를 떠나 남녀 문제다 보니 말이 많았죠. 게다가 어떻게 소문이 퍼졌는지 휴양림 게시판에 숲해설가 누구의 해설은 안 듣겠다, 누군지 궁금하니 들어보자 등 민망한 글들이 올라오기 시작했습니다. 결국 소장은 그만둘 것을 종용했습니다. 하지만 그는, 다음 해는 지원하지 않을 테니 남은 기간만큼은 근무할 수 있게 해달라고 간청하다시피 했답니다. 결국 탐방객을 직접 상대하는 숲 해설은 안 하고, 사무실 업무와 모니터링만 맡아 하는 조건으로 그해 11월까지 근무하기로 했던 겁니다."

"………!"

그러니까 숲해설가들이 식사도 제때 못 챙길 만큼 바쁘던 지난 5월, 소유 혼자 둠벙 모니터링을 끝내고 한가하게 임도를 걸어 내려온 것은 그런 연유였던 것이다. 꼭 다문 아랫입술의 흉터도 분명 그 일과 관련이 있을 것이다.

그날 임도에서, 소풍에서 돌아오듯 여유를 부리며 타닥타닥 걸어오는 소유와 맞닥뜨렸을 때 실은 시마는 서운한 마음도 있었다. 선거 내내 심란했던 자신과 달리 소유 저것은 헤어지자고 일방적으로 통보를 하고는 여전히 저 좋아하는 일을 하며 잘살고 있구나 싶어 조금은 괘씸하던 것이다.

정이 시마의 빈 찻잔에도 뜨거운 물을 따랐다.

"그런데 정작 그를 힘들게 한 건 게시판에 올라온 글들이 아니라 동료들이었습니다. 그가 식당에 나타나면 일제히 입을 다물거나 그를 피해 자리를 옮기거나 더 심하게는 먹던 밥을 중간에 물리기도 했죠. 오며가며 눈길은커녕 그와 옷이라도 스치면 노골적으로 불쾌해하는 동료도 있었습니다. 자작나무 숲으로 상징되는 휴양림의 깨끗한 이미지를 그가 망쳤다고 생각한 거죠.

소장이 다시 그를 불러 지금이라도 그만두는 게 좋지 않겠냐고 거듭 설득할 정도가 되었는데 11월까지 채우겠다는 말만 반복했다고 합니다. 확고해서 이후로는 더는 꺼내지 않았답니다. 11월이 다가오고 있었으니까요."

".........."

"그해 내내 그는 혼자였습니다. 가장 먼저 출근을 해 혼자 사무실 청소를 하고 혼자 밥을 먹고 혼자 모니터링을 다녔습니다. 말을 붙였지만 그때마다 고맙다, 괜찮다고 하고는 입을 다물었습니다. 어쩌면 그는 그 상태가 더 편했는지도 모르겠습니다."

철벅철벅.......

소유의 검은 장화 안에서 철벅이던 찬 물 소리가 귀에 생생했다.

그날, 억지로라도 소유의 발에서 장화를 벗겨 바닥에 고인 물을 따라내고, 양말도 벗겨 꼭꼭 짠 다음, 그것을 또 시마의 마른 옷에 문질러 그나마 남은 물기를 없애 다시 그 발에 신겨 주어야 했다. 그러느라 시마는 바닥에 무릎을 꿇고, 소유 저는 한 다리로 중심을 잡느라 시마의 한쪽 어깨에 손을 짚다 보면 소유의 손바닥에서부터 오는 온기와 시마의 어깨의 온기가 합쳐져 어쩌면 소유는 제 마음 한 귀퉁이를 열어 보였을지도 모른다는 생각을 시마는 부질없이 해보는 것이다.

분침이 정각을 지나 숫자 10을 가리키자 시마는 자리에서 일어났다. 그리고 예의 바르게 책상 아래로 의자를 밀어 넣고 다정함 또는 비통함이 담긴 눈으로 정을 바라보았다.

"고마웠습니다."

".........."

시마가 정에게 손을 내밀었다. 정이 시마의 손을 잡았다. 건조하고, 따뜻했다.

관리사무소를 나오자 시마는 그길로 차를 몰아 제이령 정상을 향했다.

제이령은 나라의 동과 서를 가르는 산맥을 넘는 세 개의 령 중 하나다. 제이령 너머는 바다인데 해마다 여름이면 령 서쪽의 사람들은 긴 자동차 행렬을 이루어 령을 넘어 동쪽의 바다와 산을 찾았다. 나라의 바다들 중 가장 푸르고 깊고, 나라의 산들 중 가장 수려하고 험했다. 그러던 것이 다른 두 개의 령에 터널이 뚫리고부터 제이령은 인적이며 차량이 부쩍 줄어, 몇 년 전부터는 정상은 사람이 살지 않는 곳이 되었다.

해발 1,000미터 제이령 정상은 봄인데도 바람 한끝이 아직 싸늘했다. 휴게소는 폐업한 지 오래고 가게 밖 화분과 평상, 의자들은 색이 바래거나 더러 깨져있었다. 먼지를 뒤집어쓴 커피 자판기는 한가운데가 크게 부서져 있었다.

시마는 정상을 알리는 표지석 앞에 섰다. 발아래 분지가 한눈에 들어왔다. 사방에서 완만하게 뻗어 내려온 겹겹의 능선에 둘러싸여 분지는 아늑해 보였다. 소유가 사는 곳이다.

시마가 서 있는 정상으로부터 가장 먼 능선 위 허공에 청회색 기운이 불쑥 솟아있었다. 바다가 둥둥 떠오른 것처럼 보였다. 그것이 구름인지 바다인지 가늠하기 위해 시마는 눈을 가늘게 뜨고 표지석 아래 낭떠러지 쪽으로 한껏 몸을 내밀었다. 하지만 그렇게 해도 분간이 가지 않기는 마찬가지였다.

분지의 저녁 불빛은 잠깐 사이, 밤바다에 뜬 집어등처럼 선명해졌다. 시마는 표지석에 등을 기댔다. 돌의 찬 기운이 등줄기에 닿자 몸서리가 쳐졌다. 한달음에 차를 몰아 정상까지 오긴 했지만 뭘 어찌하겠다는 건지, 또는 어찌할 수 있다는 건지 시마 스스로도 판단이 서지 않았다.

당장 저 굽이 길을 내려가 밤새 분지에 난 길이란 길을 다 훑는다 해도 소유를 찾을 방법은 없다. 주소도 모르거니와 설령 안다 해도 소유는 지금 집에 없다. 경찰의 말을 빌리면, 가출 중인 것이다.

표지석의 냉기가 등뼈를 타고 손끝, 발끝으로 퍼져 나중에는 몸 전체가 무감각해질 때쯤 퍼뜩 저 위 스키장 마을이 떠올랐다. 일단 어린 것을 둔 어미로서 어린 것에게서 가급적 가까운 곳을 소유는 선택했을 거라는 생각이 들었다. 자식 둔 이의 본능 아니던가. 게다가 자주 나물을 뜯으러 왔으니 그 마을 지리에 훤할 것이 고, 사람이 살지 않으니 빈집도 많을 것이다. 가능성이 있어 보였다. 시마는 다시 차에 올라 망설임 없이 령 위 스키장을 향했다.

방금 전 령 정상에서는 달빛이 없이도 능선과 하늘이 구분이 되었는데 오르막길을 오르는 동안 캄캄해지더니 임도가 끝나 마을이 시작되는 초입에 이르자 절벽 같은 거대한 어둠뿐이었다. 이후로는 마을 길을 따라가는 것이 아니라 기약 없는 깜깜한 동굴 속으로 기어들어 가는 것 같았다. 기어들어 온 동굴의 뒤편은 또 흔적이라곤 없어 이대로 앞으로 나아가기만 할 뿐 다시 돌아나갈 방도는 없는 것처럼 보였다.

잠시 후 자동차 전조등 불빛에 스키용품 가게들이 보였다. 그제야 안심이 되었다. 여기서부터 마을이 시작되는 것이다. 하지만 막상 가게를 지나면서는 겁이 났다. 전조등 불빛에 드러난 진열창 안쪽의 빈 공간은 지난번 소유와 왔을 때와는 비교가 되지 않게 거대해 보였다. 그리고 천장에까지 닿은 커다란 스키들의 그림자가 자동차 불빛을 따라 빈 가게 안을 일렁거려, 무슨 살아있는 생물인 듯이 생각되었다. 그러나 무엇보다 두려운 것은 텅 빈 공간 뒤편에 난, 살림집으로 통하는 작고 비틀린 문이 있는데 두어 뼘쯤 열린 문 뒤는 헤아릴 길 없는 어둠이었다. 그 어둠이 그길로 시마를 낚아채, 다시는 돌아올 수 없는 시공간으로 시마를 데려가고야 말 것 같았다.

서둘러 가게들을 지나자 폐가들이 이어졌다. 열린 대문 안쪽으로 마당을 가득 메운 개망초 그림자들이 불빛을 따라 불길하게 흔들리며 움직였다. 그 너머 마루라고 짐작되는 곳의 어둠 역시 방금 전 낡은 문 한 짝 뒤의 어둠처럼 까마득했다. 다만 마루 앞의 디딤돌이 더없이 단아하고 고요해 어둠이 좀 더 기묘하게 느껴졌다.

시마는 더듬듯 천천히 마을 길을 달렸다. 기억으로는 둘로 분기하는, 왼편으로 굽은 길 끝에 리조트가 있었다. 마을에 들어서기 전부터 리조트를 염두에 두었다. 재작년 가을 리조트 뒤편에서 점심을 먹으며 소유는, 자물쇠가 망가진 방 하나를 리조트에서 보아두었는데 먼지투성이이긴 하지만 이불이며 식기며 반듯하다고, 저 혼자 알며 가끔 들어가기도 한다고 했다. 제이령을 향할 때부터 실은 그 말을 염두에 두었다.

하향등에 비친 마을 길은 그런데 내도록 불빛이 닿는 곳만 선명하고 불빛 밖은 사정없이 캄캄하여 도무지 리조트는 어디쯤인지, 제대로 가고 있는지 가늠이 되지 않았다. 이대로 가다가는 낭떠러지로도 이어질 것 같았다. 시마는 그만 하향등을 껐다. 이어서는 시동을 끄고, 등받이에 몸을 기댔다. 셔츠 깃이 땀에 젖어 축축했다.

자동차 소음이 사라지자 그제야 흐릿한 시멘트 길의 흔적이 조금씩 눈에 들어왔다. 어둠 속에 가로등 불빛이 몇 개 보였다. 하지만 오래된 수은등인 데다가 드문드문해서, 가로등이라기보다는 그저 허공에 뜬 둥그렇고 희미한 스티로폼 부표 덩어리 같았다. 마을의 윤곽을 밝히는 데는 아무 도움이 되지 않았다. 멀리 왼편으로 그나마 리조트인 듯 아닌 듯 검은 건물 덩어리의 형상이 간신히 눈에 들어왔다. 주변의 어둠보다 더 어두운 그 덩어리를 분간해내자 시마는 미련 없이, 소유는 이 마을에 없다고 결론을 내렸다.

리조트에 전기나 물이 공급될 리는 없다. 시마도 이 어둠이 이렇듯 두려울진대 소유 또한 저 혼자 이 무자비한 리조트에서 밤을 보낼 리는 없는 것이다.

시마는 그길로 차를 돌려 마을을 빠져나왔다.

다시 령 정상에 닿자 저 아래 분지도 그 새 어두워져 어디가 산이고 어디가 마을인지 분간이 가지 않았다. 점점이 펼쳐진 전등 불빛은 오히려 시마가 선 곳으로부터 마을을 멀리 달아나 보이게 했다.

늦은 밤 소유를 바래다줄 적이면 그랬던 것처럼 시마는 습관적으로 령 아래 삼거리를 향했다. 여러 개의 굽이를 돌고 좌우로 몸이 쏠리기를 한참 반복하고야 령이 끝났다. 눈앞에 낯익은 삼거리가 나타났다. 여기서부터는 도로 양쪽으로 가로등이 환했다. 삼거리 일대는 방금 달려온 령 너머와는 달리 안개가 스멀스멀 차오르고 있었다. 삼거리 허공의 붉은 신호등도 안개에 싸여 희미했다. 시마는 정지선에 멈췄다.

".........."

그러고 보니 지금까지 소유를 바래다주면서 정지선을 넘은 적이 없었다. 시마는 더 바래다주마고 했으나 소유가 늘 단호하게 고개를 저었다.

시마는 청결한 아스팔트 바닥에 누워있는 고요한 흰 선을 응시했다. 흰 선도 말없이 시마를 응시하는 것 같았다.

넘을 것인가.

넘어서 어쩌자는 것인가.

주소를 안다 한들 소유가 없는 소유의 빈집을 찾아 부전나비 검은 눈을 닮은 어린 것이나 한없이 바라볼 것인가. 또는 남편이라는 자에게 실컷 얻어터질 것인가. 차라리 실컷 얻어터졌으면 했다. 소유가 맞은 것의 수천 배 아니 수만 배를 맞아 입술이 찢어지고 머리통이 찢어지고 다리가 부러지면 그제야 조금은 소유에게 빚을 갚는 마음이 될 것 같았다.

하지만, 시마가 30년간 몸담았던 회사의 매뉴얼은 시마에게 정지선을 넘지 말라고, 그만 돌아가라고 말하고 있었다. 더 이상 얽혀들고 싶지 않은 마음, 더 이상 복잡해지고 싶지 않은 마음, 곧 갖게 될 사업체를 잘 꾸려보고 싶은 마음이 맹렬히 소용돌이쳤다. 지금 차를 돌리면 시마의 삶은 다시 매뉴얼의 세계로 돌아갈 것이다. 그러면 앞으로의 시간은 적어도 특별한 리스크는 없이 보내게 될 것이다. 유일한 리스크라면 병이 재발하는 것인데 매뉴얼이 삶과 죽음의 문제까지 해결할 수는 없지 않은가.

시마는 운전대를 잡은 손에 힘을 주었다. 허공에 걸린 신호등은 좀 전의 적색에서 녹색으로, 지금은 주황색으로 바뀌고 있었다. 차도는 좀 더 안개가 들어차, 양쪽에 길게 늘어선 가로등마저 뿌예지며 길의 흔적이 희미해지고 있었다. 그간의 기억도, 시간도 덩달아 안개에 묻히며 사라져가는 것 같았다. 숨이 막혀 시마는 셔츠 단추를 풀었다. 답답했다. 목덜미에 끈적하게 진땀이 돋았다. 차 문을 열고 밖으로 나가 두 팔로 마구 활개를 쳐 눈앞의 안개를 흩뜨리고만 싶었다.

다시 먹빛 드레스가, 바람을 안은 돛처럼 둥글게 말리며 시마의 머릿속으로 들어왔다. 검은 치맛자락을 타고 어떤 신성함, 거룩함도 함께 밀려들어 왔다. 그 거룩함이 주는 기쁨은 그런데 몹시 강렬해, 시마는 자신이 마치 신의 성전으로 걸어 들어가 그길로 신의 망토에 살포시 안긴 것 같은 기분이 되었다. 처음 소유를 만나던 날, 그러니까 공항에 내리자마자 휴양림을 방문해 소유와 함께 수리바위에 서서 맞은편 암벽을 바라보던 그 저녁, 투명한 붉은 빛으로 가득 찬 장엄한 대기가 신의 망토에서 흩날리는 빛이라고 믿던 순간의 감격이 되살아났다.

"………"

먹빛 드레스 여자는 어느결에 소유, 와 동의어가 되어 있었다. 시마는 미련 없이 액셀을 밟았다.

13

 소도시 초입은 삼거리와는 비교도 되지 않을 만큼 안개가 짙었다. 하향등 불빛에 드러난 허공은 마치 흰 망토를 뒤집어 쓴 유령들이 입에서 연신 김을 뿜으며 어지럽게 날아다니는 난장판처럼 보였다. 눈길 닿는 곳은 다 안개였다. 안개는 살아있는 동물처럼 이리저리 모양을 바꿔가며 격렬히 움직였다. 어떨 때는 회오리로, 어떨 때는 망망히 우주를 가로지르는 성단의 무리로, 또 어떨 때는 갓 우주에서 태어난 거인의 형상을 하고 시마의 눈앞에 나타났다. 빠른 속도로 이동하는 안개무리 뒤로 또 다른 안개 군단이 밀려오고 밀려갔다.

 상향등을 켜자 차체가 무자비한 상승기류를 타고 허공으로 들리며 거대한 적란운 속으로 휘말려 들어가는 듯이 생각되었다. 곧 차와 함께 적란운의 상층부에 닿아 무수한 얼음덩어리들에 부딪혀서는 차체는 물론이고 시마의 몸까지 구멍이 뚫려, 그 구멍으로 또 안개가 지나다닐 것만 같았다. 가끔 안개 너머에서 불빛이 일었는데 아마도 반대편에서부터 오는 차의 상향등이겠지만 시마의 눈에는 꼭 적란운에서 이는 번개처럼 보였다. 차츰 방향 감각이 사라지더니 어디가 차도이고 어디가 인도인지, 지나온 길은 어디이며 앞으로 나아갈 길은 어디인지 분간이 가지 않게 되었다. 식은땀이 나고 어지러웠다.

다른 차라도 나타나 주면 좋으련만 좀 전의 번개 같던 불빛 이후는 거리는 조용했다. 차량은 물론이고 인적조차 없었다. 아무래도 이 동네 사람들은 이 계절의 안개를 미리 알아 처음부터 차를 가지고 나오지 않았거나 또는 서둘러 귀가했던가 보았다. 그렇지 않고야 이 시간에 이렇듯 차량이며 인적이 드물 수는 없었다. 답답해 시마는 창문을 열었다. 그러자 안개가 보 터지듯 밀려들어와 짐승의 혀처럼 축축하게 시마의 얼굴을 핥았다.

잠시 후 보도와 차도의 경계석이라고 생각되는 곳에 시마의 차바퀴 휠이 닿았다. 쇳덩이 긁히는 소리가 났다. 시마는 급히 액셀을 밟아 보도에 오른쪽 앞바퀴와 뒷바퀴를 올렸다. 그리고 비상등을 누르고, 레버는 주차에 둔 채 등받이에 머리를 기댔다. 옷깃이 풀썩거리며 안에서 더운 땀 냄새가 피어올랐다.

시마가 차를 댄 보도 안쪽으로, 다리 한쪽이 부러지다시피 한 낡은 세움 간판이 서 있었다. 이용요금 안내, 라는 낡고 붉은 글자 아래 산탄총이니 공기소총이니 실탄 10발이니 하는 좀 더 작은 글자들이 보였다. 세움 간판 뒤는 망망한 안개밭이었다. 진작 폐업을 했을 것이지만 시마는 안개에 묻혀 보이지 않는, 표적지를 싣고 가는 두 가닥의 레일을 훑고자 한껏 미간을 찌푸렸다. 하지만 레일은 찾지 못하고 다만 표적지를 싣고 가는 얇고 가여운 철사 우는 소리를 안개 속에서 듣는 것도 같았다. 소실점을 향해가듯 시마의 시선이 막연해질 때쯤 먼 허공에서 은영아, 하는 짧고 선명한 소리가 들렸다. 소리는 젊은 청년들의 목소리를 타고 시마 쪽으로 건너오고 있었다.

은영이는 처음에는 실없는 웃음과 함께 건너왔다. 그러다 어느 순간 가파르게 높아지며 선회하듯 안개 속을 떠돌더니 갑자기 뚝 끊겼다. 소리가 끊어지자 사방은 더욱 적막했다. 시마처럼, 이 시간에 안개 속을 헤매고 다니는 이 동네 젊은 아이들의 사랑 놀음일 것이다.

내비게이션 화면 왼쪽 가장자리에 언뜻 푸른빛이 나타났을 때 시마는 그것이 강인 줄로 알았다. 방금 전까지 허공을 떠돌던 무수한 은영이들이 거기 강변 모래밭에 새처럼 가뿐히 내려앉아 있을 것 같았다. 그러다 문득 그 푸른빛이 강이 아니라 바다라는 것에 생각이 미치게 된 것은 소유가 사는 이곳이 바다를 따라 형성된 관광지라는 사실을 떠올리고였다. 그렇다면 지금의 안개는 그간 시마가 자주 보아온 내륙의 안개가 아니라 바다 안개 즉 해무인 것이다. 화면상으로 바다는 시마로부터 멀지 않은 곳에 있었다.

"바닷가 끄트머리 요양원에 계세요. 이번이 마지막이면 좋겠어요. 더는 어머니를 받아주는 요양원이 없어요."

소유는 분명 그렇게 말했다.

"………!"

시마는 갑자기 희망이 생기는 것 같았다.

시마가 알기로 소유의 어머니는 천애 고아나 다름없다. 무남독녀에다가, 조금 전 숲해설가 정의 말에 따르면 소유의 아버지는 올 1월에 돌아가셨다고 했다. 소유까지 가출한 마당에 남편 되는 자가 장모를 돌볼 리는 없으니 어미를 돌볼 사람은 이제 소유 말고는 없게 되는 것이다. 다달이 요양원에 돈만 보내는 방법도 있겠으나 시마가 아는 소유는 돌볼 사람 없는 어머니를 혼자 요양원에 버려둘 여자는 못 되었다. 어머니뿐일까. 자꾸 돌아보게 되는 맑고 검은 눈을 가진 어린 것은 어쩌고.

소유는 분명 이 소도시 언저리를 벗어나지 않았을 것이다.

시마는 휴대폰으로 급히 소도시의 요양원을 검색했다. 몇 개가 떴지만 주소만으로는 위치를 알 수 없어 다시 바닷가, 라는 수식어를 붙이자 요양원과는 상관없는 검색어들이 잔뜩 떴다. 엄지로 휴대폰 액정화면을 쓰다듬으며 시마는 전조등 너머 안개를 바라보았다.

바다는 시마의 왼편에 있다. 대부분의 관광 도시들이 그렇듯이 바다를 따라 해안도로가 나 있을 것이다. 어느 바다가 되었건 해안도로를 따라 난 마을이라면 그 끝에 요양원이 있을 것이다.

물론 바닷가 요양원을 찾는다고 해서 그곳이 꼭 소유의 어머니가 있는 요양원일 리는 없으며 또 소유의 어머니가 있는 요양원이라고 해서 거기서 꼭 소유를 만나리라는 보장은 없다. 게다가 시마가 알기로 이 시간에 가족이나 친척의 방문을 허락하는 요양원은 없다. 그러므로 설사 방금 전까지 소유가 요양원 제 어미 곁에 머물다 갔다 하더라도 이 밤에 소유를 만날 일은 없는 것이다. 하지만 일단 요양원의 존재를 확인하는 것만으로도 시마는 안심이 될 것 같았다. 가능하다면 요양원 담당자들에게 소유의 방문 여부를 확인할 수도 있으리. 방문일지에서, 아직도 온기가 남은 소유의 필적을 보게 될 수도 있으리라. 소유의 낯익은 필적을 떠올리자 갑자기 심장이 빠르게 뛰었다. 그 겨울 새벽, 제이령 별장에서 시마가 올 것을 굳게 믿으며 황탯국을 끓이던 것처럼 이번에도 소유는 시마가 올 것을 믿으며 요양원 근처 해변을 서성이고 있을 것 같았다. 어쩌면 집을 나오고부터 내도록 요양원 근처 바닷가를 서성였을지도 모른다. 시마의 머릿속으로 다시 먹빛 드레스 자락이 해일처럼 밀려들었다.

시마는 비상등은 그대로 둔 채 차의 시동을 껐다. 막막한 안개가 이제는 두렵지 않았다. 오히려 청년의 음성을 통해 건너온 이름이 아직도 안개 속을 떠다니며 시마를 마침내 소유가 있는 곳으로 안내해줄 것 같았다. 희망에 들떠 시마는 힘껏 차 문을 열고 밖으로 나왔다. 안개는, 죽 내어 뻗은 손이 다 희미할 만큼 짙었다. 얼굴과 옷깃이 더욱 축축해졌다. 시마는 눈 먼 자처럼 손바닥으로 허공을 더듬으며 2차선 차도를 건넜다.

맞은편 보도에는 대부분 단층짜리, 간간이 2층짜리 낡은 건물과 상점이 자리하고 있었다. 상점들은 대부분 불이 꺼졌고 출입문은 굳게 닫혔으며 오래된 붉은 벽돌 건물에는 철근과 알루미늄 섀시들이 길게 기대져 있었다. 시마는 보도 사이로 난 작은 골목에 들어섰다. 폭은 두 사람이 어깨를 나란히 하고 걸으면 가득 찰 만큼이 되었다. 건물 뒤로는 나지막한 단층 주택이 이어지고 집집마다에는 작은 마당이 곁들여져 있었다. 드문드문 켜진 가로등 불빛이 희미해, 어둠을 밝힌다기보다 불빛이 오히려 안개에 먹혀들어 가고 있는 것으로 보였다.

거리의 상점들처럼 집들도 대부분 불이 꺼져있었다. 안개가 이렇게 짙은 날은 동네 사람들도 일찍 잠자리에 드는 건지 아니면 대문 안쪽이 마당이고 방들은 그 마당 안쪽에 깊숙이 자리해 밖으로 불빛이 새어 나오지 않는 건지는 알 수가 없었다. 시마는 골목을 향해 난, 불 꺼진 창들을 차례차례 올려보았다. 가끔 불이 켜져 있기는 했지만 대부분 불투명한 간유리에, 그 흔한 꽃무늬 커튼 한 장 늘어져 있지 않아 유리 안쪽은 시마가 서 있는 바깥보다 더 삭막하고 차가워 보였다. 사람이 사는 마을이라기보다 나라에서 특별한 용도로 조성한, 그러니까 예비군 훈련을 위한 적들의 마을이라든가 어느 한 철 양미리나 도루묵을 잡기 위해 몰려든 사람들을 위한 임시 거주지인 것같이 생각되었다.

골목은 어느 만큼 가면 끝나며 큰길로 이어지는 것이 아니라 다시 굽어지며 여러 개의 골목으로 나뉘었다. 지금껏 걸어 온 것과는 다른 방향 또는 반대 방향으로도 이어져 여러 번 골목을 드나들자 어느결에 시마는 방향을 잃고 말았다. 시마 나름으로는 바다 쪽이라고 생각되는 곳을 향해 나아가고 있었지만 어느 순간부터는 바다가 있다고 가늠했던 쪽이 어디인지도 알 수 없게 되었다. 휴대폰의 위치정보서비스는 차에서 내리고부터 먹통이었다.

바다의 반대편으로 가고 있는 것도 같았고 바다와 나란히 가고 있는 것도 같았다. 어떤 순간에는 안개에 실려 오는 희미한 바다 냄새를 맡은 것도 같았다. 시마의 머리칼은 그새 땀에 젖어 이마에 찰싹 달라붙었고 벌어진 옷깃에서는 끊임없이 텁텁한 온기와 습기가 뿜어져 나왔다. 차에서 내려 여기까지 걸어오는 동안 도란도란 밥상에 둘러앉아 밥을 먹는 소리, 젓가락 부딪는 소리, 텔레비전 소리, 기침 소리, 어린것 우는 소리 같은 것은 한 번도 듣지 못했다. 개 짖는 소리조차 들려 오지 않았다. 문득 울컥해지며, 동네의 대문이란 대문은 모두 두드리고 싶은 마음이 되었다. 두 주먹으로 있는 힘껏 대문을 두드리고 그도 안 되면 발로 걷어차서라도 저 어두운 집, 잠자리에 이미 들었거나 혹은 잠든 척하는 사람들을 깨워 거기 소유가 있는가, 그 안에 소유를 감춰두고 있는가, 일부러 시마만 빼고 저희끼리 작당하여 소유를 숨겨주고 있는가, 이렇게 안개주의보가 내린 날을 골라 비열하게 시마를 골탕 먹이는가 고래고래 소리 지르고 싶어졌다.

눈앞에서 다시 골목이 두 개로 갈라졌다. 시마는 망설이다 오른쪽 골목으로 들어섰다. 그리고 놀라, 그 자리에 멈췄다.

"………"

한 사람 겨우 지나갈 만큼 좁은 골목 끝에서 검푸른 것이, 웬만한 능선만큼 한 높이로 떠올라 당장이라도 골목을 덮칠 기세를 하고 넘실대고 있었다. 골목 끝에 바다가 있는 것이 아니라 바다 한끝에 아슬아슬하게 골목이 서 있는 것 같았다.

안개는 거기서는 거짓말처럼 걷혀, 검푸른 바다가 달빛처럼 선명했다. 지금까지 안개 속을 걸어왔다는 게 믿기지 않아 시마는 지나온 길을 돌아보았다. 안개는 큰길에서부터 내내 미행했던가 싶게 시마 바로 뒤까지 따라와 있었다.

시마는 마저 골목을 빠져나왔다. 넓고 깨끗한 모래밭 뒤로 바다가 파노라마처럼 길게 펼쳐졌다. 광대하여, 바람이 이는 것 같았다. 수면은 무수한 단검이 떠가듯 번득였다.

활처럼 둥글게 휜 기다란 해안선의 오른편은 나지막한 산이고 그 너머로 드문드문 아파트 불빛이 보였는데 그쪽의 해무는 짙은 반면 시마가 마주한 바다는 달과 별이 총총해 꼭 청량한 가을밤 같았다. 해변의 모래는 특히 담수로 여러 번 씻어 소금기를 없애고 다시 펼쳐놓은 것처럼 희고 창백했다. 달빛과 검푸른 바다 때문에 모래의 흰 빛은 더 두드러졌다. 파도는 무슨 두족류의 촉수나 되는 것처럼 슬금슬금 시마의 발 앞으로 밀려와 얇게 퍼지며 물러나기를 반복했다.

바다 왼쪽은 철조망이었다. 그러나 그 부근에도 요양원이라고 생각되는 건물은 보이지 않았다. 시마는 두 팔을 늘어뜨리고 등은 구부정하게, 아래턱은 무력하게 벌어져 순식간에 늙어버린 모습을 하고서 눈앞의 바다를 응시했다.

물결을 엮어 만든 푸른 써레가 끊임없이 바다를 갈아엎어 파도를 만들었다가 다시 뒤섞고 흔들고 파헤쳐 기왕의 파도를 지우고 있었다. 바다는 저쪽 끝으로 밀려가 벽에 부딪혀서는 그 반동으로 다시 밀려와 이쪽 벽에 부딪히고 또 반동으로 저쪽 벽으로 밀려가는 듯이 보였다. 마치 어떤 거대한 대야에 담겨, 출렁이는 일만 반복하며 지금의 검푸르고 번득이는 것이 된 것 같았다.

어디였던가.

어디서 보았던가, 저 맹목을.

바다의 맹목이 시마는 낯설지가 않았다.

"남편 되는 사람이 다시 휴양림을 찾은 건 올 2월 초였습니다. 이번에는 경찰과 함께였죠."

"........?"

정은 그렇게 말했다.

"그가 목숨을 끊었다고 믿고 있더군요. 이곳 휴양림에서 말입니다. 그것도 아버지를 죽이고 스스로 죽음을 선택했다는 식으로 말입니다."

눈앞의 정이 소유의 남편이라도 되는 듯 시마는 몹시 분개한 얼굴을 하고 정을 노려보았다.

"미쳤군.

완전히 미쳤군.

유서라도 있답디까?"

시마가 다그치듯 묻자 정은 고개를 저었다.

"유서도 없는데 왜 그자는, 아니 남편이라는 자는 그가 죽었다고 우기는 겁니까."

"그의 아버지가 돌아가셨습니다."

"………?"

"11월 말로 휴양림 근무가 만료되고는 그를 보지 못했습니다. 말도 없이 전화번호를 바꿔 그의 아버지가 돌아가신 것도 그가 가출한 것도 몰랐습니다. 아버지는 올 1월 돌아가셨답니다. 음독자살이라고 들었습니다."

"……….."

소유의 아버지는 죽은 지 사흘이 지나 발견되었다. 자신의 밭 컨테이너에서였다. 위장에서 독극물이 검출되었다. 농부들이 흔히 쓰는 농약이나 제초제가 아니라 투구꽃과 진범, 할미꽃과 천남성 등 맹독성 독초를 달여 만든 것이었다. 자식 중 유일하게 소유만 아버지 장례식에 오지 않았고 또 독초가 독극물로 쓰였다는 것을 알게 되자 소유의 직업과 관련지어 본처 자식들이 타살 가능성 운운했다는 것이다.

정이 힐긋 시마를 보았다. 소유가 본처의 자식이 아니라는 것을 아는가, 알만한 사이인가, 이렇게 입 밖으로 내어도 되는가 문득 조심스러워진 것 같았다. 시마는 가볍게 고개를 끄덕이는 것으로 정의 염려를 달랬다.

"본처 자식들 말로는 평소에도 그는 자주 아버지한테 전화를 걸어 섭섭한 마음을 털어놓곤 했다는군요. 대질이라도 할 수 있으면 수월했을 텐데, 그가 가출해 행방을 알 수 없게 된 것이 지난 12월이고 그의 아버지가 죽은 채 발견된 것이 올 1월이니 본처 자식들로서는 그런 추측을 할 수도 있었겠죠."

"아비 되는 사람의 유서는 없답디까?"

정의 눈빛이 명료해졌다.

"살수록 추하다."

"........?"

소유 아버지의 컨테이너에서는 그렇게 적힌 종이 한 장이 발견되었다. 유서라고 보기엔 무리가 있어 경찰도 수사에 들어가게 되었고 남편 되는 자는 이것을 근거로, 딸이 아버지로 하여금 그렇게 쓰도록 강요 또는 유도하고 스스로도 죽음을 택한 것이라고 우기는 중이었다.

"하지만 그의 아버지 밭에서, 위에서 검출된 것과 똑같은 독초들이 발견돼 결국 그는 혐의없음으로 처리되었습니다. 그의 가출과 아버지의 죽음은 별개의 건으로 일단락된 거죠. 남편 되는 사람만이 끝까지 부인하며 자신의 아내가 분명,"

"분명?"

"다른 곳도 아닌 여기 휴양림에서 목숨을 끊었다고 확신하고 있는 겁니다. 불륜한 주검이지만 자신은 그의 남편이기 때문에 또 한 아이의 엄마이기 때문에 시신을 꼭 찾아야 한다면서 말입니다."

"……….."

시마는 갑자기 숨이 막혀오는 것 같았다.

"경찰 입회하에 휴양림 일대를 샅샅이 뒤졌습니다. 수목 동정은 늘 같이 다녀 그가 특별히 좋아하는 곳이나 위험한 지형은 손바닥 들여다보듯 훤하니까요."

정이 그렇게 말했을 때 시마는 잠깐, 소유와의 사랑의 보금자리였던 계곡 너머 귀룽나무 아래도 정이 살폈는지 궁금해졌다.

"1월, 2월은 아직 잎 돋기 전이라 숲 안쪽이 잘 보입니다. 혹시라도 산속에 포유동물 정도 되는 주검이 있다면 그리고 그것이 매장되지 않은 상태라면 그 부근은 까마귀들이 높게 납니다. 대부분 정확하죠."

"……….."

"한 달 내내 뒤졌습니다. 더는 뒤질 곳이 없을 때까지 말입니다."

"……….."

갑자기 분노가 치솟으며 시마의 손발이, 이어 이빨이 덜덜 떨려왔다. 외치듯 시마가 말했다.

"백번 양보해서 남편 되는 자의 말이 맞다고 칩시다. 여기 휴양림에서 목숨을 끊었다고 칩시다. 대체 무슨 이유로 딸이 아버지를 죽였다는 겁니까. 단지 평소의 섭섭한 마음 때문에 그랬다고 우기는 겁니까, 그자는?"

"………"

정이 힐긋 시마를 보았다. 이번에는 고요하며 차가웠다. 이러한 사달의 시작에 시마가 있는 것은 아닌지 묻고 있는 것 같았다. 시마는 움찔했다. 잠시 후 정이 말했다.

"제가 알리 있겠습니까, 선생도 모르는 것을."

"………"

시마는 그만 창밖으로 얼굴을 돌리고 말았다. 소유와 내연인 것을 들켜버린 것만 같았다.

정은 힐긋 벽시계를 보고 나서 한 손으로 조심스럽게 빈 찻잔의 손잡이를 잡았다. 그리고 다른 손 검지로 천천히 잔 가장자리를 어루만졌다.

"어쩌다 이렇게 그의 허락도 없이 그의 얘기를 늘어놓게 되었습니다. 이것이 옳지 않은 줄 백 번 압니다만 그럼에도 선생에게 구차하게 전하는 것은,"

"………"

"선생이 절박한 것처럼,"

정이 잠깐 말을 멈추었다.

"나도 한 번은 그를 꼭 만나야 하기 때문입니다. 만나서 해줄 말이 있기 때문입니다."

그도 정말 소유를 사랑했는가 싶게 문득 정은 침울해 보였다.

"올 1월 초 그가 휴양림에 지원서를 냈을 때,"

시마가 급히 말을 가로챘다.

"올해도 지원서를 냈습니까?"

정이 고개를 끄덕였다.

"지난해까지만 하기로 소장과 약속했다고 하지 않았습니까?"

"그랬죠. 처음엔 그랬죠."

"………"

"아시는지 모르겠습니다만 우리는 1년 단위로 계약을 합니다. 보통은 전년도 근무기간 중에 별문제가 없으면 형식상으로 지원 서류와 면접을 거치고 다시 일하는 식이죠.

그는 여기 처음 휴양림이 생길 때부터 일해 왔습니다. 최다 근속년수에 베테랑 숲해설가인 셈입니다. 그런 일만 없었다면 그가 그만둔다고 하면 사무소에서 나서 그의 바짓가랑이라도 잡았을 겁니다.

아무튼 그가 지원서를 내자 소장은 몹시 난감해했습니다. 억지로라도 부적격 사유를 만들어 탈락시켜야 하나 어쩌나 고민하던 중에 면접일이 되었고 면접 당일, 그는 정말 면접장에 나타났습니다. 몇 가지 형식적인 인터뷰 뒤에 시연하게 되었습니다. 그런데 막상 시연이 시작되자 그는 허둥대기 시작했습니다. 자주 다음 말을 잊고 멍하니 허공을 쳐다보았습니다. 평소의 그라면 상상조차 할 수 없는 일입니다. 지켜보던 소장이 다 애처로운 마음이 들었다는군요. 결국 그는 스스로 도중에 그만두고 말았습니다."

"………"

"시연 시간을 채우지 못하면 탈락입니다. 최종 합격자 명단이 공지되고 나서 며칠 후 그는 집을 나갔습니다."

"⋯⋯⋯⋯."

"그가 왜 굳이 여기 휴양림을 고집했는지 아직도 이해가 가지 않습니다. 그가 사는 곳에도 이곳 못지않은, 아니 이보다 경관도 뛰어나고 시설도 훌륭한 휴양림이 많으니까요."

"⋯⋯⋯⋯."

"지난해 휴양림 근무가 만료될 때까지만 해도 그는 겉으로는 담담해 보였습니다. 잘 정리해나가고 있다고 믿었고 그래서 의례적인 위로 따위는 일부러 삼갔습니다. 그가 그 정도로 심신이 미약한 상태라는 걸 알았다면 부족하나마 소장을 설득해 그가 좀 더 이곳에 머물도록 애를 썼을 겁니다.⋯⋯⋯그 해 내내 그는 자신이 버려졌다고 생각했을 겁니다."

"⋯⋯⋯⋯."

"미안하다는 말을 그에게 하고 싶습니다."

시마가 소유를 사랑하는 것과는 결이 또 다른, 맑은 애정과 염려가 그의 얼굴에서 풍겨 나왔다. 흔들리던 정이 다시 평온해졌다.

"하지만 그의 행방에 대해서 크게 걱정은 안 합니다. 그 친구와는 여기 휴양림이 생기고부터 같이 일해 왔습니다. 그를 좀 압니다. 만에 하나 바깥양반 말이 맞는다 해도 그가 어떤 행동을 했을 때는 분명 그럴 만한 이유가 있어서 그랬을 겁니다. 그러니까 그럴 만한 중차대한,"

그러면서 또 힐긋 시마를 보았는데 그 눈은 시마가 소유에게 있어 통째 삶을 걸 만한 존재인가 아닌가 가늠하는 것도 같고, 그럴 만한 존재가 아니라고 단정 짓는 것도 같았다.

"그런 이유 말입니다."

"……….."

눈앞의 바다는 착착착 금속 박차 흔들리는 소리를 내며, 물결은 또 공기부양선처럼 공중으로 떠오르며 점점 시마를 향해 진군해오는 듯이 보였다.

밤바다 허공에, 좀 전 스키장 마을에서 본 낡고 비틀린 문짝이 떠올랐다. 그 문짝이 조금씩 열리며 그 뒤에 숨은 끝 모를 어둠이 서서히 모습을 드러냈다. 두려워 시마는 저도 모르게 바지 주머니에 손을 넣었다. 그리고 그것이 마치 저 무서운 어둠으로부터 자신을 지켜줄 무기라도 되는 양 은빛 크리스털 귀고리를 움켜잡았다.

"뭐가 들었는데?"

소유와 둘이 령 위쪽 스키장 마을에 가을 소풍을 나섰다가 결혼기념일 때문에 시마가 일찍 올라가게 되자 소유는 쌀쌀맞아져서는 외치듯이 보석상자 얘기를 꺼냈다. 시마에게만 특별히 보여주려 했는데 이제는 아무에게도 보여주지 않겠다고 심술을 부렸고 그러자 시마는 다급해져 물었던 것이다.

"뭐가 들었는데?"

소유도 그대로 입을 다물기는 아쉬웠던지 아니면 시마가 물어오기를 내심 기다렸던지 잠깐 화가 누그러져서는 상자 안에든 것들을 중얼거렸던 것이다.

"도토리 세 알, 벙어리장갑……"

도토리에 대해서는, 아이가 막 걸음마를 시작할 무렵 숲에서 주워 소유에게 건넨 것이라고 했다. 새끼손톱처럼 작고 갸름했으며 표면은, 햇살을 베어 문 것처럼 빛났다. 삼십 년 되었다는 벙어리장갑은 소유가 아이에게 짜준 것일 리는 없고 아마도 소유의 어미가 소유에게 짜주었을 것인데 벙어리장갑 하나로 애써 알코올 중독자 어미에 대한 좋은 기억을 간직하고 싶었으리라.

그런데 그날 소유는 보석상자에 든 것들의 목록을 열거하면서 '벙어리장갑' 뒤로 그리고, 라고 덧붙였다. 시마가 재차 묻자,

"아, 싫어요! 구차해요!"

외쳤던 것이다.

아무래도 그 뒤는 스와로브스키 귀고리라고 시마는 믿고만 싶었다.

귀고리에 대해서라면 시마는 내내 불편한 감정이 있었다. 무엇보다 지중해에 데려가마고 함부로 내뱉고는 아내와 먼저 가게 된 것이 부끄러웠고 또, 거기 가면 사다 달라고 한 조개 목걸이를 사주지 못한 것이 부끄러웠다. 게다가 조개 목걸이 대신으로 산 귀고리마저 소유에게는 크고 어울리지 않아 결국 소유 저가 직접 다른 것으로 바꿔야 했으니 그 번거로움에 대해 생각하자면 시마는 자신이 사내구실도 제대로 못한 것 같아 자괴감이 들었던 것이다.

어쩌면 소유는 시마에게 그것을 보여주려고 스키장 마을까지 보석상자를 가져왔을까. 이렇게 당신을 사랑한다고, 그 말이 하고 싶었을까.

"어떻게 어제는 선생님하고 사랑을 하고 오늘 밤은 남편하고 사랑을 할 수가 있어요?

선생님은 그게 가능하세요?

가능하면 저한테도 알려주세요. 알고 싶어요, 진정으로!"

시마는 어깨를 한껏 뒤로 젖히고 눈앞의 밤바다를 바라보았다. 소유의 보석상자가 열리며 그 안에서 어떤 빛이, 그러니까 멜론의 속살에 석양을 살짝 얹은 듯 고운 빛이 새어나오는 것 같았다.

"그러게 말이다. 어떻게 두 사람을 동시에 사랑할 수가 있는가 말이다. 네가 까나리액젓이 좋다고 하면 나도 그렇다고 하고 멸치액젓이 좋다고 하면 나도 그렇다고 하면 될 것인데 말이다!"

시마는 심호흡을 했다. 그리고 곧바로 바다를 등지고 돌아서 조금 전 빠져나온 골목을 향해 망설임 없이 걸었다.

일단 올라가는 대로, 알고 지내는 심부름센터를 찾아가리. 형사과에 근무하다 그만둔 자가 차린 것인데 터무니없는 금액을 불러 흠이지만 일 하나는 완벽했다.

빠르게 골목을 벗어나며 시마는 다시 김에게 전화를 걸었다. 하지만 매번, 연결되지 않는다는 기계음만 흘러나왔다. 지금 올라가는 중이라고 간단히 문자를 남겼다. 두세 개의 골목을 지나자 싱겁게도 차도였다. 맞은편에서 시마의 차가 얌전하게 비상등을 깜박이며 시마를 기다리고 있었다.

소도시를 빠져나오는 데는 이십 여분이 채 걸리지 않았다. 제이령이 시작되는 곳에서 서너 굽이를 돌자 밤하늘은 거짓말처럼 맑아져 있었다.

자동차 전조등이 캄캄한 제이령 도로를 훑을 때마다 길가 흰 자작나무들이 도로표지판처럼 날카롭게 번득였다. 검은 허공에 우아하게 가지를 뻗은 폼이 마치 공작부인이나 백작부인이 시마를 향하여, 이곳에 온 것을 환영한다는 식으로 예의 바르게 인사를 하는 듯이 보였다. 한없이 공손하고 다정하여 차에서 내려 답례를 하고 싶어질 정도였다.

제이령 정상을 지나 이십 여분을 더 달리자 오른편으로, 분기하여 굽어지는 2차선 도로가 보였다. 휴양림을 알리는 작은 나무 표지판이 서 있고 그 옆 찔레 덩굴 주변으로 손톱만한 작고 빨간 등불 수십 개가 춤추듯 반짝이는 것이 보였다. 시마는 운전대를 잡은 채 고개를 갸웃거렸다. 반딧불이가 나오려면 한참 먼 때다. 천천히 브레이크를 밟으며 차창 가까이 얼굴을 가져가 전조등 불빛에 비친 붉은 등불들의 군무를 살폈다.

"………!"

시마의 입에서 탄성이 흘러나왔다. 홍날개였다.

처음 휴양림을 방문하던 날, 봄이라지만 아직 꽃도 잎도 없이 쌀쌀하던 그때, 소유는 시마 일행과 잣나무숲을 향하다가 관목이며 덩굴이 뒤엉켜 늘어선 임도 어딘가에 잠깐 멈추어 섰다. 그리고 훔쳐보는 시마의 몸이 다 꼬일 만큼 다정하게 그리고 재빨리 덩굴 위 무언가를 향해 손을 흔들었는데 바로 붉은 홍날개였다. 곤충 중 가장 먼저 겨울잠에서 깨어나 쌀쌀한 초봄의 대기를 요정처럼 날아다니는 녀석이라고 소유는 일러주었다.

시마의 머릿속으로 팝업북의 한 페이지가 솟듯 별장의 푸른 녹유 기와가 솟아올랐다. 경찰은 시마의 존재에 대해서는 모른다. 시마의 별장에 대해서도 마찬가지다. 소유는 어쩌면 별장에 있을지도 모른다. 지난겨울 새벽처럼 시마를 위하여 달그락 달그락 황탯국을 끓이며.

"………!"

오래 시마의 눈을 덮고 있던 뿌옇고 낡은 막질이 비로소 걷히는 것 같았다. 걷히며, 전기뱀장어나 아귀나 상어가 사는 캄캄한 해저에서 형체가 없이 흐늘거리던 소유가 마침내 그 입술이 조금씩 오물거리고, 목덜미와 쇄골은 보기 좋게 부풀어 오르며, 얼굴에는 조금씩 혈색이 도는 듯이 생각되었다. 다시는 시마의 삶에 들어올 리 없다고 믿었던 귀룽나무 푸른 빛이 시마의 손끝을 타고 서서히 몸 안으로 번져오는 것 같았다. 알 수 없는 어떤 활기로 사지가 꿈틀대며, 그러면서 동시에 그제야 소유 없이 지낸 날들의 쓰라림이 꼭 그만큼 하게 온몸으로 번져 들어오는 것이었다.

시마는 한참을 더 홍날개들의 군무를 지켜보다 휴대폰을 꺼내 창밖의 홍날개를 찍었다. 그리고 더는 세상에 없는 번호임을 알면서도 소유의 전화번호를 찾아 아름다운 봄밤의 홍날개들의 붉은 군무를 전송했다.

오른쪽으로 차를 틀자 별장으로 가는 길이 이어졌다. 전조등 불빛에 반사된 2차선 도로의 노란 중앙선이 초승달처럼 날카로웠다. 늘어진 잔가지들이 몇 번 빠르게 차창을 스치고, 알 수 없는 서늘한 나무 향이 후루룩 비처럼 몰려왔다 몰려가고 나니 별장이었다. 시마는 대문 앞에 차를 세웠다. 직각으로 꺾어진 녹슨 가로등 하나가 간신히 제 발등만 비출 뿐 사위는 어둡고 적막했다.

시마는 얼레지 압화가 달린 열쇠를 만지작거리며 대문의 꽈배기 모양 철심 사이로 마당을 살폈다. 마당을 향해 난 창은 어두웠다. 희미한 불빛의 흔적조차 새어 나오지 않았다. 시마는 실망하여 낮게 탄식을 뱉었다. 소유는 없는가.

하지만 시마도 별장에 있을 때면 자주 그랬던 것처럼, 안에 사람이 있는데도 마당으로 창이 난 방의 문을 닫아놓은 상태라면 역시 지금처럼 어두울 것이다. 그렇게 위로하며 시마는 철문 홈에 조심스럽게 열쇠를 밀어 넣었다. 문이 열리며 낡은 경첩에서 쇠 갈리는 소리가 났다.

마당은 긴 잠에 든 듯 고요했다. 시마는 포석에 올라서 마당 깊숙이 들어선 집을 바라보았다. 붉은 벽돌로 마감한 집은 뒤쪽의 달빛을 받아 주변의 어둠보다 검고 묵직했다. 박공지붕 아래는 낮은 다락방이 들어앉았는데 다락방을 사이에 두고 맞붙은 지붕 면은 왼쪽이 처마가 더 길고 물매도 완만했다. 그 지붕 연녹색 기와에 달빛이 비쳐 밤의 허공으로, 나뭇잎과 햇살을 품어 검푸르게 번득이는 초여름 계곡물이 흐르는 듯이 되었다.

포석 위를 걷던 중에 발에 나뭇가지가 밟혔다. 휴대폰을 켜 바닥을 살피자 향나무 잔가지 몇 가지가 부러져 바닥에 떨어져 있는 것이 보였다. 시마는 그중 하나를 집어 손전등 불빛을 비췄다. 날카롭게 찢어진 생가지 단면이 눈에 들어왔다. 칼이나 낫이 아니라 완력으로 부러뜨렸거나 아니면 바람에 꺾이며 그리 된 것으로 보였다. 꺾인 지 얼마 되지 않았던지 속살이 아직 붉고 축축했다. 속살에서 무언가가 꿈틀거렸다. 말벌이었다. 지난해 가을 짝짓기를 하고 나무속에서 겨울을 보낸, 가지가 꺾이며 막 겨울잠에서 깬 공주벌이었다.

휴대폰에서 뻗어 나온 빛줄기에 잠시 후 공주벌이 고개를 들었다. 짧고 둔하며 기역자로 꺾인 더듬이는 자라다 만 육체 또는 잘린 육체에서 돋아난 기형적인 살덩이 같은 느낌을 주었다. 사유라곤 담기지 않은 검은 눈이 불빛에 기분 나쁘게 번득였다. 시마는 내던지듯 바닥에 생가지를 내려놓았다. 꼬챙이로 확 찔러버릴 걸 그랬지, 저 눈을.

시마는 다시 포석을 밟아 마당 깊숙이 들어선 집을 향했다. 현관에 닿아서는 부러 숨을 가다듬었다. 이윽고 현관문의 손잡이를 돌리자 어둠이 먼저 슬픈 얼굴을 하고 시마를 맞았다. 집 안은, 바깥과 마찬가지로 어두웠다.

주방 팬던트등의 길게 드리운 줄 그리고 둥그런 갓의 형체가 희미하게 눈에 들어왔다. 벽을 더듬어 거실 스위치를 켜자 천장의 샹들리에 불빛 아래 휑뎅그렁한 거실 중앙의 월넛 탁자와 월넛색 소파가 보였다. 세 개의 방문을 차례로 열어보고, 시마는 힘없이 소파로 걸어가 털썩 소리를 내며 주저앉았다. 맥이 빠지며 절로 눈이 감겼다. 잠이 쏟아지는가 싶더니 다시 정신이 명료해졌다. 시마는 급히 상체를 일으켰다.

"........!"

집 안에 분명 온기가 있었다. 온기의 주인은 얼마 전까지도 이 집에 있었던 것이 분명했다. 생각해보니 등에 기대고 앉은 통가죽 소파에서도 오래 비워두었다 앉을 적의 섬뜩함과는 다른 희미한 체온과 부드러움이 느껴졌다. 그리고 무엇보다 희미한 냄새, 소유가 언제 말한 적 있는 숙고사 냄새 같기도 한 것이 흐릿하게 집안을 떠돌았다.

시마는 벌떡 일어나 이번에는 주방으로 달려가 찬장을 살폈다. 개수대 위 선반에는 국그릇이며 밥그릇, 접시들이 정갈하게 정리되어 있었다. 시마는 포개진 그릇들을 하나씩 집어 일일이 손가락으로 표면을 훑었다. 만약 소유가 이 집에 살고 있거나 아니면 살지는 않아도 가끔 들르기라도 했다면 이 그릇들을 사용했을 것이고 그렇다면 물기 정도는 남아있을 것이다. 하지만 마지막 그릇을 훑을 때까지도 물기라고는 한 방울도 찾아내지 못했다. 낙담한 시마의 눈에 개수대 볼 안의 배수구가 눈에 들어왔다. 스테인레스 그물망 바닥의 일부가 짧게 반짝였다. 시마는 급히 그물망을 집어 얼굴 가까이 가져갔다. 물기였다. 분명 물기가 그물망에 갇혀 반짝거리고 있었다. 시마는 다시 수도꼭지 입구를 살폈다. 동그란 입구의 가장자리에도 물방울이 맺혀있었다. 시마의 심장이 급하게 뛰었다.

가장자리의 물방울은 아무래도 얼마 전까지도 부엌을 서성이던 소유의 흔적이라고만 시마는 믿고 싶어졌다. 물론 이유 없이 수도꼭지에서 물이 떨어지는 경우도 있긴 하다. 하지만 소유가 이 집을 비운 지는 1년이 넘었다. 그 기간이면 수도관은 이미 폐경에 든 여자처럼 마를 대로 말라 있을 것이다. 분명 누군가 얼마 전 수도꼭지를 튼 것이다.

씽크대 발판 옆으로 낙타색 양모 슬리퍼 두 짝이 보였다. 그 겨울 내내 소유가 신었던 것인데, 놓인 모양새가 다소 어수선했다. 시마는 양모 슬리퍼에 자신의 발을 가만히 밀어 넣어 보았다. 부드럽고 따뜻했다. 소유가 방금 전까지도 이 집에 있었을 거라는 믿음이 자꾸 커졌다. 시마는 두 손으로 슬리퍼를 안아

가슴에 품었다. 그리고 천천히 소파로 돌아왔다.

 소파에 앉아서는 바지 주머니 깊숙이 손을 넣어 스와로브스키를 만지작거렸다. 오래 주머니에 들어있어, 그리고 집안의 한기 때문에 귀고리의 온기가 더 도드라졌다. 귀고리의 오톨도톨한 표면을 하나하나 헤아리듯 누르다가 시마는 주머니에서 꺼내 뺨에 가져다 댔다. 손에 닿을 때와는 달리 뺨에 닿는 귀고리는 섬뜩하고 차가웠다. 손가락과 손가락 사이 골에 고정시켜 얼굴에 문지르자 차가운 감촉은 곧 사라지고 딱딱하고 건조한 고체의 느낌만 남게 되었는데 차가운 감촉이 사라진 것이 이번에는 또 서운했다.

 멀지 않은 곳에서 묵직한 밤새 소리가 들렸다. 시마는 뺨에 귀고리를 묻다시피 하고 소유의 얼굴을 떠올리려 애썼다. 하지만 손가락과 발가락이 꼬물거리고 쇄골이 부풀어 오르며 얼굴에 혈색이 돌던 좀 전과는 달리 소유는 다시 난파선 안을 떠도는 유령처럼 희미해지며, 시마의 귀는 또 물에 잠기듯이 먹먹해졌다. 떠도는 소유를 향해 시마는 빨리 이쪽으로 건너오라고 악을 썼으나 무어라고 계속 소리를 질렀으나 소유는 자꾸 아득해지더니 기어이는 사라져버렸다. 시마는 그만 와락 눈물을 쏟고 말았다.

 눈물은 빠르게 뺨을 타고 목줄기로 흘러내렸다. 뜨거웠다. 뜨거워 목줄기가 다 타는 것 같았다. 이어 불타듯 뜨거운 눈물 한 줄기 속으로 소유가 보였다. 보랏빛 얼레지 꽃잎 안쪽, 자주색 필라멘트 저편에서 소유가 건너오고 있었다. 산그늘이 잠긴 푸른 강을 건너 맨발로 이편의 시마에게 오고 있었다. 2,000도가 넘는 뜨거운 필라멘트 위를 걷느라 두 발은 까맣게 타, 결국 이편에 닿기도 전에 발은 타버리고 발목만 남아, 막 교수형을 당한 죄수의 그것처럼 대롱대롱 허공에서 흔들리고 있었다.

시마는 허겁지겁 코트와 재킷을 벗었다. 이어 셔츠마저 벗자 소매가 없는 속옷만 남으며 어깨서부터 맨 팔이 되었다. 빠르게 사라져가는 감각을 헛되이 잡으려는 듯 시마는 맨 팔로 다급하게 자신의 뺨과 목덜미를 어루만졌다. 처음에는 문지르듯이, 나중에는 쓰다듬듯이.

그 팔로 다시 소유가 건너왔다.

동글동글한 턱이 건너오고, 밀가루 반죽 같은 말랑한 뺨이 건너오고, 이어 말간 감자떡 같은 귓불이 건너왔다. 시마의 몸이 조금씩 더워졌다. 어느새 소유는 시마가 있는 제이령 별장의 무거운 현관문을 열고 집 안으로 들어서고 있었다. 소유가 몰고 온 어떤 향이, 그러니까 누에를 삶아 짠 부드럽고 숙성된 숙고사에 오래된 유자가 섞이며 나는 것 같은 기묘한 향이 집 안에 번졌다. 이제 시마는 머리도 몸통도 다리도 모두 사라지고 두 팔만 남아, 두 팔은 또 거대한 더듬이가 되어 오직 소유가 오는 방향, 소유가 몰고 오는 냄새만을 열망하게 되었다.

마침내 현관에 들어선 소유 뒤로 나무가 들어오고 하늘소가 들어왔다. 어린 누룩뱀이 오고 오목눈이가 오고 이어 숲을 떠돌던 바람과 햇빛이, 챙챙챙 긴 칼 부딪는 소리를 내며 집으로 들어왔다. 숲이 통째로 들어오고 있었다. 마지막으로 옥색 긴꼬리산누에나방이 왔다. 그가 들어올 적에 다시 숨 막히는 숙고사 향이 번졌고 이어 촉촉하고 빼곡한 검은 빗살모양 더듬이가 시마의 아랫도리를 쓱 훑고 지나갔는데 시마는 그만 몸서리를 치며 펄쩍 위로 솟구치고 말았다. 사정을 했고, 잔물결이 조금씩 바지 속으로 차오르는가 싶더니 곧 한없이 몸이 무거워졌다. 그대로 잠이 들고 말았다.

꿈에서 시마는 소유와 함께 허름한 여인숙을 찾아가고 있었다. 여인숙은 들어서자마자 왼편이 카운터고 오른편이 대기실인데 대기실은 사람들로 넘쳐났다. 가난한 품팔이 노동자로부터 공단드레스를 걸친 귀부인에 이르기까지 신분이 다양했다. 카운터에서는 번호표를 나누어주고 있었다. 북적거려, 꼭 시장바닥 같았다. 처음 보는 낯선 풍경에 놀랐던지 소유는 이내 소심하고 창백해져서 고개를 떨궜다. 시마는 번호표를 받고는 가만히 소유의 손을 잡은 채 불안하게 대기실을 서성였다. 그러다 누군가와 시선이 마주쳤는데, 마주치자마자 소스라치게 놀라 획 돌아서고 말았다. 아는 사람이었다. 회사 사람인 것도 같고 친척인 것도 같고 처남 선거 때 사무실로 후 원금을 전달하러 온 지역 유지인 것도 같았다. 하여튼 정확히 누구인지는 모르지만 알고 지내는 사람, 평소에 반갑게 인사를 나누는 사람인 것은 분명했다. 온몸에 식은땀이 났다. 시마는 소유의 손을 잡고 도망치듯 다른 대기실로 옮겼다. 거기 대기실은 방금 전의 것보다 작고 초라했지만 사람이 별로 없고, 별로 없는 그 사람들조차 대체로 말이 없어 한결 조용했다.

소유는 비닐이 찢어져 속이 들여다보이는 기다란 간이 의자 한쪽 가장자리에 불안하게 걸터앉아 있었다. 시마가 곤란한 상황에 처한 것을 눈치챈 모양이었다. 불안해하는 그 모습에 시마는 다시 덩달아 불안해졌다. 허벅지에 가지런히 올려놓은 소유의 손등에 푸른 정맥이 내비쳤다. 동그란 어깨는 긴장하여 더 동그랗게 오그라들어 있었다. 시마는 선 채 소유의 작은 어깨를 힘주어 잡았다. 그리고 단호하게, 어쩌면 시마의 인생에서 처음이자 마지막으로 단호하게 중얼거려보았다.

"나는 부끄럽지 않아!"

"……….."

시마는 여전히 겁에 질렸고 눈 밑의 근육은 축 처져 가엾게 떨렸으며 이빨이 부딪히도록 오한이 일었지만 방금 한 말에는 추호의 거짓도 없었다. 좀 전 대기실에서 마주친 자가 회사 사장일 수도 친척일 수도 혹은 아내일 수도 있고 그래서 어떤 결과가 시마를 기다리고 있을지는 몰라도 지금 이 순간만큼은 더는 두렵지 않았다. 내뱉고 나니 오히려 후련했다. 시마의 말에 소유가 고개를 들어 시마를 보았는데 그 눈이 잠깐, 아름답게 반짝였다.

곧 주인이 밖에서, 501호 방이 비었으니 열쇠를 받아 가라고 소리를 질렀다. 소유의 어깨를 다독여주고서 시마는 대기실을 나갔다. 카운터에서 열쇠를 받아 돌아와 보니 소유는 그새 사라지고 없었다. 먼저 올라간 모양이라고 생각하고 시마 혼자 계단을 오르기 시작했다.

나선형 계단은 어둡고 비좁고, 더러웠다. 계단 가장자리는 짐까지 빼곡하게 들어차 한 사람 움직이기도 쉽지 않았다. 다섯 개의 층을 모두 올라가자 계단을 중심으로 양쪽으로 길게 복도가 뻗어있고 복도를 중심으로 방들이 마주 보고 있었다. 복도는 안에 사람이 들었는가 싶을 만큼 적막했다. 시마는 우선 오른쪽 복도에 늘어선 방문의 표찰을 살폈다. 그런데 방문에 붙은 표찰의 숫자가 모두 4로 시작되고 있었다. 시마는 고개를 갸웃거리며 다시 반대편 복도를 살폈다. 마찬가지였다. 주인이 5층을 4층으로 착각했던가 아니면 시마가 4층을 5층으로 착각한 거라고 생각하며 시마는 다시 계단을 내려갔다. 그리고 1층부터 시작하여 일일이 층을 세며 5층까지 올라왔다. 하지만 시마가 멈춘 곳은 이번에도 다섯 번째 층이 분명했고 그럼에도 방들은 숫자 4로 시작하고 있었다. 지쳐, 시마는 계단 난간에 등을 기댔다.

소유는 이 방 중 하나에 들어 있는 걸까.

소리쳐 이름을 부를 수도 없어 난감하던 중에 계단 오른편 한 구석에 상자 나부랭이가 어지럽게 쌓여 있는 것이 보였다. 그 옆으로 나무문이 나 있고 문 틈새로 맑은 빛이 쏟아져 들어오고 있었다. 혹 소유가 저리로 가버렸는가 싶어 시마는 적재된 짐들을 향했다. 그리고 상자들 사이를 헤치고 나무문을 밀었다. 산뜻하게 열리며, 맑고 시원한 5월의 바람이 시마의 얼굴에 부딪혀왔다. 옥상이었다.

옥상에는 시마의 별장에 있는 것과 같은 티 테이블이 서너 개 놓여 있고 테이블마다 연인들이 앉아 정답게 담소를 나누고 있었다. 여자들의 머리칼은 한결같이 길고 검고 윤기가 났다. 시마는 고개를 들어 밤하늘을 바라보았다. 짙은 청람색 밤하늘에 거대한 별의 무리가 흘러가고 있었다. 안개처럼 희미하던 별은 잠시 후 도룡뇽 알을 품은 우무질 덩어리, 그 안의 알이 깨어나느라 흔들리듯이 몇 번 움찔거리더니 곧 이쪽에서 저쪽으로 혹은 저쪽에서 이쪽으로 핵분열이라도 하듯 갈라서고 합하고를 반복했다. 격렬하게 떨고 나서 불쑥, 별로 지은 산이 솟았다. 이어 산 중턱을 따라 갈참나무들이 자라났다.

  나뭇잎들이 흔들리기 시작했다. 이 봉우리에서 저 봉우리로 다시 그 옆 봉우리로 이어달리기를 하듯 차례로 흔들리더니 곧 나뭇잎으로 지은 흰 띠가 생겨났다. 산 중턱 전체가 띠를 두른 것 같았다. 거센 바람이 불자 잎들은 바람을 안고 혹은 바람을 등지고 서로 까부르며 일제히 한 방향을 향해 내달렸다. 나무들이 우듬지 째 휘어지더니 갈참나무숲 전체가 거센 여울에 잠긴 물풀처럼 격렬히 흔들렸다. 산 중턱의 흰 띠는 더욱 풍성하고 선명해져 마치 천정 높은 체육관 관중석에서 펼쳐지는 아름답고 열렬한 카드섹션의 물결을 보는 것 같았다.

  움직이지 못하는 산은 나무를 내고, 나무는 또 잎을 내고 열매를 내고 품 안에 바람과 도깨비를 들여, 산은 결국 그것들과 함께 들썩이고 요동치며 축제를 벌이고 있었다. 시마의 머리칼이 다 곤두서며 몸이 들썩였다.

  별로 지은 밤하늘의 숲을 좀 더 가까이 보기 위해 시마는 앞으로 한 걸음 나아갔다. 그러다 휘청 몸이 기울며 중심을 잃고 앞으로 고꾸라질 뻔했다. 급히 뒤로 물러나 발아래를 살피자 그제야 난간이 보였다. 시멘트를 대충 발라 만들었는데 높이가 시마 발목만큼 하여 헛디디면 바로 추락이었다. 난간이라기보다 인도와 차도 간의 경계석이나 다름없었다. 시마는 놀라 가슴을 쓰다듬으며 아래를 내려다보았다.

  5층 높이의 발아래는 완만한 굽이가 난 아름다운 길이 길게 이어지고 길 양쪽으로는 둥글고 커다란 나트륨등을 하나씩 내건 자잘한 상가들이 줄지어 서 있었다. 불빛 때문에 길은 더욱 부드럽고 아늑해 보였으며, 길바닥에 깔린 포석은 파도에 씻긴 모래알처럼 맑았다. 오가는 사람들로 가득 찼지만 길은 번잡하기보다 축제라도 벌이듯 활기찼다. 여자들은 거기서도 머리칼이 검고 길며 하나같이 윤기가 흘렀다. 어느 누구에게도 제 연인을 뺏기지 않겠다는 듯 힘주어 애인의 팔짱을 끼고, 반짝이는 에나멜 구두로는 내리찍듯 대지를 차며 걸었다. 여자들의 신발의 징이 포석에 부딪히며 나는 소리가 시마의 귀에는 그럴 수 없이 청결하고 경쾌했다.

시마는 다시 밤하늘을 올려다보았다. 나뭇잎들은 여전히 흔들리고 내달리고 까부르기를 반복하고 있었다. 밤의 강에 무수한 잔물결이 일었다. 잔물결마다 또 햇살이 올라타, 햇살은 마치 나뭇잎으로 지은 오목한 그릇에 담기거나 혹은 카누에 올라탄 것처럼 부드럽게 휘어 서로 장난치고 합쳐지고 밀어내고를 반복하며 밤의 강을 흘러갔다. 시마는 절로 입이 벌어지고 눈은 몽롱해져 오래 그것들을 바라보았다. 그러는 동안 몸은 다시 조금씩 앞으로 기울며 발은 방금 전처럼 위태롭게 난간에 다가서고 있었다.

퍼뜩 놀라 뒤로 물러선 것은 목덜미에 섬뜩하도록 차가운 은빛 스와로브스키가 파고들었다고 생각한 때문이었다. 손으로 급히 뒷목을 쓰다듬자 귀고리는 만져지지 않고 몸서리만 그때까지 끊이지가 않았다.

스와로브스키는 바지 주머니 안에 얌전히 들어있었다. 시마의 체온으로 덥혀져, 따뜻했다. 한 발짝 이미 물러나서도 시마는, 충분히 안전하다고 느낄 때까지 한참을 더 뒤로 물러났다. 별로 지은 나뭇잎들은 그러자 그런 시마를 안타까워하듯 잘게 떨더니, 소녀의 동그란 어깨가 흔들리듯 흐느끼더니, 이어 형체가 불분명해지며 희미해졌다. 눈 부신 빛은 차차 윤기를 잃고 갈참나무숲은 어느새 차가운 강물에 잠긴 산그늘처럼 어둡고 조용해졌다. 시마의 숨도 함께 조용해졌다.

"........."

숲은, 무대에서 퇴장하는 쇠락한 공작부인이나 자작부인처럼 예의 바르게 뒷걸음질 치면서 서쪽으로 사라져갔다. 시마는 더 나아가지도 물러나지도 않은 채 그 자리에 서서 사라져가는 그것을 향해 손을 흔들어주었다.

뒤를 돌아보자 옥상은 그새 연인들은 사라지고 빈 테이블만 남아있었다. 시마는 아쉬워하며 손으로 일일이 빈 테이블들을 훑었다. 여자들의 윤기 나는 머리칼의 향내가 그대로 손가락에 묻어나는 것 같았다. 이윽고 계단으로 통하는 나무문 앞에 멈춰 가만히 손잡이를 당겨보았다. 문은 다시 가볍게 열렸고 열린 문틈으로 벽시계가 보였다. 시마의 거실이었다.

시마는 소스라치게 놀라 소파에서 벌떡 몸을 일으켰다. 그리고 노려보듯 벽시계를 바라보았다. 고작 5분이 흐른 후였다.

소파에 등을 기댄 채 시마는 손바닥으로 얼굴과 목을 훑었다. 소유가 언제, 짧은 꿈을 꾸고 난 후 그랬다는 것처럼 시마 역시 자두나무 아래서 오래 비를 맞은 사람처럼 뺨과 목덜미가 흠뻑 젖어있었다. 시마는 손가락으로 목덜미의 물기를 찍어 입에 가져다 댔다. 간간하고 미적지근했다. 사위가 고요한데 벽시계의 초침만이 착, 착, 착, 규칙적인 소리를 내며 움직여갔다. 마음이 다 편안해졌다.

시마는 한참을 더 소파에 파묻혀 있다가 벽시계가 새벽 두 시를 가리키자 엉거주춤 일어나서는 바닥에 널브러진 코트를 집었다. 그리고 안주머니에서 주택명의이전 관련 서류와 종이, 펜을 꺼내 다탁에 올리고 기도하듯 찬 바닥에 무릎을 꿇었다.

생각해보면 아무도 이 집을 좋아하지 않았다. 시마의 가족은 물론이거니와 시마 자신도 요양 차 왔을 때 이 집을 썩 내켜 하지 않았다. 다만 류하가 이 집에서 생을 마감했고 그래서 희미해져 가는 그 아이에 대한 기억과 더불어 시마 자신의 젊은 날의 순수를 그나마 헤집어 볼 수 있는 곳이 이 집이라는 것이 위안이라면 위안이었다.

오직 류하만이 이 집을 사랑했다. 처음 이 집을 보았을 때 류하는 몹시 흥분하여, 새언니를 설득해서 자신에게 넘기거나 아니면 조금씩 돈을 벌어 갚을 테니 명의라도 변경해달라고 시마를 졸랐다. 하도 간절히 보채는 바람에 지나가는 말로 아내에게 류하 얘기를 꺼내자 짐작대로 아내는 펄쩍 뛰었다. 이 지역에 철도만 놓이면 땅값이 뛴다는 게 이유였다. 하지만 높고 험한 산맥이 남북으로 길게 이어진 지형에 철도가 놓일 가능성은 희박했다. 터널을 뚫는다 해도 봉우리 뒤로 봉우리가 수없이 이어져 공사비는 눈덩이처럼 불어날 것이다. 무엇보다도 여름 한 철을 빼고는 관광객이 많지 않아 수익성이 떨어졌다. 이재에 밝은 아내가 그 점을 모르지는 않았다. 그럼에도 단칼에 거부한 것은 단지 상대가 류하이기 때문이었다. 해서 시마는 속으로, 아내의 동의와는 상관없이 언제 기회를 보아 류하에게 몰래 이 집을 넘길 셈이었다.

류하에게 그런 일만 없었다면 그러므로 이 집은 결국 류하의 것이 될 거였다. 그런데 이제 류하는 죽고 세상에 없으니 그렇다면 이 집은 이 집을 사랑한 또 한 사람, 소유에게 돌아가는 것이 마땅했다.

"이상해요. 이 집은 오랫동안 제가 오기를 기다린 것 같아요."

술탄의 커피를 대접하겠다며 소유를 별장으로 초대한 날, 소유는 한참을 말없이 마당의 티 테이블에 앉아 있다가 그렇게 말했다.

다시는 시마를 보지 않겠다고, 제 옷가지는 물론이고 푸른 돌고래 스티커까지 떼어가 놓고도 소유는 정작 이 집의 얼레지 열쇠에 대해서는 말이 없었다. 혹시 시마에게 말하는 것을 잊었는가 하여 며칠 꼼꼼히 집안을 뒤졌지만 찾지 못했다. 그 정확한 성격에 실수로 열쇠의 행방을 말하지 않았을 리는 없다. 남은 가능성은 그렇다면 이 집에 대한 소유의 차마 놓을 수 없는 애정이라고 생각해도 되지 않을까.

자살이니 주검이니 하는 그 남편 되는 자의 억측에도 불구하고 시마가 마음 깊은 곳에서 소유는 어디서든 자신의 방식대로 살아내고 있을 거라고 믿는 근거는 바로 열쇠의 행방이었다. 소유가 별장의 열쇠를 가지고 있다면 그건 삶에 대한 소유의 변함없는 애정과 다를 바 없다고 시마는 믿고 싶은 것이다. 이 집을 그저 부동산이라는 경제적 가치로 여기건 아니면 딱히 갈 데가 없을 때 가끔 들르는 은신처로 이용하건 혹은 언젠가 시마가 이 집에 올 거라 믿고 그러는 것이건 이 집의 열쇠를 몸에 지닌 한 소유는 살아있는 것이다.

처음 글자를 배우는 어린애처럼 진지한 얼굴이 되어 시마는 종이에 무언가를 쓰기 시작했다. 볼펜 끝 깨알만한 볼이 그 어느 때보다 부드럽고 유려하게 종이 위를 굴러갔다.

이제 이 집은 네 것이다.

이렇게 써놓고, 시마는 그다음을 생각했다.

처음 휴양림에서 소유를 만난 일에서부터 시작할까 했으나 좀 우스웠다. 사랑한다든가 사랑했다든가 하는 것을 덧붙일까도 했으나 그 역시 우스웠다. 더 쓰고 싶은 마음은 간절하여 입술은 바짝 마르고, 볼펜을 쥔 손에는 끈적하게 땀이 차오르는데 뭘 더 써야 할지 뭘 더 쓸 수 있을지 도무지 떠오르지가 않았다. 방금 전 별로 지은 갈참나무숲 꿈을 꾸고는, 뒤로 물러나며 그것들에게 작별인사를 하고는, 불쑥 소유에게서 멀어진 것 같다는 생각이 들었다. 소유가 막 문을 열고 안으로 들어온다 해도 이제는 어색하게 눈인사를 나누고 상투적인 안부를 묻고 곧 헤어질 것 같았다.

시마는 심호흡을 하고 볼펜을 거두었다. 이것으로 충분하다. 어느 날 우연히 이 집에 들른 소유가 이것을 발견하면 그때도 다투어 꽃이 피고 새가 지저귀는 지금 같은 봄날이면 좋겠다고 시마는 생각하며 대문 열쇠에서 얼레지 압화와 열쇠를 분리했다. 그리고 열쇠는 종이 위에 얹고 압화는 손바닥에 얹었다. 투명한 플라스틱 안 보랏빛 얼레지 안쪽으로 자주색 필라멘트 무늬가 갓 딴 꽃처럼 선명했다. 시마는 스와로브스키와 그것을, 마치 곱게 기름 먹인 갸름한 가래알 두 알을 굴리듯 부드럽게 손아귀에 넣고 굴렸다. 둘이 서로 엉키며 굴러갈 적에 또록또록, 왈칵, 다르륵 하는 소리들이 났다. 시마는 아쉬운 얼굴을 하고 손바닥 안의 그것들을 들여다보다 잠시 후 열쇠 옆에 귀고리를 내려놓았다. 은빛 열쇠와 은빛 귀고리가 함께 놓이자 둘은 조금 전보다 덜 쓸쓸해 보여 좋았다.

시마는 바닥에 널브러진 재킷과 코트를 집어들고 현관으로 걸어갔다. 그리고 현관문 손잡이를 잡은 채 돌아서 마지막으로, 봄날의 홍날개를 향해 다정하게 손을 흔들던 소유처럼 자신도 집을 향해 가볍게 손을 흔들어 보았다.

14

 새벽의 제이령은 오가는 차량도, 가로등도 없이 캄캄했다. 전조등 불빛이 없다면 어디가 길이고 계곡인지 어디가 바닥이고 허공인지 분간하기 어려울 터였다. 길가 자작나무들이 불빛에 다시 창백하게 빛났다. 조금 전 별장으로 이끌 때는 순백의 피부 아래 터지는 환희를 간직한 듯 내밀하더니 지금은 섬뜩하고 괴기스러웠다. 캄캄한 어둠이 굽이굽이 이어졌다.
 힘주어 운전대를 잡은 채 시마는 검은 대시보드 한가운데 깊숙이 파묻힌 내비게이션을 응시했다. 허허벌판, 그 허허벌판을 가로지르는 창백한 도로, 도로를 따라 나란히 흐르는 푸른 물줄기 그리고 비틀거리며 달려가는 장난감 같은 시마의 자동차 한 대가 내비게이션 화면에 나타났다. 가만 바라보고 있자니, 시마가 내비게이션을 보는 게 아니라 대시보드 깊숙이 물러난 내비게이션이 어둠 속에서 고요히 시마를 응시하는 것처럼 보였다. 나아가 그것이 시마를 대신하여 왼쪽 혹은 오른쪽으로 운전대를 돌리고 시마의 발을 빌어 액셀과 브레이크를 밟으며 시마의 눈을 빌어 시마는 볼 수 없는 어둠 저 너머를 보고 있는 것만 같았다. 그러자 자신이 어떤 구체적인 목적지를 향해 가는 것이 아니라 캄캄한 밤의 제이령 굽이굽이를 헛되이 돌고 또 도는 것 같이 생각되었다.

그렇다면, 지금껏 시마가 스스로의 의지와 판단이라 여기고 입력한 무수한 목적지들은 결국 이곳 캄캄한 제이령으로 귀결되며 따라서 제이령은 나라의 동과 서를 가르는 산맥에 난 고갯길이 아니라 세상을 달려온 무수한 시마들이 종내 닿아 푹 쓰러져서는 퇴적하여 된 거대한 무덤이 되는 것인가.

그런 생각을 하자 눈이 점점 초점을 잃어가는 것 같았다. 급기야는 멀더니, 이어 몸통에서 팔과 다리가 떨어져 나가고, 몸통 안의 심장과 콩팥이 떨어져 나가고, 마침내는 두 눈마저 떨어져 나가서는 둥둥 허공을 떠다니는 것 같았다. 그리고 그러한 자신의 장기들을 바라보는 시마의 의식은 대숲에 저녁이 오는 순간처럼 빠르게 어둑해지는 것이었다.

이 캄캄한 비애를 소유는 알기나 했을까.

알고도 세상의 다른 갈피로, 주름다슬기니 얼룩동사리니 하는 것들의 검은 입속으로 들어가고자 했을까.

조금 전 별장을 나설 때의 희망과 안도는 사라지고 다시 불길한 생각이 들며 소유가 걱정되었다. 이어, 될 대로 되라 싶어지며 그만 운전대를 놓고 한숨 자버리고 싶은 마음이 들었다. 하지만 또 알 수 없는 어떤 억센 힘이 시마로 하여금 게걸스럽게 운전대를 움켜잡게 하더니 문득 그 아이가 떠올랐다.

어떻게 됐지, 그 아이는?

까나리액젓 때문에 화가 나 기둥에 머리를 박고 죽은 여자, 그 여자의 배에서 꾸물꾸물 기어 나온 그 아이는 그래서 어떻게 됐더라? 그래, 그 아이는 태어나자마자 시마에게 어떻게 된 거냐고 물었지. 시마는 아무 대답도 하지 못했어. 오히려 시마 쪽에서 묻고 싶었지. 대체 죽은 여자의 뱃속에서 어떻게 기어 나올 수 있었는지, 아이의 아버지는 누구인지, 혹시 바닥에 쓰러진 여자를 임신시킨 게 시마라면 시마는 어디까지 책임을 져야 하는지, 아내와 가족과 친구들에게는 무어라고 변명해야 하는지 하는 것들을 말이다.

어떻게 된 거냐고 묻고 나서 아이는 울었던가. 세상의 다른 아이들처럼 앙앙 소리 내어 울며 어미의 젖이라도 찾았던가.

"나 원 참!"

시마는 저도 모르게 소리를 내어 중얼거렸다. 도무지 그다음이 기억이 나지 않았다. 아무리 꿈이라지만 세상에 태어나 처음으로 목격한 것이 죽은 제 어미였으니 어떤 말로도 그 가엾은 것의 처지를 위로할 수는 없을 것인데 유일하게 사건 현장에 있었고 게다가 어른인 자신이 아이의 행방은커녕 그 당시 상황조차 기억을 못 하다니 생각할수록 한심했다. 시마의 삶이, 그렇다면 내내 무책임과 무심함으로 일관했던 것은 아닌가, 아내 말대로 시마 자신만 그 사실을 몰랐던 것은 아닌가 하는 데로까지 생각이 뻗어갔다. 자책감에 잔뜩 미간을 찌푸리고 있던 차에 룸미러에 갑자기 전기 불꽃 같은 것이 일었다. 눈이 머는 듯하며 시마는 급히 브레이크를 밟았다. 차가 파열음을 내며 멈추고 나서도 한동안 시마의 시력은 빛의 바다를 떠가는 것 같았다. 그것이 불꽃이 아니라 솜뭉치 같은 새하얀 상향등 불빛이라는 걸 알게 된 건 잠시 후 룸미러의 그것이 작아지며 룸미러 하단 오른편으로 물러나고 였다. 적막 산중에 나타난 상향등 불빛에 눈이 멀 듯하던 것이 처음에는 화가 나더니 이어 인가를 발견한 것처럼 반가운 마음도 들었다. 시마가 멈추자 조금 느려지는가 싶던 불빛은 다시 속력을 내어 그대로 시마의 차 안으로 쳐들어올 기세로 달려와서는 시마 바로 뒤에서 방향을 틀어 샛노란 중앙선을 밟고 그대로 시마를 추월했다. 전속력으로 달려가던 그것이 저만치 굽이로 사라지자 제이령은 다시 적막해졌고 시마는 잠깐 서운한 마음이 되었다.

저렇듯 급히 갈 일이 뭐가 있담. 그래봐야 2, 30분 차이일 텐데.

시마는 일부러 속도를 늦추고 주변을 살폈다. 계곡 건너 절벽, 절벽 위 소나무, 소나무의 검푸른 바늘잎까지 서서히 눈에 들어오기 시작했다.

다시 자동차 불빛을 발견한 건 모퉁이를 두 개째 돌고서였다. 이번에는 백 미터쯤 앞이었는데 비상등을 켠 채 차 한 대가 사선으로 길게 중앙선을 밟고 있었다. 조금 전 시마를 추월해간 차량이 분명했다. 캄캄해, 차의 모양이며 색깔은 분간할 수 없었지만 이 길을 지나간 차라곤 방금 전의 한 대가 전부인 것이다. 엔진룸 덮개가 열려 있고 남자 둘이 손전등으로 룸 안을 들여다보고 있는 것으로 보아 차에 문제가 생긴 것 같았다. 시마의 자동차가 나타나자 두 남자 중 중앙선 쪽에 서 있던 남자가 고개를 들었다. 손전등 불빛에 드러난 남자는 멀리서도 이목구비가 단정했고 안경을 썼으며 얇은 연회색 점퍼를 입고 있었다.

남자가 시마를 향해 손을 흔들었다.

시마는 천천히 브레이크를 밟아 고장 난 차 뒤에 자신의 차를 세웠다. 그 사이 손을 흔든 남자가 시마에게 다가왔다. 시마가 차창을 내리자,

"미안합니다만 배터리가 나간 거 같은데 혹시 연결 잭 있습니까?"

물었다.

".........."

시마는 고개를 갸웃했다.

지난겨울 소유를 만나러 갈 적에 맞은편 산 너머에서 눈이 몰려왔던 것이 기억났다. 별장에 도착하면 확인해야지 했던 것을 소유의 안부가 급해 미뤘다가 다시 별장을 나설 때는 눈은 거기까지는 몰려오지 않아 지금까지 트렁크를 살피는 것을 잊었던 것이다.

잠깐만요, 하고 시마는 고개를 숙여 트렁크 버튼을 찾았다. 손으로 의자 옆을 더듬어 버튼을 누르자 텅, 하고 트렁크 뚜껑 열리는 소리가 났다. 뒤져보고 없으면, 지난해 차를 바꾸느라 집에 공구함을 가져다 놓고는 다시 차에 갖다 놓는 것을 잊었다는 식으로 부연설명을 해야 하나 아니면 처음 보는 사람인데 구차하게 그런 말까지 할 필요가 있나 고민하던 중에 룸미러 안으로 날카로운 빛이 휙 지나갔다. 이어 견딜 수 없이 차고 단단한 것이 시마의 경동맥에 날아와 박혔다. 얼음이 통째 머리와 척추에 박히는 줄 알았다. 이어 불타듯 뜨거운 통증이 몰려왔고 목에서 뜨겁고 비린 것이 울컥 쏟아져 나왔다.

"저 기억하십니까, 선생님?"

"………."

낯익은 목소리였다. 목소리에서 어떤 냄새가, 미지근한 온기가 담긴 동물성 노린내가 났다.

"선생님은 전쟁 같은 거 안 해보셨지요?"

"…….?"

"선생님이 안전한 교실에 처박혀 얌전하게, 모란이 피기까지는 나는 아직 기다리고 있을 테요, 하고 시를 읊는 동안 저희는 나라를 지켰습죠. 다리 한 짝, 팔 한 짝을 나라에 갖다 바쳤습죠."

"…….!"

"이제 기억이 나시는가요, 선생님?"

기억이 났다.

지난달 시마의 사무실을 찾아왔던 자들 중 한 사람이었다. 4월인데도 그의 얼굴에서는 연실 땀이 흘렀고 청결한 분홍빛 의수 표면에서는 화려하다 못해 섬뜩한 커다란 모란 한 송이가 위태롭게 흔들리고 있었다. 모란의 노란 꽃밥이 생생하던 것, 어디 가면 그런 것을 새길 수 있는지 몹시 물어보고 싶던 것이 차례로 생각났다. 이어 그자가 건네던 차갑게 식은 순대 냄새가 떠오르며 시마는 운전석에 앉은 채 구역질을 올렸다. 그러자 목에서 다시 뜨거운 것이 울컥 솟아 이번에는 쇄골을 타고 흘렀다. 시마는 액셀에 발을 얹은 채 오른손으로는 주차레버를 더듬고자 애썼다. 하지만 마음과는 달리 팔이며 다리며가 조금도 움직여지지 않았다. 도대체 팔이 어디 붙어있는 기관인지도 생각이 나지 않았다.

"그런데 선생님?"

그의 목소리가 갑자기 은근하고 다정해졌다. 노린내도 한결 짙어졌다. 시마에게로 다가온 모양이었다. 끝장을 내려는 거라고 시마는 생각했다. 시마는 질끈 눈을 감고 최대한 몸을 긴장시켰다. 그렇게 하면 그가 다시 시마에게 칼을 꽂더라도 덜 치명적이거나, 운이 좋으면 칼이 튕겨 나가게 할 수도 있을 것 같았다.

"선생님 연세가 좀 되는 걸로 아는데,"

"………"

"어떻게 그렇게 젊은 여자를 집에 들이셨어요?

별장에 그 여자분 말이에요. 뭘 처드신 거예요? 뭘 처드시고 그런 젊은 여자를 꼬신 거예요?"

"……….!"

시마의 몸이 순간 운전석에서 펄쩍 솟구쳤다. 혹은, 솟구쳤다고 생각했다.

이 자식은 지금 소유 얘기를 하고 있는 것이다.

시마는 그에게 말을 걸기 위해 안간힘을 썼다. 하지만 매번 시마의 입에서 되어 나오는 것은 사람의 말이 아니라 밤의 숲에서 소유와 함께 들었던 밤 짐승들의 소리 그러니까 끽끽, 이라든가 혹혹, 휘익, 하는 낮은 괴성과 다르지 않았다.

"뭐라구요?"

"이 양반이 뭐라는 거야?"

그가 다른 남자를 돌아보며 물었다.

몇 년 전 텔레비전에서 본 늙은 숫사자가 생각났다. 목덜미를 물어뜯긴 그것은 상처 부위가 걸레처럼 너덜거리고 내부가 휑하니 드러나 보였다. 절뚝거리며 웅덩이로 다가가 물을 마시자 찢어진 목덜미에서 줄줄 물이 새어 나왔다. 지금 시마가 입 밖으로 내는 말들이 그러했다. 그 여자를 본 게 언제냐는 절박한 물음 대신 시마 스스로에게도 낯선 짐승의 소리가 피와 범벅이 되어 시마의 목구멍에서 흘러나왔다. 하지만 이번에는 고통스럽지는 않았다. 그저 까마득한 직벽을 롤러코스터를 타고 단숨에 내려가듯이 육신이 저렸다.

다시 시마의 귀에 그자의 더운 입김이 뿜어졌다.

"그런데 선생님? 그 여자 버린 거예요? 부자에다가 훌륭한 교육을 받고 기부도 많이 하는 선생님이 그 불쌍한 여자 버린 거냐구요? 우리를 버린 것처럼요."

".........."

"버림받은 사람들은 서로를 알아보거든요. 그 여자 밤새 외등 아래 앉아있었어요. 지금쯤 심장이 멎었을 거예요. 오지 않는 선생님을 기다리느라 말이에요."

말끝에 그와 옆의 사내가 와락 웃었다. 웃음이 온순하여 시마도 어울려 같이 웃고 싶은 마음까지 들었다.

노린내는 더 심해졌다.

그리고, 그럴수록 시마의 마음에서는 맑고 그윽한 숙고사향이 밤 숲의 등불처럼 선명해졌다. 노린내가 이자들의 냄새인 것이 분명한 것처럼 서늘하고 신선한 숙고사향이 소유의 것인 것 또한 분명하다. 별장에서 시마는 분명 소유의 냄새를 맡았다. 소유는 어떻든 살아있는 것이다.

  조금 전 별장을 나설 때처럼 다시 마음이 편해져 시마는 조심성 없이 크게 숨을 들이마셨다. 그러자 가슴께 극심한 통증이 오더니, 이어 차체가 흔들리기 시작했다. 그자들이 계곡 쪽을 향해 시마의 차를 밀고 있었다. 차는 몇 번 들썩이는가 싶더니 곧 거꾸로 뒤집히며 도로와 계곡 사이 가드레일에 부딪쳤다. 시마의 몸도 같이 흔들리며 다시 끔찍한 통증이 머리 통과 척추를 휩쓸고 지나갔다.

  사내 둘은 거듭 시마의 차를 밀었다. 철제 가드레일이 우지끈 구겨지는 소리가 나더니 시마의 차는 곧 가볍게 레일을 벗어나 비탈을 구르기 시작했다. 돌출된 단단한 무언가에 한 번 부딪히며 튀어 올라 그 후 두 번인가 세 번을 더 구른 후 흙바닥에 떨어졌다. 바퀴는 하늘을 향하고 시마의 머리는 땅을 향한 채였다. 목에서 흘러나온 피가 이번에는 거꾸로 턱과 뺨을 타고 흐르며 시마의 눈으로 파고들기 시작했다. 눈알이 무슨 새까만 원유를 뒤집어쓴 듯 금세 뻑뻑해졌다.

  시마는 억지로 눈을 떠보았다. 비닐막이 씌워진 것처럼 시야가 흐릿했다. 몇 번 눈을 깜박이자 그제야 커튼 한 자락이 젖혀지듯 시야의 일부가 트이며 으스러져라 운전대를 잡고 있는 자신의 손이 보였다. 피투성이에다가 투박하고 마디가 굵었다. 외양만으로 보자면 오래 노동일을 해온 사내의 손 같았다.

  이런, 이런. 손이 어디로 가버렸나 했더니 이렇게 힘껏 운전대를 잡고 있었군. 죽지 않으려고 기를 썼군 그래.

  이제 그만 운전대를 놓아도 되지 않을까 싶었지만 곧 마음을 바꿔, 적어도 시마 생각에는 있는 힘을 다해 운전대를 움켜잡았다. 움켜잡은 그 힘을 시마가 의식하는 한 시마가 걱정하는 최악의 상황은 오지 않을 것 같았다. 언제까지나 삶과 이어질 것 같았다.

깨진 차창 옆 사이드미러 속에서 마른 달뿌리풀이 무리 지어 흔들렸다. 시마 생각에는 여자의 드레스 자락이 사각사각 마른 풀을 헤치며 다가오는 소리로 들렸다. 시마를 위로라도 하듯 다정했다.

시마가 추락한 곳이 제이령 끝자락이니 가장 가까운 마을은 여기서부터 30분을 달려야 나온다. 제이령을 오가는 길에 그 마을에서 소방서를 보았다. 30분은, 생사를 가르고도 남을 시간이지만 그 마을에서 제이령 초입까지는 도로가 좋고 교통량도 거의 없어 전화 연락만 되면 구급차는 금방 시마를 찾아낼 것이다. 일단 코트 주머니에서 휴대폰을 꺼내는 것이 급선무다. 그런데 다급한 마음과는 달리 이번에도 역시 손이 어디에 붙었는지, 손은 또 머리나 몸통과 어떻게 연결되는지, 안전벨트의 고리는 어디쯤인지 짐작이 가지 않았다. 시마 자신이 몸속의 미로를 한없이 헤매는 것 같았다. 귀에서는 아까부터 낡은 변압기에서 나는 얇고 구슬픈 소리가 조난신호처럼 끊임없이 울리고 있었다. 허공에 거꾸로 매달린 채 시마는 눈을 감았다. 사방이 적막했다.

아, 아프다. 뼈란 뼈는 전부 부서져 버린 게 틀림없어. 머리통 하나만 남았을까? 차라리 머리통이 으스러지고 사지가 멀쩡한 편이 좋았을걸. 아니야, 그 반대가 나았나? 젠장, 말이 씨가 되었군. 재발하면 뛰어내릴 거라고 친구 놈들한테 나불대고 다녔더니 정말 이 지경이 됐어. 앞으론 말조심해야겠어.

다시 통증이 몰려왔다. 그러나 통증보다 참기 어려운 것은 지독한 추위였다. 어떻게 이 계절에 이렇게 추울 수 있는지, 이렇게 추운데도 사람이 얼지 않고 살아있을 수 있는지 의심스러웠다. 아직 물러가지 않고 곳곳에 숨어있던 제이령의 겨울이 죽음의 냄새를 맡자 일시에 들개 떼처럼 계곡으로 몰려와서는 시마를 향해 으르렁거리며 물어뜯을 기회를 엿보는 것 같았다. 추위를 참느라 시마는 연실 이빨을 갈았다. 어찌나 힘을 주었던지 타다닥 차례로 이빨이 부러지며 그예 한꺼번에 입 밖으로 튀어나오는 것만 같았다. 차라리 차체가 불길에 휩싸였으면 좋았을 거라는 생각도 해보았다. 불길 속에 들어가 있는 자신을 상상하자 잠깐 몸에 온기가 번졌다.

시마는 추위를 잊기 위해 조금 전까지 골몰하던 문제 그러니까 꿈속의 아이가 어떻게 되었는가에 집중하기로 했다. 그것이 꿈인지 아닌지는 이제 의미가 없다. 시마가 아이에게 어떤 조치를 했고 그래서 아이가 결국 어떻게 되었는가만이 지금의 시마에게는 중요했다.

30년 다닌 회사를 그만두었을 때 시마는 자신의 우울이 때 이른 은퇴 그리고 재발에 대한 두려움에서 기인한다고 믿었다. 하지만 제이령 계곡에 이렇게 거꾸로 처박히자, 새벽녘 불쑥 시마의 방문을 열고 들어오던 아내가 생각났다. 아내는 무서운 얼굴을 하고, 시마가 인정 많은 사람이라는 주위의 평가는 실은 시마가 만들어낸 거짓 모습에 사람들이 속아 그런 거라고 분해했다.

아내의 말이 맞을지도 모른다. 자신을 인정 많은 사람, 자비로운 사람, 신을 경외하는 사람이라고 생각하는 건 시마만의 믿은 또는 자기기만인지도 모른다. 그렇게 생각하자 서러운 마음에 사타구니까지 쓰리더니 울컥 눈물이 나고야 말았다. 뜨거운 눈물은 뺨을 타고 흐르는 대신, 거꾸로 처박힌 눈썹과 이마, 머리칼을 타고 차례로 파고들었다. 따갑고 근지러워, 결박된 채 고문을 당하는 것처럼 온몸이 뒤틀렸다. 그럴수록 시마는 더욱더 자신의 인간성이 궁금해지며, 그럴수록 또 자신이 꿈속의 아이에게 어떻게 대했는가가 절실히 알고 싶어졌다. 아이를 어떻게 대했는가를 아는 것은 곧 자신이 지금까지 어떤 인간이었는가를 아는 셈이 될 것이다. 생의 마지막이 될 가능성이 어느 때보다 큰 지금 시마는 죽고 사는 문제보다 오히려 그것이 더 간절히 알고 싶었다. 그것을 알아야만 지금까지의 삶도, 닥쳐올지 모르는 죽음도, 그리고 죽음 이후의 신의 세상도 기쁘게 받아들일 수 있을 것 같았다. 다만 기왕이면 자신이 그렇게 인정머리 없는 사람은 아니라는 쪽이기를 바랐다.

그래, 다시 생각을 집중해보자. 그 아이는 마치 가젤이나 영양이나 고라니 새끼처럼 태어나자마자 뚜벅뚜벅 제 발로 걸었어. 그런데 제 어미의 자궁을 찢고 나오느라 온몸에 피를 뒤집어쓰고 있었지. 두려웠어. 하지만 그 자리에 있는 유일한 어른으로서 일단 어린 것의 피를 씻겨주어야 한다는 생각은 들었어. 그래서 아이를 거꾸로 들어 두 발을 잡고⋯⋯⋯잡고? 아, 아니야, 실은 잡은 게 아니라 집은 거야. 솔직히는 그 아이가 인간의 아이라기보다는 생닭이나 오리나 뭐 그런 가금류의 어린 것이라고 생각했거든. 당시에는 그 어린 것이 무척 징그러웠어. 그래. 그래서 무슨 더러운 것을 집듯 손끝으로 아이의 두 발목을 집고는 오두막 구석에 있는 수돗가로 데리고 갔지. 옛날식 수도꼭지, 그 왜 공이 모양의 돌기 네 개가 사방으로 나 있는 스테인리스 꼭지 있잖아. 그걸 돌리자 콸콸 물이 쏟아져 나왔어. 그 물에 아이를 처박았지. 아이는 아마 자기가 차가운 폭포에 처박히는 줄 알았을 거야. 지금 생각해도 미안하군. 갓 세상에 나온 아이에게 어미의 품이라든가 모포라든가 하는 따뜻한 것 대신 차가운 것, 오싹한 것을 제일 먼저 경험하게 했으니 말이야. 다시 기회가 된다면, 우선 장작을 지펴 오두막을 따뜻하게 하고 가마솥 한가득 물을 끓이고 가장 청결한 젖병과 방울벌레 소리가 나는 딸랑이와 햇빛에 바짝 말린 배냇저고리를 준비할 텐데 말이야. 뭐. 이미 지난 것이니 할 수 없지. 지난 것은 염두에 두지 말자. 지난 것을 염두에 두는 건 사내가 할 짓이 아니잖아. 자, 다음은 어떻게 됐더라? 아, 또 기억이 안 나네. 까마귀 고기를 먹었나 이렇게 기억이 안 나다니. 그런데 까마귀 고기라니. 까마귀 고기를 먹었냐고 핀잔주는 사람들은 도대체 한 번이라도 까마귀 고기를 먹어 보고 그런 얘기를 하는 건가. 그래, 이번에 올라가면 친구 놈들하고 까마귀 고기를 수소문해서 먹어봐야겠어. 재밌군, 재밌어. 인생이 이렇게 별 볼일 없는 걸로도 재미있어지다니 말이야.

 일전에 김이 말한 거, 그거 뭐더라. 기억력 증진에 좋다는 거. 그래, 산국이었어. 가을에 피는 손톱만한 노란 국화 말이야. 그걸 말려서 차로 우려 친구 놈들하고 나눠 먹어야지. 다들 깜박

깜박하잖아. 생각해보면 늙어갈수록 친구만한 게 없어. 아직까지는 그래도 전화 넣으면 다들 나와 주니 고맙지 뭐야. 들깨하고 등푸른생선하고 사과도 아마 기억력 증진에 좋다고 했지. 효소 담가놓았던 것들도 알뜰히 챙겨 먹어야겠어. 챙겨 먹을 게 너무 많군. 아, 쓸데없는 생각 그만하고 다시 집중하자. 남은 시간이 얼마인지도 모르잖아.

그래, 부지런히 아이를 씻기는데 갑자기 오두막이 어수선해졌지. 돌아보니 오두막 창밖이며 출입문에 동네 사람들이 몰려와 있었어. 수군거리면서 나를 손가락질하고 있었지. 여자를 죽인 놈이라고 말이야. 억울했지만 일단 아이는 마저 씻겨야겠기에 수돗가에 쭈그리고 앉아 어린 것의 겨드랑이며 사타구니며 뽀득뽀득 문질렀지.

그러다가…….아, 그래! 맞아! 검은 배수구 구멍이 눈에 들어왔어. 몹시 불결했지. 머리카락이 칭칭 엉겨 붙고 가래 같은 것, 밥알 썩은 것, 검은 곰팡이가 다닥다닥 달라붙어 있었어. 구역질이 났지 뭐야. 뒤로 물러나려는데, 이상하게 마음과는 다르게 몸은 자꾸 배수구 가까이로 다가가게 됐어. 무언가에 홀리듯이 말이야. 그런데 어느 순간 배수구 안에서 불쑥 손이 나왔지. 손은 곧 무슨 찰고무처럼 쭉 늘어나서는 삽시간에 내 머리를 낚아챘어. 그리고 배수구 안으로 나를 끌고 들어갔지. 나는 아아아 비명을 지르며 한없이 검은, 비좁고 긴 배수구를 지났어. 한참을 그렇게 지나고 나니 막다른 동굴이었어.

"………."

운전대를 움켜잡은 시마의 손 마디마디가 노곤해지며 졸음이 밀려왔다. 몸이 조금씩 회복되고 있다는 신호인지도 모른다. 추위는 그새 물러간 것 같았다. 시마는 천천히 숨을 들이마셔 보았다. 갈비뼈가 조금 전처럼 아프지는 않았다. 이번에는 뒤로 살짝 몸을 움직여 등받이에 뒤통수를 가져다 댔다. 한결 몸이 편했다. 자신의 의지대로 몸이 움직여졌다는 것이 시마는 기뻤다. 어쩌면 생각처럼 치명상을 입지 않았을지도 모른다. 조금만 더 노력하면 안전벨트를 풀고 자동차 밖으로 나갈 수 있을지도 모른다.

빨리 경찰에 전화해야 하는데!

그런데 경찰이라……..그래, 그때 오두막집 여자가 제 분을 못 이겨 기둥에 머리를 박고 죽었을 때 여자와 무슨 관계였건, 설사 내연이었어도 일단 경찰에 신고해야 했어. 그러면 아이도 그런 식으로 세상에 나오지는 않았을 거고 제 어미가 죽어나자빠진 흉한 꼴도 보지 않았을 텐데. 그랬으면 모든 게 지금보다는 나았을 텐데 말이야. 안타깝군.

시마는 다시 막다른 동굴을 떠올렸다.

그래, 동굴에는 여자가 있었지. 창백했어. 모든 것을 빨아들일 만큼 검푸른 먹빛 드레스를 입고 있었어. 가까이 다가가려 하자 여자는 갑자기 손톱만큼 작아져서는 무슨 순간이동이라도 하듯 동굴의 저 까마득히 높은 곳으로 올라가 버렸지.

캄캄한 허공에는 별로 지은 곤돌라 한 척이 떠 있었어. 여자는 그곳에, 곤돌라 안에 들어있게 되었지. 지상에는, 여자의 오두막에 몰려들었던 가난한 자들만 남게 되었어. 나는 그들과 함께 지저분한 동굴 바닥에 주저앉아 희망할 수 없는 것을 희망하듯 크게 입을 벌리고 고개는 처량하게 치켜들고 별로 지은 저 높은 곤돌라를 올려다보았어. 도무지 닿을 수 없는, 오직 그 하나뿐인 아름다운 곤돌라를 말이야. 그런데 갑자기 어떤 연유로, 예를 들면 방청권 같은 게 당첨이 되었던가 해서 모여 앉은 사람 중 나만 유일하게 곤돌라에 갈 수 있게 되었지. 한없이 늘어나는 밤의 사다리를 타고 나는 마침내 저 높은 곤돌라를 향했어. 그런데 대부분의 꿈이 그렇듯 사다리가 죽죽 늘어나면 곤돌라는 또 곤돌라대로 그만큼씩 멀어지며, 그러니까 여자에게 닿을라치면 곤돌라는 멀어지고 곤돌라가 멀어지면 또 사다리는 그만큼씩 늘어나는 식이었어. 그 사이에 잠깐 여자가 곤돌라 밖으로 얼굴을 내밀었던가.

문득, 류하인가도 생각하게 되었지.

어디서 찟찟, 하는 소리가 들렸다. 밤에 우는 새라면 대부분 맹금류일 것인데 맹금류치고는 소리가 얇고 조심스러웠다. 다시 찟찟, 소리가 들렸다. 어쩌면 막 겨울잠에서 깨어나 짝을 찾는 다람쥐 소리일 것이라고 시마는 생각했다.

다시 사이드미러 안에서 달뿌리풀이 무리 지어 흔들렸다. 이번에는 먹물처럼 부드럽게 번지며 사방으로 번져갔다. 이어 검고 반투명한, 잠자리 날개 같은 얇은 장막이 시마의 주변을 감싸기 시작했다. 그 장막이 조금씩 시마를 향해 다가온다고 생각하며 시마는 자꾸만 흐려지는 눈을 깜박여보았다.

".........."

가만 보니 실베짱이 한 마리가 사각사각 장막 위를 기어오르고 있었다. 장막을 더듬는 그의 더듬이는 낚싯대처럼 부드럽게 휘어지며, 그러나 무게라고는 없이 바람을 타고 날아가는 최초의 거미줄처럼 얇고 가벼워, 시마는 아무래도 그 장막이 세상의 다른 갈피로 가는 문이라고 짐작했다. 이번에는 마음껏 숨을 내쉬고 들이마셔 보았다. 고통은 없었다. 먹빛 장막에 차차 눈이 멀어가며 시마는 중얼거려보았다.

"이런,

너였구나.

나를 이곳으로 불러들인 것이,

너였구나."

장수정 장편소설

검은 숲의
사랑

초판 1쇄 발행 2020년 11월

지은이	장수정
펴낸곳	LOESS MEDIA
펴낸이	장문일
편집디자인	채움커뮤니케이션
인쇄제작	채움커뮤니케이션

주소	은평구 진관4로 48-8 (717동 801호)
대표전화	010 3370 3509
전자우편	akiki123@naver.com
등록	제2019-000004호

ⓒ 장수정 2020

ISBN 979-11-966545-3-5 03810

본 책 내용의 전부 또는 일부를 재사용하려면
반드시 저작권자의 동의를 받아야 합니다.

책값은 표지 뒤쪽에 있습니다. 파본은 바꾸어 드립니다.